Arnulf Zitelmann

»Ich will donnern über sie!«

Arnulf Zitelmann

»Ich will donnern über sie!«

Die Lebensgeschichte des Thomas Müntzer

BELTZ
& Gelberg

Arnulf Zitelmann, geboren 1929, studierte Philosophie und Theologie, lebt als Religionslehrer bei Darmstadt. Im Programm Beltz & Gelberg erschienen seine Kinder- und Jugendromane *Kleiner Weg, Zwölf Steine für Judäa, Unter Gauklern, Nach dem Großen Glitch, Der Turmbau zu Kullab, Jenseits von Aran, Bis zum 13. Mond, Hypatia* und die Biographien Martin Luthers *»Widerrufen kann ich nicht«* und Martin Luther Kings *»Keiner dreht mich um«* (Auswahlliste Deutscher Jugendliteraturpreis).

Lektorat Cornelia Krutz-Arnold

Einband und Reihenlayout von Willi Glasauer
Gesamtherstellung Druckhaus Beltz, 6944 Hemsbach
Printed in Germany
ISBN 3 407 80684 1

Inhalt

»Das gefiel mir wohl von dem Müntzer, daß er seine Sache allzeit mit dem gemeinen Mann hielt und nicht mit den großen Herren. Er sprach, wir sollten fest stehen, er wollt uns alle frei machen. Das ist ja nicht richtig, daß die Herren so prächtig leben und niemand recht tun. Womit nähre ich denn mein Weib und Kinder, wenn die Herren wollen alle Ding haben? Sollte man die Herren und Fürsten lassen bleiben in ihrem Sud, daß sie uns schinden und schaben, das wird nicht gut, denn also behalten wir zuletzt nichts in Haus und Hof. Sie machen ja so viel Zinsen, Zehnten und andere Abgaben mit Zoll und Wegsteuern, daß es der arme Mann schier nimmer tragen kann.
Ich rede, wie ich vom Müntzer gelernt habe. Er konnte die Fürsten und Herren hübsch schelten, das doch sonst keiner nie getan hat. Er sagte ihnen die Wahrheit. Darum hing ich so fest an ihm, denn er sprach, Gott hätte ihm befohlen, die ganze Christenheit zu reformieren. Hat doch Gott alle zeitlichen Güter zum gemeinsamen Eigentum gemacht. Und er, Müntzer, wollte nicht mehr denn ein Stück Brot und Fleisch begehren. Geld nahm er nicht. Predigte er doch das göttliche Wort aus der Bibel, von unserer Freiheit, wie man die erhalten soll, daß wir nicht wieder ins knechtische Joch kommen. Ich habe nicht anders gemeint, seine Sache wäre gerecht, wir wollten das Evangelium verteidigen gegen die Gottlosen und Tyrannen. Und ich sage, daß sogar die Weiber von Frankenhausen mit ihren Mistgabeln geschickt dazu waren. Wir sind ja nicht Übeltäter, sondern wir haben um Gottes willen gefochten. Also hat uns der Müntzer gepredigt. Er sprach allzeit: Liebes Volk, denk nicht, daß die Gelehrten meine Lehre werden annehmen.«*

* Wortgebrauch und Schreibweise bei allen Zitaten sind, soweit nötig, dem heutigen Sprachstand angeglichen. Längere Texte wurden verkürzt und zusammengezogen.

Diese Aussagen entstammen einer Schmähschrift gegen Thomas Müntzer, die sie Anhängern des hingerichteten Bauernpredigers als Bekenntnis in den Mund legt. Der »schädliche, wahnwitzige Mann«, wie Martin Luther den Prediger nannte, war tot, sein Kopf steckte auf dem Spieß, der Aufstand des »gemeinen Mannes« war niedergeschlagen.

Doch die Fürsten und ihre Räte wußten, Müntzers Anhänger »werden noch fest zu der müntzerischen Sache stehen und schwerlich davon lassen«. Und so galt es nach dem militärischen Sieg auch in den Köpfen der Untertanen wieder Ordnung zu schaffen. Das war die Stunde der Schreiber.

Unmittelbar nach dem Bauernkrieg machte man sich daran, Müntzer, der schon zu Lebzeiten zur Legende geworden war, in ein schiefes Licht zu rücken, sein Andenken herabzusetzen. Allen voran waren es die Wittenberger »Gelehrten«, die eine systematisch angelegte Rufmordkampagne gegen den Toten entfesselten, unter ihnen auch jener Johann Agricola, genannt »Grickel«, dessen Pamphlet wider die »müntzerischen Schwärmer« das einleitende Zitat entnommen ist. Agricola beschimpft Thomas Müntzer als »losen Buben, vom Teufel geführt«, montiert Bibelverse zu dessen Widerlegung und zieht allerlei skandalträchtiges biographisches Material heran, das er über Müntzer in Erfahrung gebracht haben will, um den rebellischen Prediger als Herumtreiber, Maulhelden und Plünderer bloßzustellen. Höhepunkt seiner Darstellung ist die Schilderung einer Episode aus Müntzers Leben am Vorabend des Bauernkriegs:

»Willst du nicht glauben, daß der Müntzer ein Traumprophet gewesen ist, so magst du es jetzt gewahr werden: Ist er doch im vergangenen Jahr zu Weimar verhört worden und war da wie ein stummer Mensch vor den Fürsten und Räten gestanden. Ich war auf die Zeit ein Wagenknecht zu Weimar auf dem Schloß und habe ihn aus und ein gehen sehen, und er hat nicht anders als ein toter Mensch ausgeschaut, wie er aus der Kanzlei kam. Ich stand im Hof und machte einen Wagen zu, da hörte ich, wie der Amtmann von Allstedt den Müntzer fragte, wie es ihm ergangen sei. Aber der Müntzer war unter seinem Angesicht so gelb wie ein toter Mensch und sprach zum Amtmann: ›Ei, wie soll's ausgegangen sein? Es geht also, daß ich mir ein anderes Fürstentum suchen muß.‹ Ich sah ihm nach, da folgten ihm die Stallbuben hinten nach und umringten ihn unter dem Tordach und fragten ihn mit viel schönen Sprüchen aus der Bibel. Sie wußten mehr von Christus als der Müntzer, also daß er gar verstummte und nichts mehr antworten konnte. Da schrien die Stallbuben alle auf und sagten mit lauter Stimme: ›Siehe, Müntzer, wo ist nun dein Gott und Geist? Wie bist du denn nun gar so stumm?‹ Zu solchem Spektakel kamen auch die Domherren vom Schloß und verlachten ihn und sprachen: ›Ei, sein Geist und Gott ist jetzt nicht daheim, er ist im Schlaraffenland zur Kirmes.‹ Die anderen sprachen: ›Ja, es muß irgendein alter Teufel aus der Hölle sein.‹ Also stund er wie ein Schaf unter Wölfen. Da stießen sie ihn aus dem Schloß und sprachen zu ihm: ›Geh hin und such deinen Gott von Blödmannshausen, wo du ihn gelassen hast.‹ So schlecht war es für den Müntzer ausgegangen. Da hat er wohl müssen ein Bein schütteln.«

Der Zweck des Tendenzberichtes ist klar. Dem arglosen Leser soll Thomas Müntzer, der wortgewaltige Rebell und Mystiker, als kleinlauter Blödian vorgeführt werden, der seinen Mund nicht mehr aufkriegen kann. Agricola geht dabei so weit, daß er seinen Gegner mit der Passion Christi verhöhnt, indem er die Weimarer Verhörszene der jesuanischen Leidensgeschichte nachbildet, wo es heißt: »Er ward wie ein Schaf, das zur Schlachtbank geführt wird, wie ein Lamm, das vor seinen Scherern verstummt, tat er den Mund nicht auf ...«

Freunde von Thomas, die das Massaker von Frankenhausen überlebt hatten, werden die Szene vor dem Hintergrund der Passion Christi gelesen haben. Sie mochten darin die Bestätigung finden, daß Müntzer als Märtyrer der guten Sache sein Leben gelassen hatte, wie er es selbst oft genug prophezeit hatte.

Den »träumischen Propheten« unter der Hand zum Märtyrer zu erheben, konnte aber ganz gewiß nicht Agricolas Absicht gewesen sein. Es fällt schwer, die Gründe für seine Fehlleistung richtig einzuschätzen. Verrät der Hohn untergründige Faszination, die lästerliche Schelte das schlechte Gewissen? Ihres Gewissens sicher waren sich die Doktoren, Schreiber, Gelehrten wohl nicht, die Müntzers Bauern den wenig christlichen Fürsten geopfert hatten.

Den »Schriftstehlern«, wie Müntzer Agricola und seinesgleichen nannte, blieb zeitlebens der Schreck vor diesem Mann in den Gliedern, der über sie, über Kirche und Fürsten gekommen war wie ein Donner.

1489 – 1505
Kindheit und Schule

»Diese Verwunderung hebet sich an, wenn einer ein Kind ist von sechs oder sieben Jahren.«

Kein zeitgenössisches Schriftstück gibt uns über Müntzers Kindheit Aufschluß. Während sein gewaltsamer Tod ein vielfältiges publizistisches Echo fand, hat offenbar weder ein Freund noch einer seiner Gegner versucht, Daten und Ereignisse aus dem Leben des jungen Müntzer in Erfahrung zu bringen, sie zu sammeln oder der Nachwelt weiterzugeben. Auch in den uns erhaltenen Briefen, Notizen und Schriften des Predigers finden sich keine konkreten Hinweise auf die Anfänge seiner Lebensgeschichte. Sogar Müntzers Geburtsjahr ist ungewiß, und über seine Eltern ist gleichfalls kaum Sicheres bekannt. Lediglich die letzten fünf Lebensjahre Müntzers sind hinreichend dokumentiert, doch selbst da bleiben empfindliche Lücken.

Verstreute Berichte seiner Zeitgenossen wie auch einige Schriftstücke von Thomas belegen zum Beispiel die Heirat des Predigers. Doch in Müntzers Nachlaß befanden sich keine Briefe des Paares. Selbst den Namen seiner Frau, vermutlich Ottilie von Gersen, konnte die Forschung erst auf Umwegen ermitteln. Bald nach Müntzers Hinrichtung verliert sich auch ihre Lebensspur. Und über das Schicksal der beiden Kinder, die ihrer Ehe mit Thomas entsprossen waren, ist uns ebenfalls nichts erhalten.

Wir besitzen auch kein zuverlässiges Porträt des Predigers, daß wir wenigstens seine Gesichtszüge, die Sprache seiner Augen studieren könnten. Zwar gibt es verschiedene Holzschnitte und Stiche, die Müntzer darstellen sollen, doch halten sie alle keiner Echtheitsprüfung stand. Selbst jenes bekannte Porträt, dem auch die Umschlagzeichnung dieses Buches nachempfunden ist, hat nur eine stark eingeschränkte dokumentarische Aussagekraft. Es entstammt einem niederländischen Ketzerkatalog des 17. Jahrhunderts, der dem Betrachter die ganze Galerie namhafter Dissidenten und Abweichler von der offiziellen Kirchenlehre vor Augen führt. Darunter befindet sich beispielsweise auch eine Darstellung des Propheten Mohammed, das selbstredend keinen Anspruch auf Authentizität erheben kann, weil der Islam sich zu einem absoluten Bilderverbot bekennt. Ob dem Graphiker gerade bei Thomas Müntzer ein »Bildnus nach dem Leben contrafait« vorgelegen hat, muß offenbleiben.

Wir können also nicht sicher sein, wie wir uns das Äußere des rebellischen Predigers vorstellen sollen. Wie kleidete er sich? In Pelz und Gelehrtentalar? War er von untersetzter Gestalt oder eher groß und hager? Auch sonst bleiben viele Fragen offen. Welche Gerüche, welche Farben mochte er? Und trank er lieber Bier oder Wein? Plagten ihn Krankheiten? Und vor allem, wie mag die Stimme des wortgewaltigen Mannes geklungen haben? Das alles wissen wir nicht, und doch würde jede noch so winzige Auskunft helfen, Müntzer ein wenig besser zu begreifen. Es steht aber kaum zu hoffen, daß sich noch wesentliche Lücken der Müntzer-Forschung werden schließen lassen. Die Person des Predigers bleibt für uns weitgehend im dunkeln.

Das ist ein enttäuschendes Ergebnis von hundertfünfzig Jahren historischem Forschungsaufwand. Aber es ist auch ein vielsagendes Ergebnis. Thomas Müntzer hat nämlich seine Person völlig seiner Mission unterstellt. Er wollte, wie er immer wieder schrieb, nur ein Instrument, ein »Organ Gottes«, der »unverdrossene Landsknecht« und »willige Botenläufer Christi« sein und sonst nichts mehr; »geschaffen allein der Ursache wegen, daß er das Zeugnis Gottes in seinem Leben erforschen soll«, wie er es später einmal formuliert.

Ein englischer Theologe des Reformationszeitalters bespöttelte eine solche Lebenseinstellung als Missionsfanatismus und fragte ironisch: »Soll man sich etwa auch vorstellen, der Apostel Paulus habe nicht Hand noch Fuß geregt, ohne immerzu an das Heil der Menschheit zu denken?« Für Thomas war das kein Argument. Er fühlte sich von seiner Mission tatsächlich so beschlagnahmt, daß er ganz und gar in ihr aufging. Gott soll, so sieht es seine Theologie, gleichsam als uneingeschränkter Grund- und Lehnsherr wieder zu seinem ursprünglichen Recht unter den Menschen kommen, und Thomas will ihm dazu als williges Werkzeug dienstbar sein. Folgen wir dieser Selbsteinschätzung Müntzers, dann stellt sich die Frage, wodurch und wie er zu dieser Einstellung gekommen ist. Das ist die alles überschattende Frage, die seine Lebensgeschichte aufwirft.

Thomas selbst gibt an, daß er aus Stolberg stammt, einem Städtchen am Südrand des Harzes. Nähere Angaben macht er nicht, wir sind also auf andere Quellen angewiesen, um uns seine Umgebung vorstellen zu können. »Ein trister, armseliger Ort, eingeklemmt in die hohen Berge, von seinem weißen Schloß beherrscht, das wachsam in die drei Talspalten herabblickt, in welchen zweitausend Menschen, meistens Leinweber und Kornhändler, ihre Nester zusammengequetscht haben«, so schildert ein Reiseführer den Ort im vorigen Jahrhundert. »Wir begafften das alte Haus, wo der berüchtigte Thomas Müntzer geboren wurde, und zogen auf unserer Straße fürbaß.«

Viel zu bieten hatte das Städtchen schon zu Müntzers Zeiten nicht. Es zählte 352 steuerpflichtige Familien, deren Abgaben an den Grafen von Stolberg gingen, mit dem die Bürger leidlich zurechtkamen. Über Müntzers Geburtshaus an der alten Poststraße, das heute restauriert ist und der staatlichen Denkmalspflege der DDR untersteht, schreibt ein anderes Reisehandbuch des 19. Jahrhunderts: »Es ist eines der ältesten Häuser, wie sein Inneres und Äußeres verrät. Namentlich die Wohnstube hat mancherlei altertümlich Auffallendes an sich. Man zeigt jetzt im Haus noch einen sauber in Stein gemeißelten Kopf, welcher für den des berüchtigten Müntzer gehalten wird.« Über den Vater von Thomas heißt es weiter im Text: »Müntzers Vater wurde in Stolberg hingerichtet. Sollte dies, da Thomas doch Prediger in Zwickau war, bei ihm als Wiedertäufer und Bauerngeneral den Haß gegen Fürsten und Klöster hervorgerufen haben?«

Eine andere, zeitgenössische Notiz geht noch weiter ins Detail und schreibt, die Obrigkeit habe Müntzers Vater »falscher Münze halber verbrennen« lassen. Was wahr daran ist, läßt sich heute nicht mehr feststellen. Vermutlich handelt es sich eher um eine Zwecklüge, geschickt in die Welt gesetzt, um mit dem Vater auch den Sohn in Verruf zu bringen.

In Stolberg ist ein Matthias Montzer als Ratsherr und Münzmeister urkundlich nachgewiesen; vermutlich war er der Vater von Thomas. In Müntzers Briefen hören wir anläßlich einer Erbauseinandersetzung von ihm. Die Mutter, »damals bereits verstorben«, hatte, so hält Thomas dem Vater vor, »genug zu Euch gebracht, was mir viele Leute in Stolberg und Quedlinburg bezeugen. Sie hat ihr Brot wohl dreifach verdient.« Müntzers Mutter kann mithin nicht unvermögend gewesen sein. Nach gütlicher Beilegung des Erbstreites zwischen Sohn und Vater kommt Thomas denn auch in den Besitz einer »großen Hinterlassenschaft« der Mutter. Daraus mag man den Schluß ziehen, daß seine Kindheit und Jugend relativ frei von materiellen Sorgen gewesen sein dürfte. Immerhin ist Thomas später bei seiner Einschreibung ins Studienregister der Leipziger Hochschule in der Lage, die normalen Studiengebühren zu entrichten.

Mit sechs oder sieben Jahren besucht der Junge die städtische Lateinschule, eine für den »gemeinen Mann« nicht unerhebliche finanzielle Belastung. Das Schulgeld wird vierteljährlich vom »Kinder- und Schulmeister« eingezogen. Wer nicht rechtzeitig zahlt, wird gemahnt. Notfalls kann der Schulmeister auch seine Zöglinge pfänden, und zwar an ihren Büchern und Schreibutensilien.

Der kleine Thomas zieht seine ersten Hosen an, lernt zunächst lesen und dann – viel später – schreiben. Die Rechenkunst ist noch kein schulisches Unterrichtsfach. Schulsprache ist Latein, die Unterrichtsbücher, der »Donat und Alexander«, sind ebenfalls lateinisch abgefaßt. Die Jungen pauken das Alphabet, lernen Vokabeln, Sprichwörter, gottesdienstliche Texte und Gesänge. Der Schultag ist lang, von morgens sechs bis nachmittags fünf Uhr, auch für die Kleinsten. Unterbrochen wird der Unterricht durch Teilnahme an den täglichen Andachten in der Kirche, durch Prozessionen und Leichenbegängnisse, bei denen die Schulgemeinde als Chor mitzuwirken hat.

Das Schulzimmer ist ein großer Raum, in dem die Jungen auf Bänken um das erhöhte Lehrerpult zusammensitzen. Man kennt noch keine Altersklassen. Der kleine »Fibulist« drückt die Bank mit wilden, bärtigen Gesellen, die auf der Durchreise in die Stadt gekommen sind. Sie verdienen sich durch Betteln von Ort zu Ort oder mit kleinen Gelegenheitsarbeiten ihr Geld. Auch nach jahrelanger

Wanderung von Schule zu Schule tun sie sich noch immer schwer, ihren »Donat« zu buchstabieren, stehen aber dem Schulmeister gegen geringes Entgelt als Hilfslehrer zur Seite. Wer, wie Thomas, das Glück hat, halbwegs vermögende Eltern zu besitzen, und also eine Schule am Ort besuchen kann, lernt lesen und schreiben in angemessener Frist. Nach sechs Jahren kann er eine weiterführende Schule besuchen.

Die Rute ist das unentbehrliche Zuchtmittel des Kindermeisters. Wissen wird den Zöglingen regelrecht eingebleut. »Je lieber das Kind, desto größer die Rute«, heißt es zu Müntzers Zeit. Eine verquere Pädagogik, doch sie hat Methode. Sie soll, will das Sprichwort sagen, das Kind vor seinen spontanen, unbeherrschten Gefühlen und Wünschen, vor seinen eigenen rebellischen Gedanken schützen: Ihm muß, in bester erzieherischer Absicht, der Eigenwille beschnitten werden, damit es nicht verwildert. So lernt es frühzeitig, sich den Erwachsenen zu fügen, die angeblich am besten wissen, was das richtige für das Kind ist. Doch in Wahrheit ist es nicht Liebe, wie das Sprichwort meint, sondern die Angst vor dem Kind, das er selbst einmal war, die den Erwachsenen zur Rute greifen läßt. Die Angst vor der Erinnerung an die Freiheit, die ihm als Kind ausgetrieben worden ist.

Aber von den Ängsten der Erwachsenen ahnt das Kind nichts. Darum vertraut es der Liebe seiner Eltern auch dann noch, wenn sie ihm die Rute überziehen, und ihre Unzufriedenheit mit ihm schmerzt das Kind noch ärger als sein eigenes wehes Hinterteil. Hier schließt sich der Teufelskreis. Aus Prügelkindern werden Prügeleltern, die Gewalt gegen Kinder verharmlosen und sich den Schmerzen der Kinder verschließen. So schreibt Sebastian Franck, ein Zeitgenosse Müntzers: »Es hat Gott den Hintern des Menschen versehen mit viel Fleisch, auf daß dem Menschen kein sonderlich Leid widerfahre und daß er möge Zucht leiden.«

In der Maienzeit ziehen die Kinder mit dem Lehrer in die »rutten«, das heißt in den Wald, um unter Kurzweil und Gesängen frische Ruten zu schneiden. Dasselbe wiederholt sich noch einige Male während des Sommers. Bevor es eine Tracht Prügel setzt, muß der Schuldige die Rute halten, küssen und das Verslein beten: »Ach du liebe Rute, du tust mir viel zugute!« Ein solches Ritual bringt

diese ›schwarze Pädagogik‹, die dem Opfer nicht mal mehr den Schmerz läßt, auf den Punkt.
In diesem Klima pädagogischer Gewalt bildet sich auch das Gottesbild des jungen Müntzer heran. Als »Hauptstück der Seligkeit« bezeichnet er es später, »daß Gott unser Schulmeister sein will«. Gott ist der »geschwinde Schreiber«, der seinen Willen dem menschlichen Herzen einzeichnet, »nicht mit Tinte oder anderer Materie, sondern mit dem Griffel seines Geistes«. Dazu, so der Prediger, ist es freilich nötig, »daß das Herz ganz und gar mürbe wird, Gottes Gabe zu empfangen«. Mürbe, so muß man Thomas verstehen, wird der Mensch durch Schicksalsschläge, die Gott austeilt, durch Kummer, seelische Not, aber auch durch Glaubenszweifel, innere und äußere Versuchung, bis der Eigenwille des Menschen ganz und gar gebrochen ist und er sich, wie ein Leichnam dem Leichenwäscher, Gott widerstandslos überläßt. Alles nach dem Lehrplan der schwarzen Pädagogik, die mit unerbittlicher Güte darauf dringt, nur das Beste für das Kind zu wollen. Entsprechend erklärt Thomas Müntzer, Gott strafe nie im Grimm, den »Gott von Ewigkeit an nie gehabt« hätte. Die Angst der Menschen entspringe vielmehr ihrer verkehrten Gottesfurcht, weil sie nicht sehen wollten, »wie Gott sie durch Bedrängnis nach aller Pein in seine Ewigkeit führe«. Mit dem Argument, Gott wolle bei allem, was er dem Menschen antut, allein sein heilsames Bestes, erhebt Müntzer schwarze Pädagogik zum himmlischen Erziehungsplan. Und den hat Thomas nie hinterfragt.
Während der Junge in Stolberg und einige Jahre darauf nach einem Umzug der Familie die Schule in Quedlinburg besucht, geschehen große Dinge in der Welt. Technik und Wissenschaft und Wirtschaft lösen den Menschen aus der Abhängigkeit von der Natur. Gutenbergs Buchdruckerkunst erobert Europa. Jährlich erscheinen allein in Deutschland an die vierzig Neudrucke. Der Federkiel hat ausgedient, vierzigtausend Schreiber werden arbeitslos. Leonardo da Vinci, das italienische Universalgenie, entwirft 1492 eine Flugmaschine, und im Jahr darauf geht Kolumbus in der Karibik vor Anker. Ein Strom von Edelmetallen ergießt sich aus Amerika nach Europa, schafft neue Handelswege, beschleunigt den Geldumlauf und reißt die westlichen Staaten in den Sog einer expandie-

renden Geldwirtschaft. In der allgemeinen Fortschrittsbegeisterung erahnen nur wenige Zeitgenossen die Größe der Gefahr, die eine Loslösung des Menschen von der Natur heraufbeschwor.
In die kleinen Stadtschulen des Harzlandes wird kaum ein Echo der großen Zeitläufte gedrungen sein. Gelegentlich läutete jedoch die »Türkenglocke«. Männer und Frauen blieben auf den Gassen stehen, Berittene saßen ab und entblößten das Haupt, und alle beteten, daß die »grausame Rute Gottes«, die menschenfresserischen »Tataren«, die deutschen Lande verschonen möchten. Auch der kleine Thomas wird sein Ave-Maria mitgemurmelt und sich bekreuzigt haben, wenn die Glocke oder ein durchreisender Ablaßhändler den Türkenschrecken beschwor. Später hat sich Thomas Müntzer intensiv mit dem Islam, dem Glauben der Türken, auseinandergesetzt, und er kam dabei zu dem Ergebnis, daß auch die moslemische Religion ein Zeugnis der göttlichen Wahrheit enthalte. Dem jungen Müntzer mußten solche Gedanken freilich noch ferngelegen haben, denn in der öffentlichen Meinung galten damals Andersgläubige, Hexen, Heiden, Ketzer kurzerhand als Teufelspack, das Staat und Kirche mit vereinten Kräften zu bekämpfen, auszurotten hatten.

Ein Freund von Thomas, mit dem er vielleicht die Schule in Quedlinburg besucht hat, nennt Müntzer später in einem Brief humorvoll »Hans Worst, Hans Bratworst, mein Sönnchen«, Spitznamen, die Thomas wohl von seinen Schulkameraden angehängt worden waren. »Hans Wurst« war eine derb komische Gestalt in den Lustspielen des 16. Jahrhunderts und wurde später zur Bezeichnung für einen albernen, närrischen Menschen. Hat der junge Thomas auf seine Mitschüler einen überspannten, unfreiwillig komischen Eindruck gemacht? Da keine weiteren Erinnerungen an die Schulzeit in Müntzers Nachlaß auftauchen, können wir das nicht wissen. Unter Umständen aber war doch schon damals etwas Auffälliges an dem Verhalten des Heranwachsenden, das seine Kameraden zu Frotzeleien veranlaßte.
Wir wüßten gern mehr über die Entwicklung von Thomas, als sich aus solchen zufälligen Bemerkungen herauslesen läßt, aber Thomas äußert sich niemals dazu. Allerdings enthalten seine Schriften

manche indirekten Hinweise auf einen schmerzhaften Entwicklungsprozeß in der Kindheit. An einer Stelle spricht er von der »hohen Verwunderung«, die am Anfang des Glaubens stehe, und fährt dann fort: »Diese Verwunderung hebet sich an, wenn einer ein Kind ist von sechs oder sieben Jahren.« Diese Aussage knüpft zwar an ein Bibelzitat an, doch Thomas Müntzer, der überzeugt ist, »die ganze Schrift muß in jedem Menschen wahr werden«, spricht hier zweifellos von persönlichen Erfahrungen.

Jener seelische Zustand, den Thomas mit dem Begriff der »hohen Verwunderung« umschreibt, meint nicht das kindliche Staunen, wenn das Kleinkind entdeckt, wie sich der Lebenskreis um Mutters Rockzipfel zu einer neuen Welt von Erfahrungen weitet. Die »hohe Verwunderung«, von der Müntzer in diesem Zitat spricht, beinhaltet mehr. Sie ist einer von Müntzers zentralen Begriffen und ist am ehesten mit unserem Wort ›Betroffenheit‹ oder auch mit dem noch stärkeren Ausdruck ›Entsetzen‹ wiederzugeben: Der vertraute, gewohnte Lebensumkreis wird plötzlich als beängstigend und unheimlich erlebt, und der Mensch erfährt sich selbst als fremd unter fremden Dingen, die unwirklich und bedeutungslos sind. So ähnlich muß es dem jungen Müntzer ergangen sein. Er spürte, daß etwas Unbegreifliches mit ihm vor sich ging, und es versteinerte ihn vor Angst.

Thomas muß wohl eine ganze Folge von solchen Schockerlebnissen durchlitten haben, die bereits in der Kindheit »anhoben« und sich bis ins Jugendalter fortsetzten. Das wird durch weitere Belege aus seinen Schriften bestätigt. Müntzer erklärt zum Beispiel, ein rechter Prediger müsse das Kreuz »von Jugend auf erkannt« haben. Und seinen Gegnern, den »buchstabischen Gelehrten«, wirft er vor: »Sie haben von Jugend auf, zum Allerzärtlichsten erzogen, ihr Leben lang keinen bösen Tag gehabt.« Und das wieder ist als bittere Pfaffenschelte zu verstehen, denn die wahren Knechte Gottes werden durch Gott »von Anfang ihres Lebens geschliffen wie eine starke Sense oder Sichel«. Aus dieser Äußerung spricht Müntzers Sendungsbewußtsein: Gott hat ihn von Kindesbeinen an wie ein Werkmeister bearbeitet, damit er als Sense und Sichel Gottes Ernte in der Welt einbringe.

Der Bezug zur schwarzen Pädagogik liegt auf der Hand. Doch welches die konkreten Anlässe waren, die in dem jungen Müntzer jene lang anhaltende Krise auslösten, können wir, nur auf indirekte Hinweise gestützt, heute nicht mehr nachvollziehen. Die Schriften des Predigers haben uns aber ein Echo seiner extremen seelischen Selbstentfremdungserlebnisse aufbewahrt. Gott setzt den Menschen, den er in seine Schule nimmt, auf den »Test«, wie Thomas es später formuliert. Jahrelang fühlt der Mensch sich dabei seelischen Zerreißproben ausgesetzt. »Doch zuletzt muß es herausbrechen und sagen: Ach ich elender Mensch, was treibt mich in meinem Herzen? Es geht mir so übel, daß ich schier nicht weiß, ob ich lieber lebendig oder tot sein soll. Da peinigt mich Gott mit meinem Gewissen, mit Unglauben, Verzweiflung und mit seiner Lästerung. Von auswendig werde ich überfallen mit Krankheit, Armut, Jammer und aller Not ... Und das dringet mich von inwendig viel mehr denn das Äußerliche. Wenn ich nur wüßte, welches der rechte Weg wäre. Ja, ich wollte laufen bis zum Ende der Welt. Denn ich fürchte sehr, ich bin des Teufels ...«

Mit solchen und ähnlichen Bildern und Wendungen schildert Thomas immer wieder die seelischen Zerreißproben des suchenden Menschen, bevor er »in sich selbst kommt« und »einen Durchbruch tut durch alle Verzweiflung«. Bis dahin ist aber der Weg weit, und Heilung stellt sich nicht über Nacht ein. »Seine inwendigen Augen haben lange, lange Zeit gewartet auf den Herrn und seine Hände«, formuliert Thomas im Rückblick und beruft sich dabei auf die Erinnerung und das Zeugnis älterer Freunde, die seine Kindheit und Jugend begleitet hatten.

Hans Pelt, ein langjähriger Briefpartner Müntzers, mag einer jener Erwachsenen gewesen sein, denen sich der Junge mit seinen inneren Nöten anvertrauen konnte. Pelt gehörte der Metzgerinnung an und war 1493 in Stolberg in eine »merklich große ketzerische Unruhe« verwickelt, wie die Stadtchronik vermerkt. Zur Strafe war ihm »Urfehde« auferlegt worden: Pelt hatte beeiden müssen, daß er die Grafschaft verlassen und nicht wieder in sie zurückkehren würde. Aber auch nach seiner Ausweisung hat er Thomas nicht aus den Augen verloren. Mit dem Jungen verband ihn eine väterliche Freundschaft, die aus seinen Briefen an den Prediger spricht. Sie geben Pelt zugleich als einen tief religiösen Mann zu erkennen, der nach dem Wormser Reichstag beredt für Luther Partei ergreift. Auch ist er über die Veröffentlichungen des Wittenberger Reformators auf dem laufenden und beklagt, daß anderwärts »das gemeine Volk der Lehre Christi und Luthers tausendmal mehr« anhängt als im Thüringer Land. Diesen belesenen, in ketzerische Unruhen verwickelten Metzgermeister mochte Thomas Müntzer vor Augen haben, wenn er sich später in seiner ersten großen Schrift, dem *Prager Manifest*, auf Freunde beruft, die ihn »von Jugend auf gekannt« und an seine Berufung geglaubt hatten.

Die indirekten Hinweise aus seinen Schriften und die Zeugnisse seiner Freunde belegen, daß Thomas ein ungewöhnlich sensibles Kind gewesen sein mußte. Seine qualvollen Kindheitserfahrungen lernte er hinterher als Glaubensschule zu begreifen: Gott war es, der ihn erwählt und auf den »Test« gesetzt hatte, bis Thomas zu der Erkenntnis gelangt war, »daß er mit dem Kopf durch den Himmel nicht laufen« konnte, »sondern erstlich ganz und gar innerlich zum Narren« werden mußte. So hat sich Thomas Müntzer verstanden: Er hatte den Glauben an sich selbst, den eigenen Kopf verloren, doch seine extremen Selbstzweifel hatten ihn, wie er es sah, zum radikalen Glauben an Gott gebracht: an einen Gott, vor dessen Übermacht der Mensch nur ein Nichts sein konnte. Mit diesem Gott, dessen Werkzeug er sein wollte, konnte Thomas sich identifizieren, und das gab ihm ein neues, ungeahntes Gefühl von Sicherheit und Sendungsgewißheit.

Künstler, progressive Theologen und Wissenschaftler begannen zu Beginn der Neuzeit die gottgewollte Eigenständigkeit des Menschen neben Gott zu entdecken, doch Thomas wollte mehr. An die Weltsicht des Mittelalters anknüpfend, überschritt er zugleich ihren Horizont: Er suchte die Identifikation mit göttlicher Allmacht, indem er sich ihr total unterwarf. Müntzer hat diesen Weg bejaht, und er hat auf ihm Heilung, eine neue Identität gefunden, die ihn zu dem kompromißlosen, ernsten Prediger werden ließ, der frei von Welt- und Menschenfurcht den Mächtigen seiner Zeit die Stirn bot. Die Hölle der Selbstzweifel war durchschritten, nun konnte ihn nichts mehr schrecken.

Wie früh oder wie spät dieser Durchbruch für Müntzer anzusetzen ist, läßt sich nicht ausmachen. Jedenfalls hatte er 1506 seine Krise

so weit überstanden, daß er das Elternhaus verlassen konnte, um ein Studium an der Leipziger Hochschule aufzunehmen. Aus dem Registereintrag der Universität, wo er sich als »Thomas Munczer aus Quedlinburg« einschreiben ließ, hat man versucht, sein Geburtsjahr zu bestimmen. Ausgehend davon, daß Studenten in der Regel mit ihrem siebzehnten Lebensjahr ihre Hochschullaufbahn begannen, kam man für Thomas auf das Jahr 1489 als Geburtsjahr. Und weil er den Namen des Tagesheiligen vom 12. Dezember trägt, vermutete man auch seinen Geburtstag in der Nähe dieses Datums. Das sind freilich kaum mehr als Vermutungen. Studenten des ausgehenden Mittelalters begannen ihr Studium oft erst spät im dritten oder vierten Lebensjahrzehnt. Auch die Regel, den Tagesheiligen des katholischen Kalenders als Namenspaten für ein Neugeborenes zu wählen, wird nicht ausnahmslos befolgt, wie das Beispiel des Thomas Plattner belegt. Dieser schreibt in seinen Lebenserinnerungen: »Wie ich dann über die Zeit meiner Geburt nachgedacht und gefragt habe, so hat man gezählt 1499; ich bin auf die Welt gekommen auf der Herren-Fastnacht [also am 10. Februar], eben als man zur Messe zusammengeläutet hat.«
In der Geschichtswissenschaft hat das Jahr 1489 als Geburtsjahr Müntzers heute jedoch allgemein Eingang gefunden, und es bleibt tatsächlich die wahrscheinlichste Annahmc. Entsprechend setzte die DDR den staatlichen Festakt zum 500. Geburtstag des Radikalreformators für 1989 fest.

1506 – 1516
Studium und Priesterweihe

»Gottes Wort, das Herz, Hirn, Haut, Haar, Gebein, Mark, Saft, Macht, Kraft durchdringet, darf wohl anders dahertraben, als unsere närrischen, hodensäckischen Doktores erzählen.«

Das Studium führte Thomas erstmals aus der engen Welt der Harzer Berge in die Weite der mitteldeutschen Landschaft hinaus, nach Leipzig, »alsda ein großes Kaufmannsgewerbe und eine hohe Schule ist«. Standesgemäß mit Studentenkäppchen, Beinlingen, Wams und Toga bekleidet, den Degen umgeschnallt, entrichtet er im Rektorat die Aufnahmegebühr, sechs Silbergroschen im Wert von etwa einem Viertel Goldgulden. Dann läßt sich der Studiosus im Studienhaus, der Burse, einen Schlaf- und Arbeitsplatz zuweisen. Das Essen ist abwechslungsreich. Morgens ißt man Brotbrei, mittags kommt Gemüse auf den Tisch. Fleisch gibt es an vier Tagen der Woche. Montags werden Eier als Zukost aufgetischt, und für die beiden letzten Wochentage sieht der Speiseplan Mehlklöße oder Pfannkuchen vor. Abends ißt man sich an Brot, Butter und Käse satt, und zu den Mahlzeiten wird jeweils Bier vom Faß gereicht. So bestimmt es der uns erhaltene Speiseplan eines Erfurter Studienhauses.

Die Hausordnung ist mönchisch streng. Um vier Uhr in der Frühe stehen die jungen Leute auf, abends um acht läßt der Bursenleiter das Haustor verriegeln, und die Studenten begeben sich im gemeinschaftlichen Schlafsaal zur Ruhe. Jedwedem weiblichen Wesen ist der Zutritt zur Burse untersagt; »verdächtige Frauenzimmer« in das Studienhaus einzuschmuggeln, wird mit empfindlicher Strafe geahndet, unter Umständen mit Ausschluß oder gar mit Verweigerung der Examenszulassung.

Neben den Pflichtvorlesungen an der Hochschule finden im Studienraum der Burse unter Anleitung des Magisters Übungen und Disputationen statt. Sie sollen helfen, den umfangreichen Vorlesungsstoff in den Köpfen der Studenten zu festigen. Bei der Aufnahme im Rektorat hatte Thomas mit den übrigen angehenden

Studenten schwören müssen, jede Maßregelung wegen Faulheit ohne Widerspruch hinzunehmen. Schwänzen der Vorlesungen und Übungen ist verboten. Alle Vierteljahre visitiert eine Abordnung des Lehrkörpers der Universität die Burse, prüft die Studenten und erkundigt sich nach Fleiß, Aufmerksamkeit und Betragen eines jeden.

Thomas brauchte wohl kaum zum Lerneifer angehalten zu werden. Fünfzehn Jahre später erklärt er im *Prager Manifest*, er habe einen »merklichsten und allerhöchsten Fleiß aufgewendet, daß ich möchte vor anderen Menschen höher erkennen«. Das klingt wie billige Geltungssucht, ist aber eher als Ausdruck seines Berufungsbewußtseins zu werten: Gott, der Müntzer zu seinem Werkzeug erwählt hatte, verlangte einen restlosen Einsatz von ihm. Vielleicht hatte Thomas sich gerade deswegen Leipzig als Studienort ausgesucht, denn an der dortigen Hochschule achtete man strenger als anderwärts auf diszipliniertes Lernen und auf Einhaltung der Studienordnung. Die Leipziger Universität verstand sich als Gegengründung zu Prag, der ältesten mitteleuropäischen Universität, und die sächsische Hochschule pflegte sehr bewußt ihr Erscheinungsbild als Hochburg gelehrter scholastischer Rechtgläubigkeit.

Im Jahr 1409 war in Prag ein tschechischer Rektor, der später als Ketzer verbrannte Johannes Hus, an die Stelle des deutschen Rektors getreten, und die deutschen Professoren hatten mit ihren Studenten unter Protest die Moldaustadt verlassen. »In solcher Weise kam die Meisterschaft der Schule aus der deutschen Gewalt«, berichtet die Schedelsche Weltchronik von 1493 und fährt fort: »Über eine kleine Weile folgten noch mehr als dreitausend nach und richteten in der Stadt Leipzig, drei Tagereisen von Prag gelegen, eine gemeine Schule auf.«

Hintergrund des Nationalitätenstreits war die Lehre von Johannes Hus, der an der Spitze einer Volksbewegung der Papstkirche den Gehorsam aufgekündigt hatte. Er wurde gebannt, predigte auf Hügeln und in Wäldern, verfaßte Lieder und Predigten in der Volkssprache, reformierte die tschechische Rechtschreibung und rief die Bevölkerung Böhmens zum nationalen Widerstand auf.

Mit Hus beginnt die Reformationsgeschichte Europas. Die Schedelsche Weltchronik vermerkt mit Abscheu:

Johannes Hus (†1415) auf dem Weg zum Scheiterhaufen

»Es folgten diesem Johannes aus der Pfaffenheit schier alle nach, die mit Geldschulden und Untaten berüchtigt waren. Und sie traten ab von der christlichen Kirche ... Diese verdammten Ketzer glauben in ihrem Irrtum, daß der römische Bischof anderen Bischöfen gleich sei. So gebe es auch kein Fegefeuer, und es sei darum umsonst und vergebens, für die Toten zu beten: [denn die Lehre vom Fegefeuer] sei allein aus priesterlicher Habgier erdacht worden. Auch seien Gottes und der Heiligen Bilder abzutun, und die mönchischen Bettelorden habe der böse Teufel erfunden. Ebenso lehren sie, es sollen die Priester arm sein und allein an Almosen sich genügen lassen. Auch die äußerliche Ohrenbeichte sei lügenhaft, denn es sei genug, daß jemand in seiner Schlafkammer Gott dem Herrn beichte, und noch viele andere Irrtümer lehren sie ... Danach traf man bis zum Konzil von Konstanz [1414–1418] viel Gegenanstalten, doch sie blieben unfruchtbar. Denn die hussitischen Ketzer zerstörten, zerbrachen und brannten viele christliche Klöster und Gotteshäuser an manchen Enden ... Dies Böhmerland war eine Blume der Süßigkeit. Aber nun hat es leider einen übelriechenden Gestank.«

Auch Thomas Müntzer verwarf später Bilderverehrung als Götzendienst, predigte gegen Roms Fegefeuerlehre sowie gegen das Papsttum und forderte wie Hus von den Priestern, dem armen Christus in Armut zu dienen. Doch so weit war er damals in Leipzig sicher noch nicht.

Es ist anzunehmen, daß Thomas an die Hochschule ging, um später Theologie zu studieren. Zunächst aber mußte er, wie übrigens auch die Juristen und Mediziner, ein allgemeines Studium absolvieren; das war der übliche scholastische Studiengang. Das Eingangsstudium umfaßte lateinische Grammatik, Übungen im logischen Argumentieren und Unterricht in der Redekunst. Hier lernten die Scholaren das methodische Arbeiten mit Texten kennen und wurden angehalten, in »verschränkter Rede« pro und kontra zu diskutieren. Weitere Vorlesungen waren den naturphilosophischen Schriften des Aristoteles gewidmet, dem geistigen Lehrmeister des mittelalterlichen Hochschulwesens. Die Texte schärften den Blick für die Natur, wobei die zweitausend Jahre alten Beobachtungen und Denkresultate des großen Philosophen jedoch nicht hinterfragt oder gar einer kontrollierten Überprüfung unterzogen wurden. So lernten die Studenten neben allerlei Richtigem auch manches Falsche.

Zum Beispiel lasen sie bei Aristoteles, Erdbeben entstünden durch Dunstmassen, die in den Erdkörper eindrängen und unter heftiger Bewegung aus ihm wieder ausbrechen würden. Diese Annahme belegte er mit einer anschaulichen physiologischen Beobachtung. »Wie es nach dem Harnlassen häufig geschieht, daß eine Art von Zittern durch den Körper geht, weil nämlich die Luft von außen gewaltsam in den Leib eindringt, so muß man sich auch den Vor-

gang im Erdkörper vorstellen.« Das klang einleuchtend und war trotzdem ein grotesker Irrtum.
Zutreffender sind die Bemerkungen von Aristoteles über die Natur des Regenbogens: »Ein solcher entsteht auch, wenn man Wasser fein in einem Zimmer versprühen läßt, das in der Sonne liegt und teils von ihr beschienen, teils im Schatten gelassen wird. Läßt man nun Tropfen in einen solchen Raum sprühen, so wird in ihm für den Außenstehenden ein Regenbogen sichtbar, und zwar auf der Linie, wo auf die Sonneneinstrahlung der Schatten folgt.« Das ist eine exakte Beschreibung des Regenbogenphänomens, das in Müntzers Zeit noch mit mancherlei abergläubischen Vorstellungen behaftet war. Unter einem Regenbogenbanner sind später die Thüringer Bauern ins Feld gezogen, und ein Teilnehmer der Schlacht von Frankenhausen, die in einer vernichtenden Niederlage für Müntzers Bauern endete, berichtet, es wäre damals »ein Regenbogen am Himmel um die Sonne gesehen worden; denselben Regenbogen zeigte Müntzer den Bauern und tröstete sie und sagte: Sie sähen jetzt den Regenbogen, den Bund, und das Zeichen, daß es Gott mit ihnen halten wolle; sie sollten nur mutig streiten und keck sein.«
Solcher Wunderglaube steht im Gegensatz zu den naturwissenschaftlichen Erklärungen des Aristoteles, doch Thomas hatte keine Probleme damit, beides miteinander zu vereinen. Das belegt eine Bemerkung, die er auf die Rückseite eines Briefes aus dem Jahr 1521 notierte: »Rechte Naturwissenschaft muß im Zusammenhang betrieben werden, denn sie handelt von den Werken Gottes; wenn sie aber in solchem Zusammenhang gesehen wird, ist Naturwissenschaft genauso gut wie Theologie. Wo sie auf Gott zurückgeführt wird, ist sie sogar überaus gut.« Aus dieser Notiz darf man schließen, daß der Student sich auch den naturwissenschaftlichen Vorlesungsstoffen nicht verschloß. Seine Interessen waren also weit gefächert und beschränkten sich nicht nur auf die Geisteswissenschaften.
Das Leipziger Studium konnte Thomas mithin vielerlei Anregungen geben. Zum ersten Mal trifft er hier auch auf das humanistische Bildungsgut, auf die Texte der griechischen und lateinischen Schriftsteller des Altertums, die jahrhundertelang in Vergessen-

heit geraten waren. Die Gelehrtenbewegung der Renaissance hatte die antiken Autoren wieder ans Tageslicht gebracht, Tacitus, Ovid, Platon und Plotin fanden plötzlich begeisterte Leser und Schüler.
Ulrich von Hutten, der in Frankfurt an der Oder zum Humanisten geworden war, lehrte während Müntzers Studienzeit in Leipzig, das sich die Förderung der humanistischen Bildung angelegen sein ließ. Er drängte auf gesellschaftliche Veränderungen und arbeitete auf eine Beseitigung der Mißstände in Reich und Kirche hin. Thomas könnte Hutten an der Hochschule begegnet sein, denn die Zahl der Leipziger Dozenten und Studenten hielt sich in überschaubaren Grenzen. Unter Anleitung Huttens könnte Müntzer sogar seine griechischen Sprachkenntnisse erworben haben, auf die er später so stolz war. Ein Treffen der beiden unruhigen Geister wäre jedenfalls ein denkwürdiges Ereignis gewesen. Vor beider Namen sollten einmal Landes- und Kirchenfürsten zittern; beider Namen markieren auch die Grenzen der lutherischen Reformation, die sich nicht dazu durchringen konnte, eine grundlegende Veränderung der gesellschaftlichen Verhältnisse einzuklagen und auf den Weg zu bringen; beide schließlich starben fast im gleichen Alter: Hutten 1523 mit fünfunddreißig Jahren, versteckt in einem Schweizer Asyl, Müntzer mit sechsunddreißig unter dem Schwert des Scharfrichters.
Leider können wir Müntzers Studiengang nicht mehr genau rekonstruieren. Er hat, so scheint es, Leipzig nach zweieinhalbjährigem Aufenthalt mit unbekanntem Ziel verlassen, wahrscheinlich ohne Examensabschluß. Erst vier Jahre darauf begegnen wir ihm wieder an der Hochschule von Frankfurt an der Oder, wo sich der Dreiundzwanzigjährige 1512 als »Thomas Müntczer aus Stolberg« ins Universitätsregister eintragen läßt. Die Zwischenjahre liegen für uns im dunkeln.
Auf der Folter bekennt er 1525: »Zu Aschersleben und Halle habe er in der Jugend, als er Hilfslehrer gewesen, auch ein Verbündnis gemacht ... Es ist gegen Bischof Ernst gewesen.« Von der Zielsetzung des Geheimbundes erfahren wir nichts, und auch in den örtlichen Archiven beider Städte finden sich keine ergänzenden Hinweise. Deutlich ist nur, daß sich Thomas mittlerweile in die Linie

der kirchlichen Opposition eingereiht hat. Einen »Verfolger der Heuchelei« nennt ihn bereits 1517 der erste uns erhaltene Brief aus der Korrespondenz mit Hans Pelt. Da Thomas in dieser Zeit die niederen Weihen zum Priesteramt erhielt, hat er inzwischen genaueren Einblick in die maroden kirchlichen Verhältnisse gewinnen können.

Auch Ulrich von Hutten greift Kirche und Klerus bald offen an und schreibt: »Ihr seid nicht mehr, wie euch gebühren wollte, Fischer der Leute, sondern denkt ihren Reichtum zu fangen, Gold zu erjagen und macht den christlichen Namen mit eurem Lügen und Trügen, mit euren tückischen bösen Stücken und Bübereien der ganzen Welt schmählich und verhaßt.«

Die kirchlichen Verhältnisse schrien geradezu nach einer Gewaltkur. Maximilian I., der damalige deutsche Kaiser, spielte 1511 sogar mit dem Gedanken, sich der päpstlichen Würde zu bemächtigen, um den römischen Augiasstall auszumisten.

Die Tätigkeit eines Hilfslehrers und Diakons konnte Thomas auf die Dauer kaum befriedigen. Lerneifer und Wißbegierde trieben ihn, sein abgebrochenes Studium in der Oderstadt fortzusetzen. Er war nicht der Mann, um sich mit »windfangender Weise« damit zu begnügen, einfach alles für gut und richtig zu halten, »was die ganze Welt sonst oder so glaubt«. Wie er später immer wieder betont, möchte er »seines Dinges gewiß« sein, den »Grund und Boden« einer Sache erfassen. Fortbildung findet er aber nur an der Hochschule, und nur dort sind auch die Bibliotheken vorhanden, die er braucht, um seinen unersättlichen Bücherhunger zu stillen.

Vermutlich stürzt er sich in Frankfurt jetzt auf die hebräischen Sprachstudien. Die erste hebräische Grammatik war sechs Jahre zuvor im Druck erschienen, doch nur ein kleiner Kreis von Sprachwissenschaftlern interessierte sich ernsthaft für die tote Sprache. Müntzers Interesse an ihr ist theologisch begründet. Er möchte die Bibel der Juden, das sogenannte Alte Testament, im hebräischen Originaltext lesen; er will mit eigenen Augen prüfen, was da steht, will dem Glauben, den die Bibel bezeugt, an die Wurzel gehen.

Um die gleiche Zeit müht sich in Wittenberg auch Luther mit dem Hebräischen. Beide Männer entdecken die Bibel neu, nachdem sie jahrhundertelang unter Bergen von Folianten, Kommentaren und

Kompendien scholastischer Gelehrsamkeit zugedeckt gewesen war. Thomas eignet sich in dieser Zeit eine umfassende Bibelkenntnis an, die später aus allen seinen Schriften spricht und eindrucksvoll seinen ständigen Umgang mit dem Buch der Bücher belegt.

Knapp vier Jahre hält sich Thomas in der Oderstadt auf, in der die humanistischen Sprachwissenschaften nach dem Willen des Landesherrn besondere Pflege erhielten. Neben vier Theologen lehrten fünf Juristen und zwei Mediziner an der Hochschule, hinzuzurechnen sind noch die Professoren und Dozenten der philosophischen Fakultät. Sicher hat Müntzer von dem breitgefächerten Lernangebot intensiven Gebrauch gemacht. Ob er sich aber an dem oft derben studentischen Leben beteiligt hat, muß dahingestellt bleiben.

Die Studenten kleideten sich um diese Zeit besonders farbenfroh und schick. Breite gepuffte Schuhe zierten die Füße, und als besonders modisch galten massige Pluderjacken und gebauschte Hosen mit prächtig bestickten und bebänderten Hosenlätzen. Ein Frankfurter Diakon wetterte laut gegen die anstößige Pracht. Am nächsten Sonntag fand er gegenüber seiner Kanzel eine mächtige buntgebauschte Pluderhose aufgehängt. Die Studenten wieherten vor Lachen, doch Thomas wird es vermutlich eher mit dem Diakon gehalten haben. Als lebenslustigen Scholaren kann man sich Müntzer, der sich später als »ernsten Prediger« bezeichnete, jedenfalls nur schwer vorstellen.

1515/16 legt er sein Magisterexamen ab. Der Dekan drückte den Absolventen das rotbraune Barett auf und beglückwünschte die jungen Herren. Ein öffentlicher Umzug schloß sich dem akademischen Festakt an, und der Tag endete mit Tafelfreuden und einer ausgedehnten Zecherei. Luther erinnerte sich noch im Alter gern an die Feierlichkeiten zu seinem bestandenen Magisterexamen: »Wie war es eine so große Majestät und Herrlichkeit, wenn man Magistros promovierte und ihnen die Fackeln vorantrug und sie verehrte«, erzählte er bei Tisch. »Ich halte, daß keine zeitliche, weltliche Freude dergleichen gewesen sei. Ich wollte, daß man's noch heute so hielte.«

Gewiß war auch Thomas zu Recht stolz auf den neuen akademischen Grad. In Briefen, auf der Straße wurde er nun mit dem Magistertitel angesprochen. Aber was blieb dem Sechsundzwanzigjährigen an innerem Gewinn aus der Studienzeit? Vieles, nur nicht die Theologie. Die Gotteskrankheit hatte ihn endlos geplagt, sie war ihm bis an die Substanz gegangen, hatte ihm »Herz, Hirn, Haut, Haar, Gebein, Mark, Saft, Macht, Kraft« zerrieben, doch unter Müntzers Lehrern hatte sich kein Seelsorger für seine gepeinigte Seele gefunden. Und so sprach Thomas rückblickend stets nur bitter über die »wurmfressige Theologie« der »eselfortzigen doctores«, die große Bücher »voll, voll klicken« und doch Gottes Wort niemals gehört hatten. Nur Gott, und keinem Menschen, so sah es Thomas, verdankte er schließlich den Durchbruch durch alle Verzweiflung: Durch Gott hatte er zum Glauben gefunden, allein sein Glaube hatte ihm geholfen.

1517 – 1519
Auf dem Test

»Ich tadele die unverständige Christenheit zu Boden; ich weiß meines Glaubens Herkunft zu verantworten.«

Rund zwei Jahre vor dem Magisterexamen wurde Thomas im Halberstädter Bistum zum Priester geweiht. Wie wir aus seiner Korrespondenz erfahren, hält er sich nach seinem Abschied von der Universität für mehrere Monate dort auf. Er kann sich eine Köchin halten, ist also nicht ganz mittellos. Offenbar sieht er seinen Aufenthalt im Halberstädter Bistum nur als eine vorübergehende Station an, denn bereits im August 1516 finden wir ihn als Propst des Kanonissenstiftes von Frose, zwischen Quedlinburg und Aschersleben. Seine Aufgaben im Stift sind seelsorgerlicher und verwaltungstechnischer Art. Nebenher unterrichtet er privat Bürgersöhne der näheren Umgebung.

Als Propst muß Thomas in Frose unter anderem Messen zu Ehren des Stiftsheiligen lesen, er bewegt sich zwischen Reliquien, Heiligenfiguren, Weihwasser und Weihrauchschwaden vor den Stiftungsaltären und begeht den Meßgottesdienst in den festgelegten kirchlichen Formen. Offenbar kann er sich zu diesem Zeitpunkt noch in die traditionelle Ordnung einfügen, hängt also noch an dem »Greuel« des falschen Gottesdienstes, wie er später das Meßopferwesen nennt. Doch es muß bereits zu inneren Konflikten gekommen sein, und die kirchenkritische Haltung des jungen Propstes konnte auch seiner Umgebung nicht ganz verborgen bleiben. Man sieht in ihm, so Pelts Diener Klaus, einen »Verfolger der Heuchelei«, und der Rektor der Braunschweiger Martinsschule bittet Müntzer schriftlich um Auskunft zu den Fragen der umstrittenen römischen Ablaßpraxis.

Begleitet von Beauftragten der Fuggerei, Deutschlands größtem Handelsunternehmen, zieht der Mönch Tetzel durch Thüringen und Sachsen und verkauft gegen Geld Seelenheil für Lebende und Tote. »Sieh deine Mutter an, wie sie von den Flammen des Fegefeuers gequält wird!« heißt es in einer Predigt des Ablaßkrämers.

»Und das leidet sie deinetwegen! Du könntest ihr ja mit einem Groschen zur Hilfe kommen. Ach, wehe über euch um eurer Undankbarkeit willen, daß ihr Gottes bluttriefende Gnade so verachtet, die doch so billig zu haben ist.«
Der Rektor der Martinsschule fragt Thomas: Was soll das genau bedeuten, wenn es in den päpstlichen Verlautbarungen heißt, der Ablaß befreie von Pein und Schuld? Muß man das glauben? Wie steht es überhaupt mit dem Anspruch der Kirchenoberen auf Gehorsam? Muß man ihren Erlassen und Dekreten Folge leisten wie dem Gotteswort? »Antworte bitte«, schließt der Rektor sein Schreiben. »Denn ich frage nicht aus bloßer Neugier, sondern weil es doch ums Seelenheil geht.«
Müntzers Antwort ist nicht erhalten, doch ist es undenkbar, daß er an dem ganzen Ablaßhandel auch nur ein gutes Haar ließ. Ihn hatten ja gerade seine persönlichen Erfahrungen gelehrt, daß Gnade nicht billig zu haben war, und er hielt nichts von solchen Sprüchen: »Ich will einfach glauben, Gott wird's wohlmachen.« Nein, für Thomas stand seit langem fest: »Wer da leichthin glaubt, ist auch eines leichtfertigen Herzens«, und »darum mag ein auserwählter Freund Gottes nicht also leichthin zum Glauben kommen«. In diesem Sinne mag Thomas dem Braunschweiger Rektor geantwortet haben; was Rom sagte, konnte für Müntzer eben nicht unbesehen Evangelium sein, am wenigsten die vom Papst verkündete billige Ablaßgnade. Vielleicht ist ihm durch solche und ähnliche Anstöße von außen klargeworden, daß er unter den Kanonissen von Frose nicht am rechten Platz war. Die frommen Stiftsdamen waren nicht die richtige Adresse für kritisches Engagement.

Nachrichten aus der großen weiten Welt drangen bis nach Frose und verstärkten Müntzers Unruhe. Im Frühjahr 1517, während Thomas noch im Kanonissenstift seinen Dienst versieht, jubelte der von allen Humanisten schwärmerisch verehrte Erasmus von Rotterdam: »Ich sehe ein goldenes Zeitalter vor mir!« Er irrte. In Wirklichkeit spitzten sich gerade jetzt die gesellschaftlichen Konflikte zu und waren dabei, sich gewaltsam zu entladen.
Im März des gleichen Jahres rief der 1513 gekürte Papst Leo X. unter großem Gepränge zum Heiligen Krieg gegen die Türken auf

und bat zur Kasse. Könige und Fürsten sollten einen Teil ihrer Einkünfte dem Unternehmen beisteuern, denn, so der Papst, der Türke schere sich nicht ums gemeine Volk, sondern fordere »die Köpfe der Herrscher«. Die Fürsten blieben unbeeindruckt, rangen sich halbherzige Zusagen ab, und damit war das Projekt vorerst begraben. Im Jahr darauf hielt Leo X. auf dem Augsburger Reichstag noch mal um finanzielle Hilfe für den Türkenkreuzzug an. Durch seinen Kardinal ließ er Kaiser Maximilian als »Schutz- und Schirmherrn des Glaubens« eine geweihte Prunkrüstung überreichen. Doch die Reichstagsabgeordneten murrten und verweigerten einer Türkensteuer die Zustimmung.

Voraus ging 1517 der Wirbel um Luthers 95 Thesen, sein wütender Protest gegen die verheerenden Auswirkungen des Ablaßbetriebes. Buße, Umkehr, Sinneswandel soll das ganze Leben der Christen sein, hieß es in dem Diskussionspapier, und davon könne kein Ablaß befreien. Und weiter: Lehren soll man die Christen, daß, wer einem Armen gibt, einem Bedürftigen leiht, besser tut, als wenn er Ablaß kauft. Überhaupt, spöttelt Luther, wenn der Heilige Vater tatsächlich die Lösegewalt übers Fegefeuer besitzt, warum holt er dann nicht schlicht und einfach aus christlicher Nächstenliebe die armen Seelen aus ihrer Pein?

Die Wittenberger Thesen fanden ein ungeheures Echo, und Luther schürte weiter das Feuer der Empörung. In seiner Erläuterung der Thesen warnte er: »Die Kirche bedarf der Reformation! Die Flut hat sich in Bewegung gesetzt, und es steht nicht in unserer Macht, sie aufzuhalten.« Das dachten jetzt viele, bestimmt auch Müntzer. Luther hatte ausgesprochen, was Thomas seit langem fühlte: Der Heuchelglaube Roms mußte entlarvt, »zu Boden« getadelt werden, sollte die Christenheit von ihrem »unverständigen« Wesen wieder genesen.

Ob Thomas den Ablaßstreit Luthers noch in Frose miterlebte, wissen wir nicht. Wir haben keinen Hinweis, wann genau er sein Propstamt dort niederlegte, aber jedenfalls hielt es ihn nicht mehr länger bei den frommen Kanonissen. Im Jahr 1518 finden wir ihn in Braunschweig.

Wieder besitzen wir keine näheren Nachrichten über seinen jetzigen Aufenthalt. Wollte er Kontakt zu dem Rektor der Martinsschule aufnehmen? Oder hatten ihn gar Gleichgesinnte nach Braunschweig gerufen? Hat er an einer der städtischen Kirchen die Messe gelesen, öffentlich gepredigt? Wir können nur raten. Mit Sicherheit wissen wir nur, daß sein Aufenthalt in der Stadt, die er doch wohl mit großen Erwartungen betreten hatte, mit einer Ausweisung durch den Rat endete. Sie muß ihn getroffen haben, doch beirren konnte sie ihn nicht.

Vertreibung wurde sein Schicksal. Mindestens siebenmal wurde Thomas Müntzer in den folgenden Jahren von seiner Stelle verjagt, aus dem Amt gestoßen oder des Landes verwiesen. Aber alle jene Erfahrungen stärkten ihn nur um so mehr in dem Glauben an seine Mission. In diesem Sinne schrieb er einmal seinen Freunden:

»Ich bitte euch, daß ihr euch meines Vertreibens nicht ärgern wollet. Denn in solcher Anfechtung wird der Seelengrund geräumt, auf daß er mehr und mehr geläutert werde, das unüberwindliche Zeugnis des Heiligen Geistes zu schöpfen. Es kann niemand Gottes Barmherzigkeit empfinden, er muß denn verlassen sein.«

Mit ähnlichen Gedanken wird er sich getröstet haben, als ihn die Braunschweiger Stadtwache aus dem Tor stieß.

Vermutlich ist Müntzer von Braunschweig aus nach Wittenberg gegangen. Dort konnte er am ehesten hoffen, Gleichgesinnte zu finden. Hier macht er die Bekanntschaft von Max Thomae, genannt Stübner, der ihn später nach Böhmen begleiten sollte. Und vor allem trifft er in Wittenberg mit den führenden Leuten der Reformation zusammen, allen voran Luther.

Eine Kernfrage der Müntzerforschung betrifft die geistige Abhängigkeit Müntzers von Luther. Die Diskussion dieser Frage führte vielfach zu dem Ergebnis, Müntzer sei erst durch den Anstoß Luthers dazu veranlaßt worden, den Dunstkreis der Papstkirche zu verlassen, um den Weg der Reformation zu betreten. Doch zu einem Lutheraner ist Thomas auch in Wittenberg nicht geworden. Ein Sympathisant Luthers war er in der ersten Zeit nach Luthers Thesenaufruf gewiß. Eine Kopie Luthers, etwa gar noch eine mißglückte, als die er manchmal hingestellt wurde, ist Thomas Müntzer jedoch nie gewesen. Dazu war er viel zu eigenständig, die selbständigste Gestalt im Kreis der Frühreformatoren. Seine Theologie hat er vor dem Hintergrund extremer Selbsterfahrung

Martin Luther. Kupferstich von Lukas Cranach d. Ä. (1520)

gewonnen und ausformuliert, und sie stand in ihren Grundzügen schon fest, ehe er nach Wittenberg kam. Entsprechend wehrte er sich vehement gegen jede Vereinnahmung und betonte: »Meine Lehre ist von hoch droben«, allein begründet auf den lebendig erfahrenen Gott.

Es gibt keinen Grund, diese Selbstauskunft anzuzweifeln. Müntzer und Luther, die beiden Reformatoren, hatten zwar manches gemeinsam, aber daraus muß man keine Beeinflussung Müntzers durch den Wittenberger konstruieren. Sie befanden sich im gleichen gesellschaftlichen Umfeld, hatten die gleiche Luft geatmet, und die war mit neuen Erwartungen und Untergangsängsten geladen.

Während in Deutschland die Unzufriedenheit mit den herrschenden Verhältnissen immer lauter wird, stirbt Kaiser Maximilian auf der Burg Wels in Österreich. Er macht sein politisches Testament, legt sein kaiserliches Amt nieder, übergibt das Reichssiegel einem Priester und betet mit seinem Hofstaat um ein seliges Ende. Bevor er, fast sechzigjährig, am 12. Januar 1519 die Augen schließt, ordnet er an, seinen Leichnam nicht einzubalsamieren, sondern sein Fleisch zu geißeln, die Haare zu scheren und ihm die Zähne auszubrechen. Als Büßer und reuiger Sünder will er vor Gott treten, demütig, nicht anders als der letzte seiner Untertanen.

Als Maximilian gestorben ist, mag keiner seinen letzten Willen ausführen. Die Leiche wird statt dessen in grobes Sacktuch gehüllt, mit Kalk und Asche bestreut und in den bereitstehenden Sarg gebettet. Den Eichensarg, seine Todeslade, hatte der Kaiser während seiner letzten Lebensjahre ständig mit sich führen lassen; er pflegte wichtige Papiere und seine Lieblingsbücher darin aufzubewahren. Nach der Überführung des Toten in die Wiener Neustadt wird der Verstorbene ohne großes Staatszeremoniell beigesetzt. Die Reichskasse ist leer, selbst das Geld für die schlichte Bestattung hatte man zusammenborgen müssen.

Der Machtverfall der kaiserlichen Gewalt im Heiligen Römischen Reich Deutscher Nation, in dem sich mehr als zweitausend geistliche und weltliche Herren um territoriale Ansprüche stritten, konnte den Zeitgenossen nicht augenfälliger vorgeführt werden. Doch man hatte sich in deutschen Landen längst an die chaotischen Zustände des Reiches gewöhnt. Man ließ die Dinge einfach weiter treiben, aber daß eine grundlegende Veränderung der Verhältnisse überfällig war, mußte jedem der Beteiligten deutlich sein. Müntzers und Luthers Theologien waren Antworten auf das gesellschaftliche Gesamtproblem, doch sie widersprachen einander. 1519, am Anfang von Müntzers Wittenberger Aufenthalt, zeichneten sich die Unterschiede zwischen Martin Luther und Thomas Müntzer, zwischen dessen bürgerlicher und Müntzers volksreformatorischer Theologie allerdings noch nicht scharf ab. Magister Thomas war in Wittenberg, der kurfürstlichen Residenzstadt, durchaus willkommen. Der einflußreiche Goldschmied Christian Döring bot ihm sogar die Vermittlung für eine Kaplanstelle in der Nähe Wittenbergs an. Es war ein ehrenvolles Angebot für einen jungen stellungslosen Priester, sozusagen in unmittelbarem Kontakt mit Luther arbeiten zu dürfen. Doch Thomas scheint die Stelle ausgeschlagen zu haben – vielleicht war ihm seine Distanz zur Wittenberger Theologie bereits deutlich geworden. Umgekehrt wird aber auch Müntzer in der Residenzstadt nicht nur Zustimmung, sondern möglicherweise schon Argwohn begegnet sein. Einem Freund schreibt Thomas, Luther und seine Leute redeten über ihn wie vom »Mann im Mond«, sähen in ihm also einen Phantasten und Eigenbrötler. Da wollte er doch lieber anderswo sein Brot essen.

Statt der Wittenberger Kaplanstelle nahm er ein Vertretungsangebot in Jüterbog an, vierzig Kilometer nordöstlich von Wittenberg gelegen. Dort im Brandenburgischen war seit dem Frühjahr 1519 Franz Günther als Ratsprediger tätig und predigte die Reformation. Wegen vorgeblicher Angriffe des Predigers auf Heiligenverehrung, Fasten, Ohrenbeichte und Ablaß stellten die Franziskanermönche Jüterbogs ihn zur Rede. Sie hatten Beweismaterial gegen ihn gesammelt und hielten ihm vor, er habe behauptet, Böhmens Hussiten seien bessere Christen als die römischen Katholiken. Günther ließ sich nicht einschüchtern und drohte den Mönchen mit einer öffentlichen Lehrdisputation in Wittenberg. Kurz darauf verärgerte der neue Ratsprediger die Nonnen eines nahen Klosters mit der boshaften Bemerkung, ihre teuer erstandenen Ablaßbriefe taugten bestenfalls als Einwickelpapier. Es hagelte neue Beschwerden, und Günther, nun doch nervös geworden, nahm Predigturlaub und rief Magister Thomas herbei, um ihn zu vertreten.

Müntzer reiste an, bestieg die Kanzel und ging sogleich auf Konfrontationskurs. Dappen, ein gelehrter Bruder der Franziskaner, hielt dagegen, verteidigte die römische Rechtgläubigkeit, und ein regelrechter Kanzelkrieg entbrannte. Beide Prediger bezichtigten sich gegenseitig der Ketzerei. Die Jüterboger gönnten den Mönchen die Kränkung, Rat und Bürger machten aus ihrer Sympathie mit den reformatorischen Predigern keinen Hehl. Das gab Thomas erst recht Auftrieb. Am dritten Ostertag holte er zu einem letzten Schlag gegen Dappen aus. Diesmal hielt er sich nicht mit Nadelstichen auf, sondern trug seine kirchenkritischen Thesen in voller Breite der versammelten Gemeinde vor. Dappen vermochte kaum zu fassen, was er da zu hören bekam. Er schrieb mit und erstattete umgehend Anzeige beim zuständigen Bischof von Brandenburg.

Dappens Protokoll zufolge habe Thomas Müntzer gefordert, der Heilige Vater müsse sich den Konzilien beugen. Auch seien angesehene Kirchenführer in des Magisters Predigt als Huren- und Bordellwirte geschmäht worden, und natürlich sei Müntzer wieder gegen die hiesigen Franziskaner ausfällig geworden und habe gesagt, sie könnten bloß »questen und stinken«, beriefen sich auf die Bibel und verstünden doch nicht mal, Bibeltexte in der Ursprache zu lesen.

Die Post an den Bischof ging ab. Es war nun Sache der Kirchenbehörde, etwas gegen die beiden »Lutheraner«, wie Dappen Franz Günther und Thomas Müntzer nannte, zu unternehmen. Man erzählte sich, der geistliche Herr habe nach der Lektüre von Dappens Protokoll am Kamin gedroht, er werde nicht eher ruhen, bis er diesen Luther wie das Holzscheit in seiner Hand ins Feuer geworfen habe.

So wurde auf Umwegen auch Luther in die Jüterbog-Affäre hineingezogen. Er verteidigte Müntzer und Günther vehement und konterte: »Hier grassieren mit voller Wucht alle Gesetze, Geldsucht, Gewalt, Tyrannei, Irrtum, Gefahren und unendliche Übel für alle Seelen und die ganze Kirche, weil die Kirchenführer sich wenig darum kümmern und dies den scholastischen Folterknechten der Seelen überlassen.« Ja, Luther verstieg sich in seiner Gegenpolemik zu der radikalen These: Sogar ein Laie, der sich aufs Bibelwort beziehe, habe gegen Papst und Konzilien recht; und umgekehrt, wer sich auf die Schrift berufe, könne kein Ketzer sein. Das alles hätte auch Müntzer sagen und schreiben können. In der Frontstellung gegen den Ausverkauf der christlichen Gnadenbotschaft durch die römische Kirche sind sich Müntzer und Luther einig. Worin die beiden Wortführer der Reformation voneinander abwichen, war jedoch ihre grundverschiedene Auffassung vom Glauben. Die Jüterbogpredigt Müntzers legt diesen Schluß zumindest nahe.

Die entscheidende Stelle, Dappens Protokoll entnommen, lautet: »Ferner sagte er, keiner könne beweisen, daß einer der genannten Kirchenlehrer je irgendeinen Ketzer bekehrt habe, und wenn ihm das einer beweisen könnte, dann wollte er sich den Kopf abschlagen lassen.« Mit diesem großen Wort verurteilte Müntzer die eigenmächtige Heiligsprechung von Kirchenlehrern durch den Papst, aber hinter diesem Ausspruch steht noch mehr.

Ketzer sind nach kirchlichem Wortgebrauch Dissidenten, Häretiker, die von der Lehrmeinung der Kirche abgefallen sind. Und Müntzer denkt bei diesem Wort vermutlich vor allem an die Moslems, jene von ihm so oft zitierten »Türken«, die aus der damaligen Sicht der Kirche in der Tat als Häretiker galten. Die Kirchenlehrer sahen in dem Propheten Mohammed einen zum Abfall vom Christentum verführten Irrlehrer, der unter Verfälschung der christlichen Wahrheit die einzig wahre und echte Religion, das Christentum, zu Fall bringen wollte. Natürlich war das ein Zerrbild des Islam, denn dieser ist, nicht anders als der Buddhismus, Hinduismus oder das Judentum, eine eigenständige Religion neben dem Christentum. Der Absolutheitsanspruch des mittelalterlichen Christentums konnte sich freilich einer solchen Sicht nicht öffnen. Erst recht nicht im Blick auf den Islam, der die Christenheit mit Waffengewalt bedrohte. »Dieser Mißglaube nimmt jetzt viel mehr überhand als vordem«, vermerkt die Schedelsche Weltchronik. Schon sei »ganz Asia, Afrika und auch ein großer Teil Europas« dem Islam unterworfen, und jetzt »unterstehen sich die Türken zu Land und zu Wasser, uns aus diesem kleinen Ecklein Europas zu

verjagen«. Solche Befürchtungen wurden wach, wenn die Türkenglocke läutete und die Menschen zum Gebet gegen die Glaubensfeinde, die Moslems, aufrief.
Thomas, wie immer, will auch den Islam nicht vom »Hörensagen« beurteilen, er will dem moslemischen Glauben auf den Grund gehen. Dazu hat er sogar das heilige Buch der Moslems, den Koran gelesen, wie er 1524 beiläufig bemerkt. Ihn interessierte die theologische Frage, »warum der Koran nicht also wahrhaftig sei wie das Evangelium« und wie man »mit freundlichem Urteil einem jeden, er wäre Jude oder Türke, Unterricht täte«. Dreißigmal streift er dieses Thema in seinen Schriften und Briefen. Und immer wieder geht es ihm dabei um das Problem, wie wir die »Ursachen unseres Glaubens darlegen vor den Ungläubigen«. Thomas kennt die Schriften der offiziellen Kirchenlehrer gegen die Häretiker, doch ihre wortklauberischen, kopflastigen Argumente verachtet er. Sie geben keine Erklärung dafür, »warum die Christen nicht lieber Heiden, Juden oder Türken sein wollen«, geschweige denn, daß »irgendeiner der alten Phantasten« den Ungläubigen Rede und Antwort stehen könnte.
In diese Kritik ist auch die lutherische Theologie mit einbegriffen. Der Wittenberger sah in den Türken vor allen Dingen eine »Zuchtrute Gottes«, die Gott zur Strafe auf die Christen losließ. Weil der Türke somit ein Werkzeug Gottes war, wollte Luther auch nichts von einem Kreuzzug gegen die Ungläubigen wissen. Sollten die türkischen Heere weiter in Europa vordringen, dann würde, so meinte er, Gott dem Kaiser schon beistehen, und wo er den Türken gewähren ließe, hätten die Christen den Moslems stillzuhalten und Buße zu tun, bis sich Gott ihrer erbarmte. Solche Überlegungen bildeten das gedankliche Rahmenwerk, innerhalb dessen sich Luther mit dem Islam beschäftigte. Eine Bekehrung der »Häretiker« lag ihm jedoch zeitlebens fern, denn nach seinem Urteil waren die Moslems hoffnungslos verstockt. Dabei waren die Informationen Luthers über die Türken höchst dürftig. Erst 1542, also zwanzig Jahre später als Thomas Müntzer, befaßte er sich mit einer – noch dazu höchst mangelhaften – Übersetzung des Korans, und die Frage nach dessen möglichem Wahrheitsgehalt stellte er sich erst gar nicht. In Luthers Theologie gab es keinen Raum für inter-

religiöse Gespräche, seine biblizistische Glaubensauffassung sperrte sich dagegen.
Glauben kommt aus dem Hören, betonte Luther immer wieder. Er meinte damit, jeder, der auf die biblische Botschaft höre, daß Christus auch für ihn gestorben sei, könne und dürfe sich vorbehaltlos von Gott angenommen wissen. Nicht senkrecht von oben, durch unmittelbare Erleuchtung, sondern durch Vermittlung der Bibel, durchs Hören auf ihr Christuszeugnis kommt mithin der Mensch, laut Luther, zum Glauben. Weil die Moslems die biblische Kreuzesbotschaft nicht anerkannten, hielt Luther eine Bekehrung der Türken von vornherein für unmöglich.
Thomas Müntzer dagegen ist überzeugt, »Türken und Juden möchten gern hören unseren unüberwindlichen Glaubensgrund«; ihm liegt daran, daß wir ihnen die »Ursachen unseres Glaubens« darlegen. Seine Theologie, anders als die Luthers, bot ihm die Voraussetzung dazu. Für Thomas muß der Glaube nicht den Umweg über das Medium Bibel nehmen. Denn Gott direkt ist es, so lautet zeitlebens Müntzers felsenfeste Überzeugung, der den Menschen in die Glaubensschule nimmt und ihm dabei so lange zusetzt, bis er wie Jesus am Kreuz schreit: »Mein Gott, warum hast du mich verlassen?« Erst wenn man ins Leere fällt, der Mensch den Glauben an sich verliert, lernt er ernstlich nach der Hand Gottes zu greifen. So hat es Thomas an sich selbst erfahren. Sein Glaube leitet sich also aus der extremen Selbsterfahrung ab, und auf diese beruft er sich, wenn er schreibt, man müsse auf den Glauben »mit der höchsten Arbeit warten«. Mit anderen Worten: Je williger sich der Mensch auf den schmerzhaften Prozeß der Destabilisierung einläßt, um so mehr wird ihm dafür die stabilisierende Gegenwart Gottes zuteil, der »unüberwindliche« Glaube. In diesem Ansatz spiegeln sich Müntzers quälende Kindheits- und Jugenderfahrungen wider. Der Rückbezug zur schwarzen Pädagogik ist deutlich erkennbar, zugleich aber auch der nachvollziehbare Kern der Glaubensaussagen Müntzers, seine radikale Selbstanwendung der Sprichwortregel: »Wo die Not am größten, ist Gottes Hilf' am nächsten.« Und das wiederum ist eine Erfahrung, die auch der Moslem anerkennen konnte; da hatte Müntzer recht. Seine auf Selbsterfahrung gegründete Glaubensdefinition trennt ihn jedoch

von Luther, der den Glauben ausschließlich an der biblischen Vermittlung des Christuszeugnisses festmacht.
Damit kann sich Müntzer nicht einverstanden erklären. Luther, so kritisiert Thomas, rede zwar immerzu vom seligmachenden Glauben, aber kann er die »Ursachen unseres Glaubens« darlegen, eine »grundfeste Rechenschaft« geben? Thomas bezweifelt das. Seiner Meinung nach verlangt Luther letzten Endes, man müsse an den Glauben eben einfach glauben. Das jedoch reicht Thomas Müntzer nicht. »Ich will fähig sein«, betont er, »daß mich das Volk in der Kirche auf der Kanzel fragt und ich einem jeglichen genugtue.«
Sein Zeitgenosse Paracelsus, der Arzt, Naturforscher und Theologe, hatte sich der Devise verschrieben, man müsse wissen und nicht wähnen. Dieser Satz hätte auch von Thomas stammen können. Und seine Erfahrung, den begründeten Glauben, möchte er an die ganze Welt weitergeben: »Es findet der auserwählte Freund Gottes eine wonnige, überschwengliche Freude, wenn sein Mitbruder auch also durch solche gleichartige Ankunft zum Glauben gekommen ist wie er.«
Thomas hatte, wie alle Mystiker vor ihm, die sich der extremen Selbsterfahrung der inneren Entleerung aussetzten, das Geheimnis des mystischen Innewerdens Gottes für sich wiederentdeckt. Doch anders als sonst in der mystischen Erfahrung bedeutete Frömmigkeit von innen für Müntzer keinen Rückzug von der Welt, sondern führte bei ihm geradewegs zu umstürzenden gesellschaftlichen Konsequenzen. Müntzers Theologie zufolge konnte nur jemand, der arm mit sich dran ist, Gottes Reichtum erfahren; somit mußte Gott auch der natürliche Verbündete aller Armseligen und Armen sein. Damit schloß Thomas Müntzer unmittelbar an die Verkündigung von Jesus an: »Die Armen sollen sich freuen, Gott verschafft ihnen Recht im Land.« Und hier ist es wiederum bezeichnend für den Unterschied zwischen Müntzer und Luther, daß dem Wittenberger solche Texte schlecht ins theologische Konzept paßten.

Wieweit sich Müntzer seiner Distanz zu Luther schon in Jüterbog bewußt war, läßt sich nicht mehr klären. Doch später ist er sich seiner Eigenständigkeit deutlich bewußt, wenn er betont: »Endlich ist

das meine ernstliche Meinung: Ich predige einen solchen Christenglauben, der mit Luther nicht übereinstimmt, sondern der in allen Herzen der Auserwählten auf Erden gleichförmig ist. Und wenn gleich einer ein geborener Türke wäre, so hätte er doch den Anfang desselbigen Glaubens.« Das war im 16. Jahrhundert ein kühner Satz. Mit dieser Perspektive einer Universalreligion ging Müntzer weit über den Horizont seiner Zeitgenossen hinaus.
Kein Wunder, daß er sich in Jüterbog gleich Ärger eingehandelt hatte, zumindest mit den Mönchen, die eine feine Nase für Ketzer hatten und Thomas gern gemaßregelt gesehen hätten. Doch nachdem Luther, den zu diesem Zeitpunkt noch viel mit Müntzer verband, sich massiv für ihn und Günther eingesetzt und den Franziskanerbrüdern ein öffentliches Streitgespräch angedroht hatte, gaben diese schließlich klein bei. Franz Günther nahm seine Predigttätigkeit wieder auf, und Thomas stand abermals auf der Straße.
Orlamünde, ein Städtchen an der Saale, wo wieder ein Vertretungsauftrag auf ihn wartete, war sein neues Ziel. Der Weg führte ihn über Wittenberg, Halle und Jena bis an die Einmündung der Orla. Das sind zweihundert Kilometer Luftlinie, dreihundert Kilometer Fußmarsch. Der Theologieprofessor Andreas von Bodenstein, in Wittenberg nach seinem Geburtsort am Main kurz Karlstadt genannt, hatte Müntzer gebeten, in Orlamünde den Predigtdienst zu versehen.
Karlstadt, der Pfarrherr von Orlamünde, war einer von den Mitstreitern Luthers, dem er allerdings nicht unkritisch gegenüberstand. Vielleicht fühlte sich Thomas gerade deswegen zu Karlstadt hingezogen, und auch später, als der Konflikt mit Luther offene Formen annahm, blieben Karlstadt und Thomas miteinander in Verbindung.
Während seines Orlamünder Aufenthalts beschäftigte sich Müntzer, wie ein zeitgenössisches Dokument berichtet, mit Tauler, einem Mystiker des 14. Jahrhunderts. Von Thomas heißt es, er habe dessen Bücher »mitsamt einem Weib« gelesen, »die Meister Conrads, des Pfarrherrn zu Orlamünde Köchin gewesen ist und irgendwo in Leipzig auch solch ein Wesen hatte, daß man sie für heilig achtete.« Dieser Notiz läßt sich entnehmen, wie sehr der gelehrte Magister immer wieder die Nähe zur Volksfrömmigkeit sucht, zu

dem Glauben, »der in allen Herzen der Auserwählten auf Erden gleichförmig ist«. In Quedlinburg war es der Metzgermeister Hans Pelt, der ihm wichtig war, hier in Orlamünde ist es eine belesene Köchin, später in Zwickau wird es der junge Tuchmacher Nikolaus Storch sein.
Die Hochschätzung der Laienfrömmigkeit verbindet ihn auch mit Karlstadt, der später dem gelehrten Wittenberger Klüngel den Rücken kehrte, um unter dem gemeinen Volk zu leben. Luther, zeitlebens stolz auf seinen Doktortitel, spottete über den ehemaligen Professor: »Karlstadt ward ein Bauer, ging barhäuptig und wollte nicht Doktor, sondern Nachbar Andreas genannt sein. Er verließ die Hochschule und ging aufs Dorf. Ich habe mit eigenen Augen gesehen, wie er mit nackten Füßen im Mist stand und wie ein Bauer seinen Mistkarren belud.«
Karlstadt seinerseits hielt Doktor Luther seine verdreckten Hände entgegen und fragte zurück: »Was meinst du, Luther, ob nicht Blasen den Händen ehrlicher stehen als goldene Ringe?«
Luther hielt solche Ideen für ausgefallen und konnte dafür kein Verständnis aufbringen. Er empfand Karlstadts Verhalten als Anbiederung an die kleinen Leute und nannte den Mistdoktor schlichtweg einen Heuchler. Das aber war Karlstadt nicht. Anders als Luther fühlte er sich mit seiner Theologie bei Fuhrleuten, Bauern, Tagelöhnern und Handwerkern zu Hause und empfand die akademische Frömmigkeit als Entmündigung des Kirchenvolks.
Auch hier war Thomas mit Karlstadt einer Meinung. Ob er aber ebenfalls sein Magisterbarett abgelegt hat, wissen wir nicht. Der niederländische Stich zeigt ihn in der standesgemäßen Bekleidung eines Gelehrten mit Barett und Pelzkragen. Ein Indiz dafür, daß es sich bei dem Stich um kein lebensechtes Porträt handelt? Oder hatte Thomas anders als Karlstadt Wert auf standesgemäße Bekleidung gelegt? Zu den oberen Ständen rechnete man auch die Leute, die »etwas Rechtes studiert« hatten, wie die sächsische Kleiderordnung feststellt, also die Doktoren, Magister, Advokaten und Professoren. Angesichts der vielen Schmähworte, mit denen Thomas Müntzer die Gelehrten seiner Zeit bedenkt, kann man sich allerdings schlecht vorstellen, er habe für seine Person ein besonderes Standesbewußtsein kultiviert.

Die Wittenberger und die altgläubige Gelehrtenprominenz ist im Juli 1519 in Leipzig versammelt. Karlstadt und Luther diskutieren zwei Wochen lang mit Johann Eck, einem der scharfsinnigsten Theologen der Gegenseite, im überfüllten Hofsaal der Pleißenburg. Auch der sächsische Landesfürst, Herzog Georg, genannt der Bärtige, ist anwesend; Wachposten sind auf dem Schloß stationiert, um den Ausbruch von etwaigen Unruhen zu verhindern. Die Redeschlacht zwischen den Theologenkathedern wird zu einem Staatsakt. Man diskutiert über Papst und Kirche, Fegefeuer und Ablaß. Zweimal gelingt es Eck, Luther festzunageln. Das erste Mal entlockt er seinem Kontrahenten die Aussage, Hus sei rechtswidrig als Ketzer gebrandmarkt worden, denn unter den Artikeln des Böhmen seien »viele echte christliche und evangelische«, welche die Kirche nicht verdammen könne. Herzog Georg entfährt der zornige Ausruf: »Das walt die Sucht!« Hatte man doch in Leipzig die brandschatzenden Hussitenheere noch in schlimmer Erinnerung. Doch dem Herzog, selbst theologisch gebildet, sollte es alsbald noch mehr den Atem verschlagen. Denn beim nächsten Wortwechsel mit Eck läßt Luther sich zu der Feststellung fortreißen, auch Konzilien, die Vollversammlungen der Kirche, könnten sich irren. Das war eine riskante Behauptung, denn damit hatte der Wittenberger den Anspruch der Kirche auf unfehlbare Lehrentscheidungen angetastet. Eck durfte mit sich zufrieden sein. Es war ihm gelungen, den gefährlichen Luther als einen ketzerischen Mann bloßzustellen.

Thomas hat das Rededuell offenbar mitverfolgt. Ob er sich unter den Baretten und Talaren auf der Pleißenburg wohl gefühlt hat? Ob er schon damals das Auftreten Luthers so kritisch beurteilt hat, wie er es 1524 in seiner letzten Schrift tat? »Du meinst, es sei gut geworden, so du einen großen Namen bekommen hast«, hält er dort, mittlerweile zum offenen Feind Luthers geworden, seinem Gegner vor. »Und kommst endlos, wie du in Leipzig vor einer gefährlichen Versammlung gestanden bist. Willst du die Leute blind machen? Dir war also wohl in Leipzig, fuhrest du doch mit einem Nelkenkränzlein zum Tor hinaus und trankst den guten Wein zu Melchior Lotters Weinstube!«

Der aggressive Ton ist nicht zu überhören, doch in der Sache hatte

Thomas recht. Nie war Luther, seinem Kurfürsten teuer wie ein Augapfel, solchen Nachstellungen und Gefahren ausgesetzt wie Müntzer. Und vielleicht ärgerte sich Müntzer auch schon damals in Leipzig über Luthers vorsichtiges Taktieren. Thomas selbst hatte in Jüterbog jedenfalls einen härteren Ton gegenüber den Altgläubigen angeschlagen als Luther auf der Pleißenburg.

In »Melchior Lotters Weinstube« mag auch Thomas vor seinem Glas gesessen haben. Hier ergaben sich erste Kontakte zu Egran, dem humanistisch gesinnten Pfarrherrn zu Zwickau, der Müntzer später auf die Kanzel der Marienkirche in der Tuchmacherstadt rief. Zum gegenwärtigen Zeitpunkt schien Müntzer jedoch keine Neigung verspürt zu haben, mit der Wittenberger Bewegung in Kontakt zu bleiben. Er nahm eine Stelle in einem Frauenkloster an. Es ist auffällig, wie oft es Thomas immer wieder zu den Nonnen zog. Vermutlich fühlte er sich in der Atmosphäre der Frauenklöster besonders zu Hause, denn dort studierte man mit Vorliebe mystische Theologie und schätzte ekstatische und visionäre Erfahrungen, für die auch Thomas empfänglich war.

Beuditz mit seinem Kloster, Müntzers neues Betätigungsfeld, ist südlich von Naumburg gelegen, etwa auf halbem Weg zwischen Weimar und Halle. Magister Thomas ist bei den Zisterzienserinnen als »Confessor«, als Beichtvater angestellt. Seine Tätigkeit läßt ihm viel Zeit, da er keine gottesdienstlichen Verpflichtungen hat. Thomas nutzt den Aufenthalt in Beuditz zu intensiven Studien. Bei Melchior Lotter in Leipzig, der neben seiner Weinstube auch noch eine wohlsortierte Verlagsbuchhandlung betreibt, bestellt er einen Packen Bücher im Wert von etwa einem Goldgulden. Das ist eine enorme Ausgabe – in einem späteren Jahr, 1523, schreibt Thomas einmal, er habe den ganzen Winter über nur gerade zwei Gulden. Die Bücher, die er bestellt, sind kirchenjuristische und historische Abhandlungen. Daneben beschäftigt er sich, wie aus dem Brief einer Nonne Ursula hervorgeht, weiter mit mystischem Schrifttum.

Der Unterhalt in Beuditz ist eher kärglich, und Thomas bedauert in einem Brief nach Jüterbog, nur so wenig Geld für Buchkäufe erübrigen zu können. »Mir geht es dabei nicht um mich«, betont

er, »sondern um unseren Herrn Jesus«, aber er wolle sich schicken, »dieses bittere Kreuz« zu tragen.
Bestimmt konnte sich der junge Beichtvater auch in der Klosterbibliothek umtun. Wenn er Glück hatte, mochte er dort die 1514 zum ersten Mal als Druck erschienenen Werke des Nikolaus von Kues finden. Bei dem Kardinal, dem Philosophen und Naturforscher (1401–1464) hätte er manch Verwandtes finden können, den Grundriß einer wissenschaftlich durchdachten mystischen Weltanschauung, die den Lehrmeinungen der Zeit weit vorauseilte. Nikolaus, gebürtig in Kues an der Mosel, hatte sich bereits vor Müntzer zu einer Universalreligion bekannt. In seiner Schrift über den Koran zieht der Kusaner die Schlußfolgerung aus seiner religionsphilosophischen Arbeit: »Moses beschrieb einen Weg, aber er wurde nicht von allen angenommen und verstanden. Christus erleuchtete und vollendete ihn, und doch blieben bis jetzt noch viele ungläubig. Mohammed bemühte sich, diesen Weg als leichteren zu beschreiben, damit ihn alle, auch die Götzendiener annähmen.«
Und ebenfalls wie Müntzer hatte auch Nikolaus von Kues das Problem der religiösen Verelendung der kleinen Leute erkannt. Thomas faßt dieses Problem ein paar Jahre nach Beuditz in die Worte: »Ach Gott, die Bauern sind geplagte Leute. Sie haben ihr Leben mit der ganz sauren Nahrung zugebracht, auf daß sie den erzgottlosen Tyrannen den Hals gefüllt haben. Was soll das arme, grobe Volk wissen? ... Darum kann jeder in sein Herz nicht kommen vorm Geschäft der Nahrung ...«
Diese und ähnliche Stellen in Müntzers Schriften finden ihre Parallele in dem Hauptwerk des Kusaners, *Über die wissende Unwissenheit*, wo es gleich einleitend heißt:
»Du weißt ja, Gott, die große Masse der Menschen ist gezwungen, ein Leben unter Arbeit und Schinderei zu führen. Geknechtet und gedrückt müssen die meisten Menschen tyrannischen Regenten dienstbar sein. Daher kommt es, daß kaum jemand Zeit und Muße findet, sich aus eigenem Antrieb einer Selbstprüfung zu unterziehen, wie sie zur Selbsterkenntnis nötig wäre. So entfremden die vielen materiellen Sorgen und Abhängigkeiten den Menschen von seiner wahren Bestimmung, und darum vermag er nicht, dich, den lebendigen Gott, zu suchen.«

Der Druck von oben, die gewaltsame Ausbeutung also, erklärt Nikolaus von Kues, läßt die kleinen Leute nicht nur äußerlich, sondern auch innerlich verarmen; vor lauter Arbeit kommen sie nicht mehr zu sich selber und verelenden seelisch. Müntzers Sicht der Verhältnisse seiner Zeit deckt sich mit der Theorie des Kusaners, treibt Müntzer im Unterschied zu seinem Vorgänger jedoch zu sozialrevolutionären Konsequenzen.

Dazu kam es, indem Thomas seine inneren Erfahrungen auf die soziale Außenwirklichkeit übertrug. Auf dem schmerzhaften Weg innerer Entleerung hatte er beten gelernt, war er zum mystischen Innewerden Gottes gekommen: Also würde Gott dem »armen, durstigen Volk« in der äußersten Bedrängnis ebenso zur Hilfe eilen, verheißt Thomas seinen Leuten, denn »es ist nicht euer, sondern Gottes Streit«. Hatte doch die äußere und innere Verelendung des gemeinen Mannes so zugenommen, daß es über kurz oder lang zu einem »Durchbruch« kommen mußte. Zuerst jedoch, so lautet die Lehre Müntzers, mußten den Bauern und Handwerkern, den lohnabhängigen Arbeitern die Augen für ihre Situation und für Gottes Gericht über die verkehrten Verhältnisse aufgetan werden, denn »die Veränderung der Welt« sei »jetzt vor der Tür«. Dazu wollte er als »Seelenwärter« Gott an die Hand gehen, ihm als Werkzeug dienen, um einer »unüberwindlichen Reformation« die Bahn zu brechen.

Im 19. Jahrhundert griff Karl Marx Müntzers Revolutionstheorie noch einmal auf, allerdings in vielfältig vermittelter Form und zudem ihrer religiösen Grundlage beraubt. Nach Marx werden die Proletarier, von der herrschenden Klasse ins Elend gestoßen, durch die nicht mehr ertragbaren Verhältnisse schließlich zur Revolution getrieben. Die Not lehrt sie, sich zusammenzuschließen und zu kämpfen: So produziert der Kapitalismus seine eigenen Totengräber. Die Proletarier haben dabei, so erklärt das *Kommunistische Manifest*, nichts zu verlieren als ihre Ketten, aber eine Welt zu gewinnen. Genauso zuversichtlich hat sich auch Thomas Müntzer über die Durchsetzung seiner »unüberwindlichen Reformation« geäußert. Ihre Theorie der Revolution, so unterschiedlich ihr Ansatz auch war, gab beiden Männern globale Siegeszuversicht.

1520 – 1521
Zwickau, die Kirche von unten

»Die Laien müssen unsere Pfarrer werden.«

Eine »Perle« in seinen Landen nannte Kurfürst Friedrich von Sachsen die Stadt Zwickau. Dort blühte die Tuchindustrie, und die Tuchmacherherren verstanden auf überaus einträgliche Weise, sich Beteiligungen am Silberabbau des nahe gelegenen Erzgebirges zu sichern. Auch das Baugewerbe der Stadt hatte seit Jahren Konjunktur, Zwickauer Brauhäuser verkauften ihr Bier weit bis ins Umland, und die Handelsbeziehungen mit den oberdeutschen Städten warfen ebenfalls reiche Gewinne ab. Neben der lateinischen Stadtschule gab es bereits, eine Rarität zu dieser Zeit, eine griechische Schule; eine Buchdruckerei hatte sich aufgetan, und man zählte nicht weniger als acht Kirchen in der Stadt. So war Zwickau ein glänzendes Schaustück bürgerlichen Fleißes und Unternehmungsgeistes. Freilich wurden dabei die wenigen Reichen immer reicher, die vielen Armen jedoch noch ärmer. Geld sollte wie Mist sein, pflegte Luther gelegentlich anzumerken; auf dem Acker verteilt bringt er Segen, auf einem Haufen stinkt er. In Zwickau lag das Geld in den Händen weniger, auf einem beachtlich großen Haufen.

Der Zwickauer Rat hatte Thomas in die Stadt gerufen. Wie so oft in Müntzers Leben, ging es zunächst um einen zeitlich begrenzten Auftrag, also wieder um eine Predigtvertretung. Egran, den Thomas während der Leipziger Disputation flüchtig kennengelernt hatte, war auf eine längere Bildungsreise gegangen und hatte, möglicherweise sogar auf Empfehlung Luthers, dem Rat vorgeschlagen, sich um Magister Thomas zu bemühen. Luther sah damals in dem sechs Jahre jüngeren Magister wohl noch einen Anhänger der Wittenberger Theologie.

Zur gleichen Zeit erreichte Thomas ein zweites Angebot: Der Archidiakon Heinrich von Bünau, sein ehemaliger Schulkamerad, ließ seinen »Hans Worst« wissen, bei ihm sei eine Kaplanstelle frei. Thomas möge, schrieb Bünau, umgehend nach Elsterburg kom-

men, für Unterkunft und Verpflegung sei bereits gesorgt. Doch Müntzer entschied sich für Zwickau. Wohl nicht zuletzt, weil ihm der Rat über seinen befristeten Auftrag hinaus eine feste Anstellung in der hochangesehenen Handelsstadt in Aussicht stellte.
Der Predigtstuhl Egrans stand in der prächtigen Marienkirche, einem gotischen Hallenbau mit der mächtigsten Glocke Sachsens im Turm und einem Flügelaltar von Hans Kraft im Schiff. Die Kirche wurde gerade innen renoviert, und die Legende erzählt, gleich bei einer der ersten Predigten Müntzers sei ein Balken aus einem Gerüst hinabgestürzt. Aus Furcht, das ganze Gerüst falle in sich zusammen, sei das Volk panikartig aus der Kirche geflohen. Das sei, vermerkt die Legende, von vielen Leuten als ein Vorzeichen künftiger Unordnung und Zerstörung durch den neuen Prediger verstanden worden.
Unordnung und Zerstörung wollte Thomas nicht anrichten, jedenfalls nicht um jeden Preis. Kritik war für ihn nie Selbstzweck. Doch damit die Leute für »Gottes Wort mögen empfindlich werden«, muß zuallererst »der Mensch seinen gestohlenen, gedichteten [d. h. selbstgebastelten] Christenglauben zu Trümmern verstoßen«, das ist der Grundton seiner Predigt. Erst müssen die Fenster aufgestoßen werden, daß frische Luft ins Haus kommt, dann erst kann man frei atmen. Die Christenleute haben sich aber einen komfortablen, kompromißlerischen Glauben aufschwätzen lassen, so kritisiert Müntzer, haben sich daran gewöhnt und geraten nun in Aufregung, wenn einer, wie er selbst das tut, Fenster und Türen auf Durchzug stellt.
Die Schuld an diesem »armen, zerfallenden« Zustand gibt Thomas den Religionsspezialisten. Er wirft ihnen vor, sie hätten die Kirche zu einem »Jahrmarkt« gemacht und den Leuten einen »hübschen, goldenen Herrgott vorgesetzt, wo die armen Bauern vor schmatzen«. Und selbstverständlich kommt er in seinen Zwickauer Predigten auf den Ablaß zu sprechen, die Trugfinanzen Roms, das böse Leben der Kleriker.
Mit seiner Kritik an den Mißständen der Kirche und besonders des Klerus stand Thomas keineswegs allein da, wie eine Eingabe der Bayernherzöge an den zuständigen Salzburger Bischof zeigt. Darin heißt es:

Der reiche Papst am Zahltisch. Holzschnitt von Lukas Cranach d. Ä. (1521)

»Der gemeine Mann in unserem Fürstentum, besonders die Bauernschaft auf dem Lande, läßt sich öffentlich hören, sie wollen die Pfaffen totschlagen ..., da es unmöglich und wider den christlichen Glauben wäre, sie länger zu dulden ... Sie liegen Tag und Nacht in den öffentlichen Wirtshäusern, trinken mit Laien, werden voll und so unschicklich, daß sie dadurch Aufruhr mit Schlagen, Raufen

und dergleichen Gewalttätigkeiten gewaltsam veranlassen ... Und hat sich auch oftmals als wahre Geschichte herausgestellt, daß sie nach solchem Trinken und Rumoren, ohne zu schlafen oder ins Bett zu gehen, zum Altar gehen, um die göttlichen Ämter zu vollbringen ...
Wenn in einer Gemeinde ein Kind, eine Frau oder ein Mann mit dem Tod abgeht, belasten sie Grabstätten und Trauergottesdienste so hoch, daß es kaum in der armen Leute Vermögen steht ...
Dazu, wenn ein Sünder Ehebruch oder sonst ein außerordentliches Stück beichtet, muß er dem Beichtvater besonderes Geld für die Lossprechung geben. Sie sagen, es koste so viel ...
Ist auch jetzt allenthalben fast bei allen Priestern in den Städten und auf dem Lande üblich geworden, daß sie ohne Scheu ihre Konkubine und Zubehör, auch Kinder, bei sich öffentlich halten ... und so grobe, unzüchtige Worte vor jedermann, Mann und Frau reden, daß Gott der Allmächtige gelästert, der christliche Glaube geschmäht und der gemeine Mann verärgert wird ... Aus diesen und anderen Lastern, damit die Priesterschaft leider befleckt ist ..., folgt das allgemeine Gerücht unter den Laien in Städten, Märkten und besonders auf dem Land in den Dörfern, sie wollen die Pfaffen totschlagen ... Sollte der Anfang an der Priesterschaft gemacht werden ..., so könnte es weiter reichen und kein Ende nehmen. Welcher Nachteil aller geistlichen und weltlichen Obrigkeit daraus entstehen würde, kann Sein Lieb als Hochverständiger leicht ermessen ...«
Das alles sah auch Müntzer. Er freilich glaubte nicht, daß das Gottesgericht noch abzuwenden wäre. Nach seiner Ansicht wird »der Schade je länger je breiter und weiter«, und allein eine durchgreifende Veränderung aller kirchlichen und weltlichen Verhältnisse könne die Welt wieder in Ordnung bringen. Anheben aber müsse das Gericht am Haus Gottes, dem Klerus zumal, an den »großen, dicken, feisten Pausbacken«, die ihr »Leben zugebracht mit tierischem Fressen und Saufen« und so den »bitteren Christus« verleugnen. Die Bürger und den Rat Zwickaus hatte Thomas mit solcher Pfaffenschelte auf seiner Seite. Der neue Prediger enttäuschte sie nicht: Da war endlich einer gekommen, der kein Blatt vor den Mund nahm.

Doch schon bald melden sich die allgegenwärtigen Mönche, und wieder sind es, wie in Jüterbog, die Franziskaner. Ein Ausspruch Müntzers macht die Runde und bringt die Brüder in Rage: Die Mönche, soll der neue Prediger unter anderem gesagt haben, »hätten Mäuler, daß man wohl ein Pfund Fleisch abschneiden könnte, und sie behielten dennoch Mauls genug«. Das wollten die Gescholtenen nicht auf sich sitzen lassen. Sie zogen von Haus zu Haus, rügten den Magister Thomas und hielten der Gemeinde vor, daß gerade sie, die Franziskaner, durch ihr Festhalten an den kirchlichen Sitten und Gebräuchen den Glauben verteidigt und hochgehalten hätten.

Besonders der seit vierundzwanzig Jahren in Zwickau wirkende Pater Tiburtius macht sich auf der Kanzel der Franziskanerkirche stark gegen Müntzer. Er wendet sich schroff gegen die Leidenstheologie des Magisters in der Marienkirche. Sagt Müntzer, das Herz müsse ganz mürbe und durch »die bittere Wahrheit erneuert werden«, hält Tiburtius dagegen, es genüge, daß Christus für alle gestorben sei. Überhaupt müsse man sich vor der Bibel in acht nehmen; schließlich sei nicht der einzelne Prediger, sondern das offizielle kirchliche Lehramt zuständig für die richtige Interpretation der Texte. Ein wortwörtliches Verständnis des Evangeliums führe notwendig in die Irre, denn, so Tiburtius, man kann »nicht ständig nach dem Evangelium leben«. Und wenn Magister Thomas einer Kirche der Armen das Wort rede, sei dem entgegenzuhalten, daß auch Fürsten und Könige Reichtümer besäßen und dennoch gute Christen sein könnten. Überhaupt trete der neue Prediger zu selbstsicher auf. Das irdische Leben aber sei ein Pfad voller Ungewißheit, auf dem man zeitlebens der Seligkeit noch nicht sicher sein könne.

Tiburtius hatte genau hingehört, hatte Müntzer richtig verstanden und gibt dessen Überzeugungen korrekt wieder. Aber alles, was der neue Prediger da unter die Leute bringt, riecht den Vertretern der etablierten Kirche nach Ketzerei und Abfall von der wahren Lehre. Also schalten die Franziskaner jetzt das Bischofsamt als die zuständige Aufsichtsbehörde ein. Thomas Müntzer soll widerrufen.

Das Bischofsamt reagiert prompt. Schon einen Monat nach Müntzers erster Predigt legt die Kirchenbehörde beim Stadtrat förmliche Beschwerde gegen den Magister ein, der »sich in seinen Predigten sehr weit und gröblich verlaufen« habe. Die Zwickauer taktieren. Um Zeit zu gewinnen, schalten sie die landesherrschaftliche Dienstaufsicht ein. Und so kommt es am Ende zu Vergleichsverhandlungen. Müntzer geht einen Schritt zurück, die Situation entspannt sich. Doch ein Unbehagen bleibt.
Der Altbürgermeister der Stadt richtet einen geharnischten Brief an den Hofprediger des Kurfürsten und protestiert: Man habe Müntzer schimpflich behandelt, ihn einfach fallengelassen, einen guten und wahrhaft christlichen Prediger! Im Stadtrat wird es noch mehr solcher Stimmen gegeben haben, die gegen Bischof und Mönche für Thomas Partei ergriffen. Um alle und jeden zufriedenzustellen, beschließt der Rat, den Predigtauftrag Müntzers zu verlängern, und weist ihm einen neuen Predigtstuhl zu, die Stelle an der Schloßkirche St. Katharinen, der zweitwichtigsten Kirchengemeinde Zwickaus.
Am 1. Oktober 1520 wechselt Thomas in seinen neuen Tätigkeitsbereich über. Er gerät dabei in ein völlig anderes soziales Umfeld. St. Katharinen ist die Kirche der kleinen Leute. Die Tuchmachergesellen Zwickaus waren schon lange in einer Bruderschaft organisiert, die sich für die Verstorbenen aus ihrer Mitte zu Gebetsleistungen und zur karitativen Hilfe für deren Hinterbliebene verpflichtet hatten. Der Bruderschaftsaltar steht in St. Katharinen, verarmte Handwerker und ihre Familien sind in der Gemeinde zu Hause. Man trifft sich aber auch außerhalb der Kirchenmauern in Lagerschuppen, in einer Färberei oder unterm Dach eines Schusters, bittet, daß die Geistesmacht Gottes über die Versammelten komme, sie ergreife und zu ihnen rede. Es geht in diesen Gruppen unreglementiert und spontan zu, Frauen weissagen, manche haben wunderbare Träume, andere können lesen und legen die Bibel aus. Solche spirituellen Erfahrungen kann ihnen die etablierte Kirche mit ihrem Schaugepränge und den Latein sprechenden Priestern nicht bieten. Hier formierte sich eine Laienbewegung, eine Laienkirche.
Thomas, der in St. Katharinen der ›Kirche von unten‹ begegnet,

ist tief beeindruckt von dem zwanzigjährigen Tuchmacher Nikolaus Storch. Der gelehrte Magister läßt den geistbegabten jungen Mann sogar im Gottesdienst das Wort ergreifen und predigen. Das war für das damalige Kirchenverständnis ein ungeheuerlicher Eingriff in die traditionelle Gottesdienstordnung. Müntzer ist sich dessen bewußt, denkt jedoch nicht daran, sich zu verteidigen, sondern soll – der Zwickauer Chronik zufolge – bei Gelegenheit sogar gefordert haben: »Die Laien müssen unsere Pfarrer werden!« Das könnte er tatsächlich gesagt haben. Immerhin hatte doch selbst Luther im Jüterbogstreit sich für die These stark gemacht: »Einem einfachen Laien, der sich auf die Schrift beruft, ist mehr zu glauben als dem Papst und einem Konzil, wenn sie das nicht tun.« Für Luther freilich blieb das Laienamt bloße Theorie, Müntzer dagegen machte in St. Katharinen Ernst damit.

Die Begegnung mit Storch wird für ihn zu einer wichtigen Bestätigung seines Anliegens. Ihn bewegt die spontane Laienfrömmigkeit, die er in St. Katharinen kennenlernt, denn die Erfahrung mit der Kirche von unten wirkt auf Thomas wie ein Echo seiner eigenen spirituellen Spontanerfahrungen. In den kleinen Leuten sieht er Gottes Geist am Werk, der sich an der etablierten Kirche vorbei eine neue Gemeinde erwählt.

Die Solidarisierung mit der Kirche von unten bringt Thomas Müntzer aber nun erst recht in Konflikt mit der Obrigkeitskirche. Egran, der Hauptpfarrer von St. Marien, meldet sich aus seinem Urlaub zurück. Er hat sich erst lange dazu bitten lassen und vom Rat eine Reihe von Sondervergünstigungen gefordert: Arbeitsentlastung, mehr Zeit für seine Studien, bessere Bezahlung. Die Zwickauer gehen auf alle Forderungen Egrans ein. Man will den liberalen, gelehrten und schöngeistigen Mann unbedingt zurückhaben, und als Egran dann tatsächlich seine Arbeit wiederaufnimmt, kann der Rat mit sich zufrieden sein: Die beiden wichtigsten Predigtstühle der Stadt sind nun mit reformatorischen Predigern besetzt. Von der reformatorischen Verkündigung verspricht man sich eine Eindämmung der selbstherrlichen Machtansprüche von Priestern und Mönchen gegenüber dem Stadtregiment.

Thomas hat inzwischen gute Verbindungen zum Stadtrat und wird aus erster Hand über die Personalverhandlungen informiert.

Egrans Feilschen um immer neue Vergünstigungen mußte ihn mit Abscheu erfüllen. Und als der Pfarrherr von St. Marien dann noch vorsichtig zu dem vom Bann bedrohten Luther auf Distanz geht und auch Müntzer schneidet, ist für Thomas das Maß voll. Egrans eigene Worte, man »sollte das Evangelium fahrenlassen und bleiben bei der Einigkeit der Kirchen«, entlarven den Hauptpastor als einen typischen Vertreter der »Neutrales«, die Müntzer so zuwider sind. »Das sind die guten Erzheuchler«, spottet er öffentlich. Solche Leute wie Egran »predigen, was sie wollen, dennoch suchen sie nur den Bauch. Oho, den zu erhalten, nehmen sie gern rote Gulden mit großer Andacht. Darum hat ihre Lehre auch keine Kraft.«

Der rechte Glaube, das erkennt Thomas immer klarer, ist nicht bei den Etablierten, der baufälligen Kirche von oben. Die Erneuerung beginnt bei der Kirche von unten, darum darf Müntzer dem Konflikt nicht ausweichen. Und auch diesmal ist er nicht allein. Die Leute von St. Katharinen stehen zu ihrem Pfarrer, denn er verteidigt ihre Sache gegen die da oben.

Die Wittenberger aber suchen Müntzer zu beschwichtigen. Jetzt, wo der ganzen reformatorischen Bewegung wegen Luthers Kritik an Ablaß, Papstgewalt und Mönchswesen der Bann droht, soll Thomas den Streit mit Egran nicht eskalieren lassen. Doch solche taktischen Manöver bringen Thomas noch mehr auf. Für ihn ist Egran gottlos, und wenn Luther sich zum Verteidiger eines solchen Menschen aufwirft, gilt es für Thomas erst recht Farbe zu bekennen, damit das Evangelium nicht ins Zwielicht gerät.

Egran, sonst eher konfliktscheu und bemüht, Auseinandersetzungen aus dem Weg zu gehen, verteidigt sich. Er predigt gegen Müntzer und schreibt ihm einen gekränkten Brief:

»Daß du mich auf dem Predigtstuhl verteufelst und ausschreist, muß ich mit Geduld erleiden ... Vielleicht lehrt es dich dein Geist, dessen du dich rühmst ... Derhalben so fahr fort und hau drein mit beiden Sporen ... Von mir bleibst du ungehindert. Gott schick es zum Besten. Amen. Daß ich deutsch geschrieben habe, ist nicht ohne Ursache geschehen, denn ich spüre, daß dein Geist ein Verächter ist der Wissenschaft und aller Schrift.«

Egrans Brief wird Müntzer nicht beeindruckt haben. Er bestätigte

nur seine Einschätzung des Mannes, der sich einer offenen Auseinandersetzung entzog und statt dessen im Winkel schmollte. Ein kämpferischer Gegner wäre Thomas tausendmal lieber gewesen; dann hätten sich die Fronten wenigstens geklärt.
Mitte Dezember 1520 reicht Egran sein Entlassungsgesuch ein. Der Magistrat bemüht sich um einen Nachfolger. Müntzer hätte gern seinen Jüterboger Streitgefährten Franz Günther neben sich in Zwickau gesehen, doch der hatte gerade kurz zuvor eine neue Stelle angetreten. Also bleibt Egran zunächst in der Stadt.
Vor den Weihnachtstagen erhält Thomas brieflich Nachricht, Luther habe die Bannandrohungsbulle des Papstes in Wittenberg öffentlich dem Feuer übergeben. Dem Schreiben beigefügt ist der Druck *Warum des Papstes und seiner Jünger Bücher von Doktor Martin Luther verbrannt sind*. Die deutsche Öffentlichkeit ergreift Partei für den Wittenberger »Bullentöter«, Flugblätter verherrlichen seine Tat, um Luthers Haupt webt sich ein Glorienschein. Auch Müntzer wird Luther für diese Tat Beifall gezollt haben. Der Wittenberger hatte Mut bewiesen. Sein demonstrativ vollzogener Bruch mit Rom war, drei Jahre nach den 95 Thesen, endlich wieder ein Schritt in die Richtung, die auch für Thomas die richtige war.
Die Stimmung in Zwickau ist erregt, man nimmt für oder gegen Luther Stellung. Als ein auswärtiger Pfarrer am 26. Dezember nahe bei St. Katharinen gegen Müntzer und »alle ihm anhängigen Schälke und Bösewichter« loszieht, wird er von aufgebrachten Kirchenbesuchern »mit Kot und Steinen« beworfen und in den Schloßgraben geworfen, »daß er kaum mit dem Leben davonkam«. Thomas muß sich wegen des Vorfalls vor seiner Dienstaufsichtsbehörde verantworten. Offenbar geht die Verhandlung zu seinen Gunsten aus, denn das Ratsprotokoll vermerkt keine Maßnahmen gegen ihn. Auch keiner der Steinewerfer wird zur Rechenschaft gezogen.
Was die Bayernherzöge in ihrem Warnschreiben befürchtet hatten, tritt ein: Nach Handgreiflichkeiten gegen die Priesterschaft gehen die Proteste weiter. Im Januar erscheinen die Tuchmachergesellen vor dem Stadtrat und klagen auf Verbesserung ihrer Verhältnisse. Der Rat weigert sich, auf die Forderungen einzugehen, aber immerhin erreichen die Gesellen eine bessere Ausstattung

ihres Notfonds. Die Demonstranten ziehen daraufhin ab, aber der Konflikt schmort weiter.
Eine direkte Beteiligung Müntzers an der Aktion ist nicht zu belegen, vermutlich stand eher der junge Storch dahinter. Aber ein Zeichen ist gesetzt. Die Reformation hatte Feuer ans Fundament der Papstkirche gelegt, und der Brand scheint nun auf Rathäuser, Herrensitze und Schlösser überspringen zu wollen.
Die Aktion der Tuchmacher spaltet Zwickau. Auf der einen Seite beziehen die Besitzbürger Stellung, auf der anderen Seite steht das arme Volk; hier St. Marien, dort St. Katharinen. Der soziale Konflikt wächst sich zum Glaubensstreit aus.
Thomas nimmt die Auseinandersetzung an. Er hat sie nicht nur gewollt, sondern sogar bewußt herbeigeführt. Denn er glaubt an die reinigende Kraft des Konflikts, der den Widerstreit zwischen Obrigkeits- und Volkskirche als unversöhnlichen Gegensatz aufdeckt.
Seine Predigt bringt er darum immer mehr auf den Begriff des Entweder – Oder, denn jetzt muß sich der »erdichtete Glaube« entlarven, der echte, aus Gott geschöpfte Glaube aber bewähren. Von jedem in Zwickau, so sieht es Thomas, wird nun die Entscheidung verlangt, auf welcher Seite er steht. Entweder bei der Obrigkeitskirche oder bei der herrschaftsfreien Kirche von unten. Damit ist eine weitere Zuspitzung des Konflikts vorgezeichnet.
Am 12. Februar werden Thomas die Fenster eingeworfen, Drohbriefe flattern ihm ins Haus, und offenbar hat man sogar versucht, ihm das Dach überm Kopf anzuzünden. Die Leute von St. Katharinen ergreifen daraufhin Gegenmaßnahmen. Sie bringen einen gehässigen Schmähbrief gegen Egran unters Volk. Dem Pfarrer von St. Marien wird darin vorgeworfen, er verfolge »den Gottesknecht, der da predigt wohl und recht und suchet weder Geld noch Gut«, wohingegen Egran sich nur an seinem Amt bereichern wolle.
Nicht minder gereizt antwortet die Gegenseite, Müntzer sinne auf Blutvergießen, seine ganze Arbeit stehe auf Lug und Trug, er säe Unrecht und Gewalt, und man rät ihm drohend: »Thomas, mach dich davon!«
Es kommt zu Tumulten und Tätlichkeiten. Ein vom Rat herbeige-

rufener Bevollmächtigter des Kurfürsten schaltet sich ein. »Dienstag nach Sonntag Quasimodogeniti [16. April] hat Herr Wolf von Weißenbach, Ritter, neben dem ehrbaren Rat allhier, Verhandlung gehalten mit Thomas Muntzer der Schmähbriefe halber über Magister Egran, da ist Thomas Muntzer Urlaub geben worden«, notiert der Ratsschreiber 1521. Damit steht Thomas vor der Tür. Bei seiner Entlassung wird er von der Stadtkasse mit vierzehn Gulden abgefunden. Er quittiert: »Vom Rat der Stadt Zwickau habe ich 14 Florenos erhalten, was ich hiermit eigenhändig bestätige. Thomas Muncer, der für die Wahrheit in der Welt kämpft.« Der Kampf, das ist ihm klar, ist mit seiner Amtsenthebung nicht beendet. Die Wahrheit braucht seine Stimme; wenn nicht in Zwickau, dann eben woanders.

Die Nachricht von der Entlassung Müntzers spricht sich mit Windeseile herum. Während Thomas im Badezuber sitzt, rotten sich bewaffnete Tuchmachergesellen zusammen. Die Stadtwache schreitet ein und nimmt fünfzig Männer fest. Als sich am nächsten Morgen herausstellt, daß der Magister über Nacht die Stadt verlassen hat, werden die Gesellen wieder auf freien Fuß gesetzt.

Man hatte ihm schimpflichen Abschied bereitet, aber der Aufenthalt in Zwickau war dennoch keine schlechte Zeit für Thomas gewesen. Er hatte in auskömmlichen Umständen leben können. Das Haus war groß genug gewesen, um darin Schüler zu unterrichten und Tischgäste zu verköstigen. Die Kämmereirechnung belegt, daß Thomas dreißig Gulden Jahresgehalt erhielt. Das war eine großzügig bemessene Entlohnung – im selben Jahr wurden Luther in Wittenberg neben seinem Naturalgehalt nur neun Gulden ausgezahlt.

Entscheidend für Thomas Müntzer aber war der innere Gewinn, den er aus Zwickau mitnahm. Elf Monate hatte er hier verbracht, und die Erfahrung mit der Kirche von unten war für ihn eine wichtige Bestätigung seiner eigenen Berufung gewesen. Auch die Fronten waren nun klarer. Er hatte der etablierten Kirche jetzt offen den Kampf angesagt, sah an ihr nichts mehr zu retten, und daraus ergab sich für ihn die Schlußfolgerung: »Es muß die unsinnig kluge Christenheit noch viel mehr geärgert werden als von Anbeginn um der unüberwindlichen Besserung wegen.« Diese Einsicht verdankte er der Kirche von unten, und für sie würde er weiterkämpfen. In Zwickau war er unwiderruflich zu dem Mann geworden, an dem sich auch in Zukunft die Geister scheiden sollten.

1521
Prager Winter

»Dies Volk wird ein Spiegel der ganzen Welt sein.«

Das nächste Ziel, Böhmen, lag sozusagen auf der Hand. Thomas war inzwischen so oft als Hussit und böhmischer Ketzer angeschwärzt worden, daß es ihn fast unwiderstehlich nach Prag ziehen mußte. Dort, an Ort und Stelle, wollte er sich persönlich ein Bild von der tschechischen Nationalkirche verschaffen, der es gelungen war, Rom und dem Reich Selbständigkeit abzutrotzen.
Während Thomas nach Böhmen wandert, durchreist der abtrünnige Franziskanermönch Johann Eberlin die deutschen Lande und sät Unruhe. Eberlin hatte sich noch im fortgeschrittenen Alter von seinem Kloster und der römischen Kirche losgesagt. Mit seinen sozial- und kirchenutopischen Ideen wurde er zu einem bedeutsamen Vorkämpfer der Reformation. In einem Dialog läßt er zwei Landfahrer folgendes Gespräch miteinander führen:
»Z: Ich denke, unser Gott sei nicht der rechte Gott; der tut uns nichts Gutes, er verderbet uns gar am Gut, er verderbet uns auch am Leib, so er uns gebietet viel Fasten, verbietet uns Eier, Butter, Fleisch zu essen; oft müssen wir seinetwegen im Krieg sterben, zuletzt um einen Groschen tut er uns in Bann und verdammt uns ewiglich. Entweder ist gar kein Gott, oder unser Gott ist nicht der rechte. Ein Gott ist, der seinen Dienern Gutes tut, der beschirmt und selig macht. Ich will den Gott annehmen, davon ich jetzt sage, und will den alten fahrenlassen.
P: In welchem Buch liest man von ihm?
Z: Ich weiß nicht anders, denn sein Buch heißt die Bibel.
P: Pfui, pfui, das ist ein falsch Ketzerbuch.
Z: Ich befind, daß der biblische Gott der rechte Gott ist. Tut jedermann Gutes und liebt Gutsein und Gerechtigkeit, darum sage ich unserem Gott ab und ergebe mich dem biblischen im Namen Jesu Christi.
P: Der biblische Gott soll bald aller Pfaffen und Klosterleute Meisterschaft zerstören!«

Um diesen anderen, den biblischen Gott, geht es auch Müntzer. Er hat in Zwickau den geistbegabenden, redenden Gott kennengelernt, und als dessen Sprachrohr will er unter den Böhmen Zeugnis ablegen. Die Zeit ist reif für eine Reformation, die »an den Wurzeln angreift«, den radikalen Umschwung auf den Weg bringt.
Die zweisprachige Stadt Saaz an der Eger, achtzig Kilometer südöstlich von Zwickau, ist sein erstes Reiseziel. Saaz ist ein altes Ketzernest. Hier hatte schon Hus gepredigt, und den hussitischen Radikalen galt Saaz als eine der fünf heiligen Städte, die von Gottes Rache verschont bleiben sollten. Dorthin sollten sich die Gläubigen flüchten, um das Endgericht zu überstehen. Müntzer wird in der Stadt an der Eger sicher noch auf Spuren dieser apokalyptischen Endzeiterwartung gestoßen sein. Näheres über seinen Aufenthalt in Saaz ist allerdings nicht bekannt. Wahrscheinlich wollte er von hier aus erst einmal die Lage in Böhmen sondieren. Das Ergebnis scheint positiv ausgefallen zu sein. Er beschließt, seine Planungen für den Prager Aufenthalt voranzutreiben.
Wenige Wochen darauf finden wir Thomas in Elsterberg bei seinem Quedlinburger Schulkameraden. Dort trifft er die letzten Reisevorbereitungen. Unter anderem schickt er einen Eilbrief an Markus Stübner, den er als Reisegefährten gewinnen will.
Thomas hatte Stübner während seines Wittenberger Besuchs kennengelernt und war mit dem jungen Studenten offenbar in Verbindung geblieben. Zwischen beiden hatte sich ein besonderes Vertrauensverhältnis herausgebildet, und so hatte Müntzer den jungen Mann ersucht, sich um die Unterbringung der ihm aus dem Nachlaß der kürzlich verstorbenen Mutter zugefallenen Gegenstände zu kümmern. Jetzt bittet er Stübner, alles stehen- und liegenzulassen, um sich möglichst noch am nächsten Tag einzufinden. Stübners Begleitung ist ihm um so wichtiger, als Hans Löbe, »der Böhme«, ein Vertrauensmann aus Zwickau, sein zugesagtes Geleit absagen mußte. Thomas hätte den Böhmen gern als Übersetzer dabeigehabt, zumal Löbe, wie sein Brief belegt, durch Thomas zum Glauben gekommen war.
In einem anderen Brief regelt Thomas seinen Nachlaß, »im Falle meines Todes«. Das wirft ein düsteres Licht auf seine Prager Mission. Doch Thomas sieht das anders. Er durchzieht »die ganze

Welt um des Gotteswortes willen« und wünscht sich nichts sehnlicher als Märtyrertum und Verfolgung, »wenn dadurch Menschen für Gottes Botschaft gewonnen werden können«. Wie immer denkt Thomas auch hier vor dem Hintergrund biblischer Geschichte. Er fühlt den Geist des Propheten Elia in sich, der in göttlicher Rage Hunderte von Baalspriestern erschlug und dann selbst um sein Leben laufen mußte. Soll Thomas den Zeugentod sterben, dann als Märtyrer im Heiligen Krieg, um mit seinem Blut der neuen Kirche Leben zu spenden. Soviel ist Müntzer klar, und dazu ist er bereit, als er mit Stübner im Juni 1521 nach Prag aufbricht.
Dort werden sie prächtig empfangen; man hat sie »herrlich eingeholt«, wie an Hans Pelt berichtet wird, und Thomas hat »zwei gelehrte Böhmen« bei sich, die Müntzers Botschaft des Evangeliums »auf böhmisch« dem Volk weitersagen. Thomas war also nicht als ein unbekannter Niemand nach Prag gekommen; man sah in ihm einen namhaften Vertreter der Wittenberger Bewegung, mit der die Prager seit Luthers Leipziger Disputation, wo der Wittenberger Hus verteidigt hatte, rege Kontakte pflegten. Man hatte Briefe mit Luther gewechselt, ihm Werke von Hus zukommen lassen, und Prager Gelehrte waren zu Luther gereist. Jetzt kam aber endlich einer der Luther nahestehenden Leute nach Prag, und so blickte man in der Moldaustadt dem Auftritt von Thomas mit Erwartung entgegen.
Von Müntzers Zielen, die er mit seiner Prager Mission verfolgte, ist uns nichts überliefert. Gewiß aber wollte er an die hussitische Volksbewegung des vorigen Jahrhunderts anknüpfen, sie neu beleben und damit seiner ›Kirche von unten‹ in Prag und ganz Böhmen zum Durchbruch verhelfen. Er selbst sah sich dabei im Gefolge des »teuren und heiligen Kämpfers Hus«, dessen militanten Einsatz fürs Evangelium er bewunderte. Vielleicht rechnete er sogar mit einer neuen Volkserhebung und mit blutigen Auseinandersetzungen, wie seine ausdrücklich bekundete Bereitschaft zum Martyrium belegt.
Dieser Kampf konnte sich nur gegen die in Böhmen noch verbliebenen Bastionen der Papstkirche richten und sollte zugleich die Halbherzigen im Lande zu neuem Glaubenseifer entfachen. Durch Gottes Beistand würde Böhmen so zum »Spiegel«, zum Vorbild

»der ganzen Welt« werden, schrieb Thomas später in seinem *Manifest*. Demnach hat er wohl erwartet, daß die Erhebung an der Moldau auch auf die Nachbarn überspringen würde, besonders auf die vom Reformationsfieber ergriffenen deutschen Lande. Das wäre ein weitgestecktes Ziel gewesen, doch wird Thomas nicht nach Prag gereist sein, um dort lediglich einige Predigten zu absolvieren. Wir können davon ausgehen, daß er die Stadt mit höherfliegenden Erwartungen betreten hat.

Zunächst wohnen die beiden Deutschen im berühmten Kollegium Karolinum auf dem Universitätsgelände, bedrängt von Wißbegierigen und manchen neugierigen Vertretern der Wissenschaftsgemeinde. Thomas mag bereits bei den ersten Gesprächen den böhmischen Freund aus Zwickau vermißt haben. Natürlich können sich die Anwesenden in lateinischer Sprache verständigen, auch sicher auf deutsch, der unentbehrlichen Verkehrssprache. Doch Müntzers dialektische Gedankenführung, vor allen Dingen aber sein mystisches Vokabular der »inneren Entleerung« konnte auch den des Deutschen mächtigen Böhmen nicht ohne weiteres zugänglich gewesen sein. Die »zertrennte Welt«, ein Begriff Müntzers für die von Gottes Einheit abgefallene, in Gegensätze zerrissene Welt, schuf zugleich fast unüberwindliche Sprachbarrieren. Aber der Gottesgeist, davon war Müntzer überzeugt, die Glaubenspredigt würde über alle Verständigungsschwierigkeiten hinweg doch die »Auserwählten unter allen Zertrennungen« erreichen. Auch hier und jetzt, in Prag, in Böhmen.

Im Vertrauen darauf predigt Thomas wochenlang in den Prager Kirchen, deutsch und lateinisch, begleitet von Übersetzern, und wartet auf den großen Durchbruch. Vor allem wohl, als er auf der mächtigen Pfeilerkanzel inmitten der Bethlehemskapelle steht. Sie war Ausgangspunkt der hussitischen Bewegung gewesen. Hier, in diesem bewußt schlicht und einfach, fast ärmlich gehaltenen Kirchenraum, hatte Hus seine Stimme gegen die verderbte Kirche erhoben, und Thomas mochte hoffen, daß dort am ehesten der Funke seiner Botschaft auf die Menschen überspringen würde.

Doch die Predigt Müntzers scheint ins Leere zu gehen; es gibt auch kein zeitgenössisches Echo darauf. Irgendwann werden die beiden Deutschen dann auch aus dem Gästehaus der Hochschule ausquar-

tiert und müssen irgendwo in der Stadt unterschlupfen. Thomas war zu spät nach Prag gekommen. Jahrzehntelang hatten die Hussiten gegen äußere und innere Feinde ankämpfen müssen, ihre Heere hatten in Böhmen und den deutschen Landen glänzende Siege erstritten und waren zu einer solchen Bedrohung für das Papsttum und die europäische Staatenwelt geworden, daß sogar die berühmte Jeanne d'Arc sich erboten hatte, das ketzerische Böhmen mit einem Kreuzzug zu überziehen. Doch für die Siege war der hussitischen Volksbewegung ein hoher Blutzoll abverlangt worden, Entzweiung und Verrat hatten sie zusätzlich geschwächt, und so waren die Böhmen zu Müntzers Zeit der Märtyrerparolen überdrüssig und müde. Aus den Ketzern, vor denen halb Europa gezittert hatte, war ein Pack von Leichenfledderern geworden, die sich um das Erbe von Hus stritten. Es war eine bittere Wahrheit, ließ sich aber nicht leugnen: Thomas war zwischen alle Fronten geraten. Zum Schluß scheint er nicht einmal mehr eine Kanzel gefunden zu haben.
Gerüchte über den Mißerfolg des Unternehmens dringen bis nach Zwickau. Ein Freund von Müntzer schreibt ihm nach Prag:
»Achtbarer, großgünstiger lieber Herr Magister ... Ist mir Euer Abschied von Zwickau sehr schrecklich und zuwider gewesen ohne Unterlaß, das weiß Gott ... Ich gedenke aber der Worte, die ich einmal in Eurem Stüblein gegen Euer Würden gedacht hab: Haben sie die Propheten vor Christus unschuldig verfolgt und getötet, danach Christus, die Wahrheit selber, nach ihm die Apostel und Märtyrer von wegen der Wahrheit auch getötet, so werden sie nach all denen, die die Wahrheit sagen, gehässig und blutdürstig sein ... Ich aber als ein herzlicher Zuhörer Eurer Predigten der Worte Christi bin Euch stets in meinem Herzen geneigt und günstig gewesen und bin's noch. Ist derhalben an Euer Würden die fleißige Bitte, wo Ihr könnt, mir wieder zu schreiben, wie es Euch allenthalben geht ... Denn die Euer Würden stets verfolgt haben, reden Euch nach, man habe Euch vergiftet und seid sehr krank; etliche sagen, Ihr seid tot und anderes viel ... Hans Sommerschuh, der Jüngere, Bürger zu Zwickau, Euer Würden Diener.«
Wie kein anderes Dokument aus dem Nachlaß Müntzers beleuchtet dieser Brief die liebevolle Verehrung, die seine Anhänger ihm

entgegenbrachten. Sommerschuh, ein uns sonst nicht näher bekannter Zwickauer Bürger, bedauert noch immer Müntzers Weggang, er äußert sich besorgt über das jetzige Ergehen des Predigers, von dessen Mission er tief überzeugt ist. Sein schlichter, unliterarischer Stil läßt vermuten, daß Sommerschuh wie Hans Pelt zwar zu den belesenen, aber doch einfachen Leuten aus dem Bürgerstand gehört, mit den Worten Müntzers gesagt: einer von den »Kleinen, die Gott aufnimmt zu seinem Dienst«. Sicher hat Sommerschuhs Brief Müntzer aufgerichtet. Und der Bestätigung, des Trosts und Zuspruchs bedurfte er gerade jetzt, da sich ihm der Erfolg in Prag versagte. In seiner entmutigenden Lage war es beruhigend zu wissen, daß zumindest die Gemeinde in Zwickau weiterlebte.

Tatsächlich hatte auch Müntzers Abschied aus der Tuchmacherstadt den Brand, den er dort gelegt hatte, nicht ersticken können. Die Kirche von unten erregt neues Ärgernis. Zur selben Zeit, als Thomas in Prag an der Niederschrift seines *Manifestes* arbeitet, zieht in Zwickau die Teucherin, Frau des Baumeisters der Marienkirche, durch die Straßen und über die Dörfer und »redet dem Rat und der Stadtgemeinde Hohn und Schimpf«. Ja, sie besteigt sogar eine Kanzel und predigt. Laut Ratsprotokoll hat sie dabei geäußert, es »wäre die göttliche Schrift zur Lehre der Menschen unkräftig; der Mensch müsse allein durch den Geist belehrt werden, denn hätte Gott den Menschen durch Geschriebenes wollen gelehrt haben, so hätte er uns vom Himmel herab eine Bibel gesandt«. Nur der, heißt es weiter bei der Teucherin, wisse überhaupt recht von Gott zu reden, der ihn im Herzen gefühlt, seine Stimme innerlich vernommen hätte. Die Teucherin und die Gleichgesinnten aus ihrem Umfeld zogen damit aus Müntzers Lehre vom mystischen Innewerden Gottes die äußerste Konsequenz, und das war ihnen wohl bewußt. Äußerte sich nämlich der Gottesgeist – schrift- und buchstabenfern – unmittelbar durch die Gläubigen, dann waren Priesteramt und Gottesdienstritual, ja, dann war die ganze Institution Kirche mit einem Schlag überflüssig geworden.

Die Teucherin und ihr Mann werden wiederholt vor den Rat zitiert, von den Pfarrherren verhört, aber der freisinnige, antiklerikale Geist breitet sich nur noch mehr aus. Priestern werden

Fenster und Türen eingeworfen, und in aller Öffentlichkeit treten Leute wie der Tuchmacher Nikolaus Storch auf, die sogar Ehe und Taufe in Frage stellen. Alles »irrige böhmische Stück«, wie der Zwickauer Stadtschreiber böse anmerkt. In Böhmen ist von diesem Aufbruch der Kirche von unten allerdings nichts zu spüren. Oder fehlt nur der zündende Funke, um im Land an der Moldau wieder das Feuer der Geisterfahrung Gottes zu entfachen? Ist die Zeit vielleicht schon reif für Gottes Gericht über die »geistlose« Christenheit?

In Müntzers Augen stehen die Zeichen auf Sturm. Es ist höchste Zeit, drängt es ihn zu sagen, die letzte Zeit vor dem Gericht, Umkehrzeit. Der Türke pocht bereits an die Tür, ein Zeichen, daß es mit Gottes Geduld zu Ende geht. Bald wird Christus kommen zu richten, das Unkraut vom Weizen abzusondern, die Gottlosen von den Freunden Gottes. Und so spitzt Thomas den Gänsekiel, setzt die Feder an und schreibt:

»Gott weiß, daß ich nicht lüge: Ich habe all mein Lebtag von keinem Mönch oder Pfaffen erfahren die rechte Übung des Glaubens ... Ich habe wohl gehört von ihnen die bloße Schrift, die sie gestohlen haben aus der Bibel, daß keiner nichts anderes vorbringen kann als zu sagen: ›Da und da ist es geschrieben!‹ Ja, liebe Herren, das ist ein schöner Beweis, im Hühnerstall erdichtet. Sie stehlen Gottes Wort, welches sie selber von Gott aus seinem Mund keinmal gehört haben ... Aber St. Paulus schreibt, daß die Herzen der Menschen sind das Papier oder Pergament, da Gott mit seinem Finger seinen unverrücklichen Willen und ewige Wahrheit nicht mit Tinte einschreibt ... Aber die Gelehrten schwatzen, daß Gott nicht mehr mit den Leuten rede, gleich als wäre er stumm geworden ... St. Paulus aber sagt, daß ein Prediger soll Offenbarung haben, anders mag er das Wort nicht predigen ... Es soll also nimmer so zugehen, daß die Pfaffen und Affen sollen die christliche Kirche sein; sondern es sollen die auserwählten Freunde Gottes sein Wort auch lernen zu prophezeien, daß sie mögen wahrhaftig erfahren, wie freundlich Gott, ach so herzlich mit allen seinen Auserwählten redet ... Daß ich solche Lehre möchte an den Tag bringen, bin ich willig um Gottes willen mein Leben zu opfern. Gott wird wunderbare Dinge tun mit seinen Auserwählten, besonders in diesem

Lande. Denn hier wird die neue Kirche angehen, dies Volk wird ein Spiegel der ganzen Welt sein ... Nehmt's zu Herzen, liebe Böhmen ...«

Dieser ersten Fassung des *Manifests* läßt Thomas bald darauf eine zweite, längere folgen, die er mit dem Bekenntnis schließt: »Thomas Muntzer will keinen stummen, sondern einen redenden Gott anbeten.« Und das ist auch der Kernpunkt seiner Theologie.

Als Vertreter der Wittenberger Bewegung war Müntzer in Prag empfangen, »herrlich eingeholt« worden. Doch was er hier vorträgt, ist nicht Luthers Lehre, sondern seine eigene, die Lehre vom freien Geist: »Gottes Wort, das Herz, Hirn, Haut, Haar, Gebein, Mark, Saft, Macht, Kraft durchdringet, darf wohl anders dahertraben, als unsere närrischen, hodensäckischen Doktores erzählen.« Nach Luther spricht Gott zu den Menschen nur über das Medium Bibel; für Müntzer aber wäre das ein »stummer Gott«, und er besteht darauf, daß Gott direkt mit dem Menschen spricht, unmittelbar, nicht auf dem Umweg über eine Aufzeichnung, und sei es auch die Bibel. Der Gegensatz zu Luther muß Thomas klar gewesen sein, wenn er auch den Wittenberger Doktor im *Prager Manifest* nicht namentlich erwähnt.

Der Unterschied zwischen Luthers und Müntzers Lehre hat beträchtliche sozial- und kirchenpolitische Konsequenzen. War nämlich, wie es Luther sah, Gott nur über die Bibel zu haben, dann wäre der gemeine, unstudierte Mann aufs neue, wie schon in der Papstkirche, zur Unmündigkeit verdammt. In der Papstkirche konnte das Laienvolk nur über den Priester in Kontakt zu Gott kommen, Heil erlangen. War es jetzt anstelle des Priesters die Bibel, die Glauben vermitteln sollte, dann wären die Leute neuen Religionsspezialisten ausgeliefert, diesmal den studierten Bibelfachleuten. Die Lutherische Lehre war also drauf und dran, wie Müntzer es später ausdrückte, die Leute »mit einer neuen Logik zu bescheißen«. Denn mußte der Weg zu Gott über den akademisch ausgebildeten Religionsspezialisten führen, dann war die Vision einer Kirche von unten, die Volksreformation preisgegeben.

Und genau das geschah tatsächlich im Gefolge der lutherischen Reformation. Sie institutionalisierte Kirche wieder von oben, ihr

Lateinische Fassung des *Prager Manifestes* (1521) in Müntzers Handschrift

Papst war die Bibel, ein papierener Papst, ihre Priester waren die Schriftgelehrten, und »der Bauer soll ihnen zuhören«, wie Thomas grimmig bemerkt.

Das bedeutet jedoch nicht, daß für Müntzer das »heilige Geschrift« keine Rolle mehr spielt. Er hält die Bibel durchaus in Ehren, zitiert sie in jedem dritten Satz, ist also in ihr belesen und sachkundig. Doch im Gegensatz zu Gott, der kein Ding, keine Sache, sondern Geist ist, ist die Bibel etwas Gemachtes, dinglich wie jede andere »Kreatur«. Gewiß, geistbegabte Menschen haben sie geschrieben, doch Glauben schaffen, wie Luther meint, kann das beschriebene oder bedruckte Papier trotzdem nicht. Gott selber, betont Thomas, stellt den Kontakt zwischen sich und den Menschen her, und das gerade bezeugt laut Müntzer auch die Bibel selbst immer wieder. Eben darum ist nach Müntzer der »Freund Gottes« gehalten, seinen aus Gott selbst geschöpften Glauben an ihr stets neu zu überprüfen. Die Bibel ist also ein Prüfstein des Glaubens, mehr ist sie nicht. Ja, Thomas geht so weit zu sagen: »Wenn einer nun sein Leben lang die Bibel weder gehört noch gelesen hätte, so könnte er doch für sich durch die rechte Lehre des Geistes einen unbetrüglichen Christenglauben haben.« Deswegen ist, paradox genug, der »christliche Glaube« letztlich nicht an die Kirche, nicht einmal an die Christenheit gebunden. Er ist universal, zumindest im Ansatz auch bei den Heiden, den Juden, den Türken vorhanden.

An Müntzers Perspektiven gemessen, wirkt die Lutherische Theologie vergleichsweise eng und provinziell. Während Luther nur die Reformation der Kirche im Auge hat, denkt Müntzer global: Er verkündet die Reformation der ganzen Welt. Die böhmische Kirche soll zum »Spiegel der ganzen Welt« werden, schreibt er, und »es werden von vielen Landen und fremden Nationen mannigfaltig Auserwählte uns faulen, nachlässigen Christen hoch überlegen sein«. Das ist eine antinationalistische, menschheitsumgreifende Sicht von Religion, die den Wittenbergern völlig abgeht. Müntzers Glaube ist Religion ohne Kirche, Religion ohne Bücher, Religion ohne Religionen: Sein Glaube ist universal.

Das war schon die Sicht des Nikolaus von Kues, und im gleichen Sinn äußerten sich die Mystiker aller Zeiten, so zum Beispiel der persische Dichterphilosoph Rumi, der kurzerhand feststellte: »Ich bin weder Christ noch Jude, noch Moslem.« Die soziale Sprengkraft dieser Ideen ist oft nicht unmittelbar zu greifen, doch die Geschichte bezeugt sie, und diesen Ansatz bei Müntzer nicht genügend veranschlagt zu haben, ist ein Mangel der bisherigen Forschung.

Man hat sich lange gefragt, was Thomas veranlaßt haben könnte, von Luthers Reformationsverständnis abzurücken und sich nicht auf eine Erneuerung der Kirche zu beschränken, sondern statt dessen den umfassenden Umbau der Gesellschaft einzuklagen. Lief doch, so sah man mit Recht, Müntzers Volksreformation letztlich auf eine Revolution hinaus, und damit stellte sich die Frage, wie Thomas Müntzer Religion und Revolution miteinander vereinbaren konnte. Religion als rückschrittliches, Revolution als fortschrittliches Denken bildeten, so sahen es vor allem marxistische Müntzerinterpreten, ein unversöhnliches Gegensatzpaar; und ein Denken in zwei Köpfen mochte man Müntzer nicht unterstellen. Also gab man seine Theologie als religiöses Mäntelchen aus, als Tarnung oder doch wenigstens als zeitbedingte Verkleidung seiner sozialrevolutionären Ideen. Bei der bürgerlichen Forschung dagegen neigte man eher dazu, Müntzers radikale sozialkritische Perspektive als einen Strickfehler seiner Theologie herunterzuspielen. Daß man Thomas Müntzer damit so oder so Gewalt antat, wollte man in beiden Lagern nicht recht wahrhaben. Tatsächlich jedoch verfälschten beide Deutungen Müntzers Vision seiner Kirche von unten.

Die der ganzen Diskussion um Müntzers Theologie zugrundeliegende These, Revolution und Religion stellten unversöhnliche Gegensätze dar, ist jedenfalls so nicht haltbar. Spätestens die Mullah-Revolution im heutigen Iran hat vor Augen geführt, daß ihre gegenseitige Durchdringung sogar zu einer politischen Explosion führen kann. Das gilt nicht erst für die Neuzeit, sondern bereits fürs Mittelalter, wie das Beispiel des sogenannten »Stylarieraufstands« belegt.

Der Name geht auf die westtürkische, der Stadt Izmir vorgelagerte Halbinsel zurück, wo zur Zeit der hussitischen Bewegung gleichfalls eine Volkserhebung stattfand. Ihr Kopf war Scheich Beddre-

din, wie Thomas ein Mystiker, der gegen den türkischen Staatsfeudalismus zu Felde zog.
In einem Lebensbild Beddredins beschreibt sein Enkel den Großvater als einen Visionär, der sich prophetisch berufen fühlte, die Welt durch Askese und Gottesfurcht zu reinigen. Träume, Offenbarungen und wunderbare Zeichen begleiteten das Wirken des moslemischen Gottesmannes. Vieles davon hatte Müntzer mit ihm gemeinsam. Seine Habe teilte Beddredin mit den Armen, er verschmähte die Gesellschaft der Mächtigen und Reichen, kleidete sich in grobe Wolle und lebte von Rüben und Getreidebrei.
Unter seinen Gefolgsleuten befanden sich auch Christen; Mönche der Insel Chios verehrten ihn gar als »zweiten Messias«. In der Nachfolge moslemischer und christlicher Mystiker lehrte Beddredin, alle Offenbarungen seien die Lichtstrahlen der einen ewigen Sonne. Damit bestritt er jeder Einzelreligion den Alleinvertretungsanspruch auf rechten Glauben.
Beddredin hatte wie Thomas die Staatsmacht herausgefordert, die jedoch Sieger blieb und in der Folgezeit die Erinnerung an ihn unterdrückte. Sein politisches Programm ist uns nur fragmentarisch aus dem Mund eines seiner türkischen Gefolgsleute überliefert. Über ihn berichtet eine byzantinische Quelle: In jenen Tagen trat ein Bauer auf und »predigte freiwillige Armut und lehrte, mit Ausnahme der Frauen müßten alle Dinge Gemeineigentum werden, wie Lebensmittel, Kleider, Zugvieh und Arbeitsgerät«, selbst Hütten und Häuser seien in Gemeinbesitz zu überführen. Solche Forderungen stellten für die moslemische Gemeinschaft, die Reichtum als Gottesgabe betrachtete und Armut allein durch Wohltätigkeit linderte, ein Programm dar, das an Radikalität kaum zu überbieten war.
Die Aufstandsbewegung, der sich Tausende von Bauern, Wanderhirten und Stadtarmen auf dem Balkan und in den türkischen Westprovinzen anschlossen, unterlag schließlich den Strafexpeditionen des Sultans. Der rebellische Mystiker selbst starb in der griechischen Stadt Seres den Tod am Strang. Doch bis in Müntzers Zeiten stellte die türkische Staatsmacht Beddredins Anhängern auf dem Balkan nach. Wurden sie ergriffen, war ihnen Tod oder Galeerenstrafe sicher.

Über Vorgänge im Reich des türkischen Nachbarn war man im damaligen Europa relativ gut unterrichtet. Dennoch ist es fraglich, ob Thomas dem Namen seines moslemischen Doppelgängers jemals begegnet ist. Dazu war die Berichterstattung der vielen Reisebücher und Zeitungen, die Erlebnisse entflohener Kriegsgefangener, Eindrücke von Diplomaten und Kaufleuten aus dem Türkenstaat vermarkteten, nicht tiefenscharf und sachkundig genug. Aber über Leute, »die meine Lehre aus fremden Ländern und Städten gehört haben«, mag Thomas durchaus mit Nachrichten aus erster Hand über den Islam in Berührung gekommen sein. Außerdem hatte er ja den Koran gelesen, in dem er manches Verbindende und Verwandte entdeckt haben wird. Solche Entdeckungen mögen ihn in der Auffassung bestätigt haben, daß der Glaube »in allen Herzen der Auserwählten auf Erden gleichförmig« sei. Das Grundmuster der Theologie der inneren Entleerung und des mystischen Innewerdens ist in der Tat im Judentum, Islam und Christentum vergleichbar und ähnlich. Der moslemische Mystiker Du'n-Nun nennt beispielsweise wie Thomas als Stufen des rechten Glaubens: Verwirrung – Armut der Seele – Vereinigung mit Gott. Und Abu Talib schreibt: »Die Weisheit kann nur in einem Herzen wachsen, das wie Staub geworden ist.« Müntzers Lehre, daß die »Gottesfurcht« das »Herz ganz und gar mürbe« machen muß, ehe der Mensch in sich Gottes heilende Gegenwart erfahren kann, wirkt wie ein Echo darauf.

Trotzdem will Thomas nicht »mit den Türken in ein Loch blasen«. Den Hauptunterschied zum Christentum sieht er in dem abweichenden Jesusbild des Korans. Nach Auffassung des Korans nämlich wurde Jesus nicht von seinen Gegnern umgebracht, sondern, wie es dort heißt, »es erschien ihnen eine diesem ähnliche Gestalt«, jemand also, der so aussah wie Jesus, und den kreuzigten sie. Streicht man aber den Kreuzestod von Christus, dann geht dem Glauben, wie Müntzer ihn sieht, der entscheidende Orientierungspunkt ab. Denn der Mensch muß, um zum rechten, unüberwindlichen Glauben durchzubrechen, die Kreuzigung von Jesus gleichsam an sich selbst nachvollziehen lassen. Eben darum ist der gekreuzigte Christus für Thomas unentbehrlich.

Freilich gesteht er dennoch dem Islam ein echtes Wissen um den

rechten Glaubensweg zu, ein Wissen, das sich mit seiner eigenen Theologie zumindest im Ansatz deckt: Gerade der Glaube des Propheten dringt unaufhörlich auf die Reinigung des Herzens durch die Gottesfurcht, und das ist auch Müntzers oberstes Anliegen. Darum möchte er ja auch den Türken »mit freundlichem Urteil« unterrichten, ihm die Augen für den echten, den »bitteren Christus« öffnen, der das Herz von aller Menschenfurcht leer macht, damit es allein Gott diene. Und wahrscheinlich könnte sich der Islam tatsächlich mit dem Christusbild Müntzers eher befreunden als mit dem des Sünderheilands der herkömmlichen christlichen Theologie.
Ebendiesen »bitteren Christus« wollte Müntzer in Prag verkündigen. Aber vom Christus, wie Thomas ihn predigte, wollten die Böhmen nichts wissen. Müntzer hatte Kanzelverbot bekommen, und so blieb ihm schließlich nur noch Feder und Papier, um sich Gehör zu verschaffen. Aber auch sein *Prager Manifest* brachte nicht den ersehnten Durchbruch. Das bittere Ende der so hoffnungsfroh begonnenen Mission begann sich abzuzeichnen. Anfang Dezember 1521 wurden Müntzer und Stübner zunächst unter bewachten Hausarrest gestellt und dann »gezwungen, die Stadt zu verlassen«, wie ein zeitgenössisches Dokument feststellt.

Aufgrund von Stübners späteren Berichten ist zu vermuten, daß den beiden beim Verlassen der Stadt Steine nachflogen. War das die Reaktion auf Müntzers Veröffentlichung des *Manifests*? Kursierten Abschriften unter den Prager Studenten? Sahen sich die »hodensäckischen Doktores« ernstlich durch Müntzer provoziert? Das alles ist heute nicht mehr zu klären. Fest steht nur, daß der Zeitpunkt für Müntzers Auftritt in der Moldaustadt denkbar ungünstig gewesen sein mußte. Im Lager der gemäßigten und konservativen Gruppen suchte man wieder unter dem päpstlichen Mantel Schutz. Die Aussöhnung mit der römischen Kirche stand an und wurde auf dem nächsten Landtag auch vollzogen. Ab 1524 wurden selbst Anhänger Luthers in Prag unter Druck gesetzt. Damit war nach hundert Jahren das Ende der ersten Nationalkirche gekommen, die sich von Rom losgesagt hatte und deren Sieg den Zerfall der Papstgewalt als Führungsinstanz der Christenheit bedeutet

hätte. Hus, der »teure und heilige Kämpfer«, so Thomas, wurde zu einer bloßen Denkmalsfigur.
Müntzer und Stübner kehrten, offenbar ohne unterwegs weiter behelligt zu werden, durchs verschneite Böhmen nach Sachsen zurück. Wie Thomas innerlich auf die Niederlage reagierte, wissen wir nicht. Vielleicht sah er in der Verstockung der führenden Kreise Prags, die seine Ausweisung verfügt hatten, ein Zeichen, daß sich die Krise mit dem herannahenden Gottesgericht nur immer mehr verschärfte. So wenigstens läßt sich die Botschaft interpretieren, mit welcher sich der inzwischen allein weitergereiste Stübner in Wittenberg zurückmeldete. Ein dortiger Druck berichtet zu Jahresanfang 1522:
»Es gibt bald keine Rede außer Markus Stübner, den man einen neuen Propheten nennt. Er ist einige Tage hier gewesen ... Man sagt, er habe viele Offenbarungen von Gott und habe mit ihm geredet. Er ist zu Prag in Böhmen gewesen und hat dort gepredigt, aber sie haben ihn nicht annehmen wollen ... Er ist in der Schrift kundig und hat gesagt, man habe hier in Wittenberg viele Bibeln, die man aber nur von außen ansehe und nicht von innen im Geist. Er hat auch gesagt, Luther habe meistenteils recht, aber nicht in allen Stücken. Es werde noch ein anderer über Luther kommen mit einem höheren Geist ... Ebenso, daß binnen fünf, sechs, sieben Jahren eine solche Änderung der Welt wird, daß kein Unfrommer oder böser Sünder überleben wird.«
Merkwürdig, daß in dem Bericht Müntzers Name nicht fällt. Aber die Stübner zugeschriebenen Äußerungen lesen sich wie ein Echo auf Müntzers Verkündigung, zumal der Hinweis auf das drohende Gericht. Interessant ist auch das Urteil über Luther. Seine wegweisende Rolle für die Reformation wird zwar anerkannt, aber doch zugleich eingeschränkt: Stübner sieht in Luther nur den Vorläufer eines kommenden, geistesmächtigen Gottespropheten, der, ausgerüstet mit der Autorität von Christus, die Welt endgültig von allen Bösen und Unfrommen reinigen wird. Hatte Markus Stübner dabei an Thomas gedacht? Wenn ja, dann mußte Müntzer bei Stübner trotz des Scheiterns der Prager Mission einen tiefen Eindruck hinterlassen haben.

1522
Der Landfahrer

»Liebe Brüder, laßt euer Trödeln, es ist Zeit, laßt euer Säumen, der Sommer ist da!«

Nach dem gewaltsamen Ende seines Aufenthalts in Prag wandert Thomas Müntzer monatelang durch Thüringen, Sachsen und Süddeutschland. Er ist auf der Suche nach einem neuen Predigtstuhl, doch gelingt es ihm nicht, irgendwo eine dauerhafte Anstellung zu finden. Von Resignation ist ihm allerdings nichts anzumerken. Ende März meldet er sich mit einem langen, lateinisch abgefaßten Brief bei Philipp Melanchthon, dem jungen gelehrten Mitarbeiter Luthers. In diesem Schreiben grenzt sich Thomas zum ersten Mal deutlich von Luther ab, wenn auch sein Brief durchaus verbindlich klingt, also den offenen Bruch mit der Wittenberger Reformation nicht provozieren will.

Drei Dinge hat Thomas an den Wittenbergern auszusetzen: Erstens, daß Luther und die Seinen einen »stummen Gott« verehren; damit knüpft Müntzer unmittelbar an seine Prager Botschaft an, daß Gott sich nicht über ein Buch, sondern direkt dem Menschen mitteilen will. Zweitens kritisiert Müntzer, sosehr er die Freigabe der Priesterehe durch Luther unterstützt, dessen Ehetheologie, die nach der Ansicht von Thomas der sexuellen Lust zuviel Raum läßt. Schließlich moniert Thomas, daß die Wittenberger die Zeichen der Zeit nicht recht erkennen; die »Kirche der Zukunft« stehe auf dem Spiel, darum mahnt er: »Liebe Brüder, laßt euer Trödeln, es ist Zeit!«

Der größte Teil von Müntzers Brief ist dem rechten Eheverständnis gewidmet. Die Wittenberger Reformation hatte mit der kirchlich verordneten Ehelosigkeit, dem Zölibat der Priester gebrochen, und bald darauf war in den ganzen deutschen Landen unter Priestern und entlaufenen Mönchen das Heiratsfieber ausgebrochen. Luther selbst ging erst Jahre später die Ehe ein. Ein halbes Jahr vor Müntzers Brief äußerte er sich belustigt, »mir werden sie keine Frau aufschwätzen«. Dennoch beurteilte er die Priesterehe grundsätzlich positiv, so wenn es ihm spontan entfuhr: »Ein Mensch ist des anderen wert, wo sie nur Lust und Liebe zusammen haben.« Solche »süßen Reden« Luthers zitierten heiratswillige Priester gern, um ihren Bruch mit der zölibatären Lebensform zu rechtfertigen. Freilich, derartige Argumente verfingen bei den kirchlichen Dienstaufsichtsbehörden nicht. Von ihrer Seite wurde den Heiratskandidaten vorgehalten, die Ehelosigkeit sei dem Priester angemessen, da er als Knecht Gottes all seine Kraft und all seine Zeit für Christus und die Kirche hingeben solle. Da auch die weltlichen Behörden abtrünnigen Klerikern keine Heiratsgenehmigung erteilen konnten, kam es zu grotesken Szenen. 1523 wurde zum Beispiel einem Augsburger Priester die Eheschließung verweigert, und prompt traute er sich und seine Braut vor aller Augen in einer Schenke.

Wie Luther, so streitet auch Thomas der römischen Kirche das Recht ab, zölibatären Gehorsam zu erzwingen. Doch darf die Ehe, belehrt er in seinem Brief den fünfundzwanzigjährigen, wenig glücklich verheirateten Bibelprofessor Melanchthon, nicht der sexuellen Befriedigung dienen. Weil nämlich das ganze Leben der Christen dem Gebot der Gottesfurcht unterzuordnen sei, müsse man auch in der sexuellen Beziehung den Gehorsam gegen Gott suchen. »Ihr aber«, hält Thomas den Wittenbergern vor, »lockt die Leute durch eure süßen Reden in die Ehe wie in ein Hurenhaus des Satans, obgleich das eheliche Lager von Lust unbefleckt bleiben soll. Das aber schadet der Kirche nicht weniger als das gottverdammte gesalbte Priestertum Roms. Die Leidenschaft der Begierde steht eurer Heiligung im Weg ...«

Wie Thomas sich konkret eine christliche Ehe vorstellt, erklärt er Melanchthon ein paar Zeilen darauf mit den Worten: »Vollzieht eure eheliche Pflicht als Menschen, die wissen, daß Gott zu euch redet; daß er euch befiehlt, mahnt, damit ihr sicher seid, zu welchem Zeitpunkt das, was ihr für einen auserwählten Sproß schuldet, zu leisten ist, damit die Furcht Gottes und der Wahrheit das tierische Gelüsten von euch fernhält.«

Müntzers Empfehlung an Melanchthon läuft auf die Devise hinaus, Eheleute dürften nur lustlos miteinander verkehren, und auch das nur, wenn ihnen die innere Stimme – das heißt Gott selbst –

den Zeitpunkt diktierte, Kinder zu erzeugen. Thomas schließt damit an das mittelalterliche Sexualverständnis an, das die Ehe allein unter dem Gesichtspunkt der Fortpflanzung sieht. Entsprechend heißt es in einem Ehebüchlein aus dem Jahr 1472: »Die Vermischung des Mannes mit der Frau hat Gott gesetzt in dem Paradies in Gestalt der heiligen Ehe. Darum ist die Ursache für einen Mann zu nehmen ein Weib, daß die Welt mit Menschen erfüllet, die Menschheit verewigt und die Sünde der Unkeuschheit vermieden werde.«

Müntzers Sexualverständnis ist noch ablehnender, noch restriktiver. Während die damalige Ehetheologie sexuelle Lust auf den Zeugungsakt beschränkt, gesteht Thomas der Lust überhaupt keine Daseinsberechtigung in der Ehe zu. Nicht »Begierde« soll Mann und Frau zur Zeugung zusammenführen, sondern die göttliche Geburtenplanung. Eheleute, so muß man sich das wohl konkret vorstellen, sollen im Gebet Gottes Willen erforschen, wann der Sexualakt »zu leisten ist«. Nur so bleibt das Ehebett »unbefleckt«.

So wirklichkeitsfern das klingt, hat man doch später in kirchlichen Randgruppen versucht, das »kleine Hausarbeitlein«, wie man damals in Sachsen sagte, entsprechend zu regulieren. Im Verhör bekannte ein Mann aus diesen Kreisen: »Ich darf keine Kinder mehr lassen taufen, denn alle meine Kinder werden heilig von mir geboren.« Eben darauf zielte auch Müntzers Ehetheologie: Kinder sollten nicht mehr dem natürlichen Vermehrungsdrang ihr Dasein verdanken, sondern einer Planung, die sich in den Dienst Gottes stellt, um seine Erde mit Gotteskindern zu bevölkern. Derselbe Gedanke einer – diesmal allerdings vom Staat verordneten – Zuchtwahl findet sich später in verschiedenen Sozialutopien des 17. und 18. Jahrhunderts wieder, die sich dabei auf den griechischen Philosophen Platon (400 v. u. Z.) beriefen, der den Regierenden eugenische Maßnahmen als Mittel der Staatsführung empfohlen hatte. Auch Thomas hatte Platons staatstheoretische Schriften gelesen, und es ist denkbar, daß er durch diesen zu seiner Idee von der göttlichen Zuchtwahl angeregt wurde.

Die radikale Disziplinierung der Sexualität liegt allerdings zugleich ganz auf der Linie von Müntzers sonstiger Theologie: Seine Lehre von der innerlichen Entleerung des Menschen durch die Gottesfurcht zielte auf dessen totale Inanspruchnahme im Dienst Gottes. Dabei gewährleistete seine Ehetheologie immerhin, daß Frauen ihren Männern nicht länger als Sexualobjekt zu dienen hatten. Für sie konnte also die sexualasketische Haltung Müntzers durchaus einen Gewinn an Selbstbestimmung über den eigenen Körper bedeuten. Hatten sich doch in der Konsequenz von Müntzers Gedanken Frau und Mann gemeinsam des Zeitpunkts zu vergewissern, an dem sie die »eheliche Pflicht« zu leisten hatten.

Das kann Müntzers Theologie freilich nichts von ihrer erschreckenden Leibfeindlichkeit nehmen. Nimmt man ihr den religiösen Unterbau, ist es nicht mehr weit zur modernen Genmanipulation und Reagenzglasbefruchtung. Mißt man andererseits seine Theologie an der biblischen Überlieferung, wird deutlich, daß Müntzers Weltbild weniger ihr als der asketischen, weltflüchtigen Philosophie der Spätantike verpflichtet ist. Nicht Jesus, sondern platonische Gedanken haben bei Müntzers Weltbild Pate gestanden. Seine Ehetheologie liefert dazu den Beweis.

Neben seiner Kritik an der Ehetheologie Luthers tadelt Thomas Müntzer das politische Verhalten der Wittenberger. In seinem Brief warnt er Melanchthon: »Auch euren Fürsten schmeichelt nicht, sonst schaufelt ihr euch selbst das Grab.« Hier öffnet sich zum ersten Mal die politische Dimension der Theologie Müntzers, die später zum alles beherrschenden Thema seiner Schriften wird. Den konkreten Anlaß zu der Warnung kennen wir nicht. Doch wußte natürlich jedermann, daß Kurfürst Friedrich seine Hand über Luther hielt, und dieses Schutzverhältnis beschwor die Gefahr herauf, dem Landesfürsten hörig zu werden. Hörigkeit gegenüber Menschen aber, so wird man Thomas im Sinn seiner späteren politischen Theologie interpretieren müssen, widerspricht der reinen Gottesfurcht, die alle Menschenfurcht ausschließt.

Hätten die Wittenberger, so wieder Müntzer, mehr Gottesfurcht, wären sie innerlich bereit, sich wirklich von Gott direkt ansprechen zu lassen, dann sähen sie jetzt bereits am Horizont die drohenden Zeichen des nahenden Gottesgerichts. Gott habe Unkraut und Weizen, die »Verworfenen« und die »Auserwählten«, bisher ungeschieden miteinander aufschießen lassen. Doch jetzt näherte sich der Sommer, die Erntezeit; da würde das Unkraut verbrannt, der

Weltgerichtsvision aus der Lutherbibel (1545)

Weizen in Gottes Scheune versammelt werden. Nach dem Scheitern seiner Prager Mission sieht Thomas in der Verstockung der Christen ein Alarmsignal, daß der Gerichtstag Gottes über die ungläubige Welt vor der Tür steht, und er fühlt sich verpflichtet, seinen Brüdern ins Gewissen zu reden: »Ihr zarten Schriftgelehrten, seid nicht darüber unwillig, ich kann es nicht anders machen«, schließt er seinen Brief.

Seine Vorstellungen über die Gerichtszeit hat Thomas nie näher dargelegt. Dachte er an Krieg, Aufruhr und Aufstand? An eine sichtbare oder unsichtbare Ankunft von Christus, um die Erde von allen Bösen zu reinigen? Und erwartete er für die Zeit nach dem Gericht das »tausendjährige Gottesreich« auf Erden? Von all diesen Gedanken, die damals überall in der Luft lagen, finden sich Spuren in seinen Schriften, doch keine genaueren Ausführungen. Seine Leser werden das auch nicht verlangt haben. Sie spürten wie Thomas, daß ein Gewitter aufzog – ein reinigendes Gewitter, wie Thomas es sah; seine Zeitgenossen aber erfüllte die drohende Gewitterwand mit Schrecken.

Es waren die krisenhaft sich zuspitzenden gesellschaftlichen Verhältnisse, die jene apokalyptischen Angstträume hervorriefen. Der bayrische Kanzler erstattete seinem Herrn Bericht: Flugschriften kursierten, in denen »der gemeine Mann angehalten wird, die Tyrannei der Könige, Fürsten und Herren von sich zu werfen«. Der süddeutsche Arzt und Astrologe Johannes Kopp las aus den Sternen einen Aufstand »gegen die Bischöfe und alle Pfaffen« heraus. Und Stübner verkündete in Wittenberg, »daß binnen kurzem, ungefähr in fünf, sechs, sieben Jahren eine solche Änderung der Welt wird, daß kein Unfrommer oder böser Sünder sie überleben« werde. Seine Voraussage wurde von der Wirklichkeit noch eingeholt. Drei Jahre später befand sich Deutschland mitten im Bauernkrieg.

Von Unruhe getrieben, ist Thomas monatelang in Deutschland unterwegs, erneuert alte Freundschaften und sucht neue Kontakte. Ende Juni nimmt er eine Predigtstelle in Nordhausen am Harz an. Nähere Nachrichten über den dortigen Aufenthalt fehlen. Aus seiner letzten Schrift können wir nur entnehmen, daß Thomas in Nordhausen beinahe das Opfer eines Mordanschlages geworden wäre. Auf Einzelheiten geht er nicht ein, macht aber Luther für den Anschlag verantwortlich – eine Beschuldigung, die kaum haltbar ist. Luther hat zwar nach eigenem Eingeständnis Menschen mit der Feder umgebracht, ein Mafiaboß war er nun aber doch nicht. Daß Thomas ihm jedoch einen Mordanschlag auf seine Person zutraut, wirft ein bezeichnendes Bild auf die wachsende Feindseligkeit zwischen den beiden Männern.

Das wird auch aus den kargen Nachrichten über Müntzers nächste Station in Weimar deutlich. Man diskutiert dort im Theologenkreis über Sünde und Gnade. Thomas wirkt dabei auf die anwesenden lutherischen Theologen wie ein exotischer Vogel, und er selbst hat bald schon genug von ihrem »honigsüßen« Gerede, das den Ernst der Gnade verharmlost. Er bezeichnet Luther, Karlstadt, Melanchthon, kurz die ganze Wittenberger Prominenz, als lauter Narren und fährt den Weimarer Hofprediger an: »Ha, lieber Gesell, ich scheiß dir ein Stück auf die Schrift, aufs Evangelium und den Christus, wenn du nicht hättest den Geist Gottes. Du mußt es dir gar sauer werden lassen, denn es ist mir auch gar sauer geworden.« Nein, Thomas nimmt jetzt kein Blatt mehr vor den Mund, er ist sich seiner umstrittenen Stellung inzwischen voll bewußt und weiß, daß er in den Augen der Wittenberger bereits ein Abtrünniger ist.

Obwohl er eben noch Karlstadt in einem Atemzug mit Luther und Melanchthon einen Narren genannt hat, besucht er ihn bald darauf. Der einundvierzigjährige Karlstadt hatte während Müntzers Prager Winter die fünfzehnjährige Tochter eines Landedelmannes geheiratet und bewirtschaftet mit ihr sein bescheidenes Landgut. Thomas arbeitet ein, zwei Wochen mit auf dem Acker. Er fühlte sich zu Karlstadt, der so resolut mit allem akademischen Standesdünkel gebrochen hatte und sich wie Müntzer der Kirche von unten verpflichtet wußte, hingezogen. Doch die beiden Männer sind nie recht warm miteinander geworden, zu einer wirklichen Freundschaft zwischen ihnen langte es nicht. Ganz über seinen Schatten springen konnte Karlstadt eben doch nicht, denn er scheute, wie Thomas es sah, den offenen Bruch mit Luther und flüchtete sich statt dessen ins Private.

Vor Ende des Jahres 1522, im Dezember, tritt Müntzer eine Stelle als Hilfsprediger in einem Frauenkloster bei Halle an. Die Besoldung ist miserabel. »Ich habe zwei Gulden von der Äbtissin für den ganzen Winter«, schreibt er. Mit einem davon muß er Ambrosius Emmen, seinen jungen Hausgehilfen entlohnen. Thomas hatte Ambrosius, einen Schüler des griechischen Kollegs zu Zwickau, in der Tuchmacherstadt kennengelernt. Emmen war irgendwann nach Müntzers Rückkehr aus Böhmen zu ihm gestoßen und hat ihn von da an weiter auf allen seinen Stationen begleitet. »Dieser Knabe ist mir treu«, notiert Thomas dankbar. Müntzer ist jetzt dreiunddreißig Jahre alt. Für den sehr viel jüngeren Emmen hegt er warme, freundschaftliche Gefühle, und seine Anwesenheit mag ihm oft Trost und Ermutigung gewesen sein. Und Zuspruch braucht er jetzt gerade auch in Halle, denn sein Dienst im Frauenkloster findet ein mißliches Ende. Aus nicht mehr zu klärenden Gründen wird Thomas von der Äbtissin Mitte März 1523 entlassen. Gegenüber Freunden in Halle spricht er vom »Elend meines Vertreibens« und bittet sie um finanzielle Hilfe.

Leicht ist Müntzer die Bitte gewiß nicht gefallen; aber er steht wieder auf der Straße, offenbar völlig mittellos, und weiß nicht, wie er sich und Ambrosius über die nächsten Tage bringen soll. Sein Sendungsbewußtsein ist jedoch ungebrochen. Daß er von Mißgeschikken verfolgt wird, immer wieder aneckt, neue Freunde sucht und überall neue Feinde findet, schreibt er nicht seinem Eigensinn zu. Seinem Selbstverständnis nach ist es seine Berufung, die ihn zu dem Mann macht, an dem sich die Geister scheiden müssen. Sie verlangt von ihm kompromißlose Eindeutigkeit. Die gleiche Kompromißlosigkeit fordert er von seinen Freunden in Halle: »Laßt mein Leiden eures Leidens Ebenbild sein«, ermahnt er sie. Wie er müssen auch sie bereit sein, fürs Evangelium zu leiden. Denn die Kirche von unten, die den herrschenden Verhältnissen unversöhnliche Gegnerschaft ansagt, kann nicht anders zum Durchbruch kommen, als daß sie sich den Widerständen stellt.

In der unbegrenzten Leidenswilligkeit Müntzers, die er zum Besten eines höheren Zweckes von sich und anderen fordert, klingt wieder die Verbindung zur schwarzen Pädagogik an – das geschlagene Kind, das die Rute küßt. Damit konnte sich Thomas gegen alle negativen Außenerfahrungen erfolgreich abschotten. Zugleich immunisierte ihn seine Leidensbereitschaft gegen jede Kritik. Indem er sich selbst nur noch als Mittel sah, heiligte der Zweck, seine Vision einer Kirche von unten, eben auch seine Person.

Kritik anzunehmen war für Thomas um so schwerer, als er bei der Wittenberger Prominenz auf völliges Unverständnis für seine Ziele stieß. Luther und seine Leute haben sich niemals sachlich mit Thomas Müntzer auseinandergesetzt, ihre Kritik verharrte in reiner Polemik. So hält sich zum Beispiel Johann Agricola, Schüler und Freund Luthers, höhnisch über Müntzers unstetes Leben auf und zieht in seinem *Nützlichen Dialog* über ihn her: »Man weiß wohl, wie er sich allenthalben gehalten hat und wo er gewesen ist, nämlich zu Braunschweig, zu Zwickau, Prag in Böhmen, zu Halle und an vielen Orten mehr; er ist allewege wie ein Erzbube entlaufen.«

Nun, einen »Erzbuben« mußte sich Thomas nicht schelten lassen, und der Vorwurf, er sei überall »entlaufen«, konnte ihn ebensowenig treffen. Er war nach seinen eigenen Worten als »Botenläufer

Gottes« unterwegs, und die Unrast, die ihn durch die Lande trieb, teilte er überdies mit manch anderem der großen Geister seiner Zeit.

Auch der weltberühmte Paracelsus war ein landfahrender Mann. Über sein Wanderleben schreibt er: »Größlich werde ich verachtet, darum daß ich mein Tag keinen bleibenden Ort gehabt habe. Sie trieben mich aus Litauen, danach aus Preußen, danach aus Polen, und das war immer noch nicht genug. Ich gefiel den Niederländern auch nicht, den Universitäten nicht, weder Juden noch Mönchen. Ich danke aber Gott, den Kranken gefiel ich.« Auf dem Hintergrund solcher Erlebnisse formuliert Paracelsus die Erkenntnis: »Wahrheit trägt Haß ein.« Diese Erfahrung machte auch Thomas Müntzer.

Es gibt noch weitere Parallelen zwischen den beiden Männern. Beide verband die Kritik an der blinden Buchgläubigkeit, beide haßten den dünkelhaften Gelehrtenstand und hielten den »buchstabischen Gelehrten« entgegen, das gemeine Volk »sehe viel schärfer« als sie; und ähnlich wie Thomas seine Theologie ganz an der freien Geistwirksamkeit Gottes orientierte, predigte auch Paracelsus seinen Standesgenossen unermüdlich, ohne den inneren Kontakt zu Gottes lebensschaffender Kraft, den Geist, verkomme die Heilkunst zur »Pseudomedizin«. Alles das lief auf eine radikale Reform und Erneuerung der ärztlichen Kunst hinaus, und deswegen schmähten ihn seine Gegner als einen »Lutherus medicorum«, was sinngemäß Paracelsus zu einem »ketzerischen Mediziner« abstempeln sollte.

Auch Müntzer war in der Heilkunst ein wenig bewandert. Das ist einer flüchtigen Briefnotiz zu entnehmen, mit der ein Freund sich für ein Hustenrezept bei Thomas bedankt und um weiteren heilkundigen Rat nachsucht. Überhaupt waren die Interessen Müntzers viel weiter gefächert, als seinen theologischen Kampfschriften zu entnehmen ist. So fand sich in seinem Briefsack ein Notizzettel, der belegt, daß Thomas Müntzer sich intensiv mit naturwissenschaftlichen Fragestellungen befaßte.

In dem Papier beschreibt er eine technische Versuchsanordnung, die dazu dienen soll, die herkömmliche Lehre von den »Vier Elementen« zu überprüfen, ein weiterer Gedanke beschäftigt sich

mit dem Verhältnis von Naturwissenschaft und Theologie, und schließlich geht es um Fragen des Weltaufbaus und seiner Zeitdimension.
Wieder ergeben sich Parallelen zu Nikolaus von Kues, dem Universalwissenschaftler, dessen Schriften Thomas gelesen haben könnte. Wie dieser scheint auch Thomas anzunehmen, daß die Beschaffenheit der Sterne dem Erdkörper ähnlich sei, was den Kusaner veranlaßte anzunehmen, daß es auch außerhalb unserer Erde Leben und Bewußtsein im Kosmos geben müsse. In seinen Notizen erweist sich Müntzer, der Revolutionär und Mystiker, plötzlich als nüchterner Naturforscher, der in naturgesetzlichen Zusammenhängen denkt. Für ihn bedeutete das keinen Widerspruch. Auf demselben Notizzettel findet sich die Bemerkung, Naturwissenschaft sei als überaus gute Sache zu betrachten, wenn sie im Blick aufs Ganze betrieben werde. In welchem Umfang sich Thomas mit solchen Fragen beschäftigte, wissen wir leider nicht. Die Stichworte, die er auf diesem Zettel notierte, lassen aber ein lang anhaltendes Interesse an den Naturwissenschaften vermuten. Vielleicht hatte schon der Vater, als Münzmeister in technischen Fragen versiert, entsprechende Neigungen des Jungen gefördert.
Müntzers Notizen sind undatiert, wir wissen also nicht, wann er sie zu Papier gebracht hat. Da sie sich aber auf der Rückseite eines Briefes aus dem Jahr 1521 befinden, müssen sie in der Zeit nach Prag – also in den bewegten Kampfjahren Müntzers – entstanden sein, vermutlich vor oder während seiner Tätigkeit als Hilfsprediger am St. Georgenkloster zu Halle.
Gelegentlich hat man einen Sturm der Hallenser Bürger auf das Kloster Neuwerk mit Thomas in Verbindung bringen wollen. Drei- bis vierhundert Bürger rotteten sich im Januar 1523 zusammen, um die Klosterherren unter Druck zu setzen. Der Aufruhr richtete sich wahrscheinlich gegen überhöhte Pacht- und Dienstleistungsforderungen seitens der Mönche. Eine Beteiligung Müntzers an dem Klostersturm ist jedoch unwahrscheinlich. Thomas hat spontane Gewalt immer mißbilligt, und wenn er in den Folgejahren zu Kampfmaßnahmen aufrief, dann stets unter dem strikten Vorbehalt, daß man dabei keinen Eigennutz suchen dürfe. Nur das Letztziel, die obrigkeitsfreie Kirche von unten, konnte seiner Ansicht

nach eventuelle Gewaltaktionen rechtfertigen; ein bloß am materiellen Nutzen orientierter Protest hingegen griff in seinen Augen zu kurz. Ihm ging es immer und ausschließlich ums Ganze, um eine gesamtgesellschaftliche Erneuerung im Sinne seiner »grundfesten Reformation«. Die hatten die Hallenser, als sie zum Klostersturm antraten, nun aber gewiß nicht im Sinn.
Die Unruhen in der Stadt wird Thomas jedoch sorgfältig registriert haben. Sich auf dem laufenden zu halten, fiel ihm um so leichter, als er mit den Zuständen der Stadt vertraut war. Hier hatte er ja schon »in seiner Jugend« einen Geheimbund gegründet, und sicher konnte er bei seiner Rückkehr an die früheren Verbindungen anknüpfen. Über seinen alten Freundeskreis mag er auch mit Felicitas von Selmnitz, einer verwitweten Adelsfrau, in Berührung gekommen sein. Sie lernte den jungen Seelsorger schätzen und beschloß, da sie über gute Verbindungen zur kurfürstlichen Verwaltung verfügte, dem arbeitslosen Priester bei der Stellungssuche behilflich zu sein.

1523
Seelenwärter in Allstedt

»Es hat mich oft gewundert, warum sich doch die Christen mehr fürchten vor den Tyrannen als alle anderen Nationen.«

Die Bemühungen der Felicitas von Selmnitz, Thomas auf eine neue Pfarrstelle zu vermitteln, erwiesen sich als erfolgreich. Schon vierzehn Tage nach seiner Kündigung im Hallenser Kloster kann er an der St. Johanniskirche zu Allstedt eine neue Stelle als Prediger antreten. Zwei Tage brauchen Thomas und sein Hausgehilfe Ambrosius bis zu dem kleinen Landstädtchen mit seinen zwei Kirchen und dem Schloß außerhalb der Mauern. In Allstedt hält man es wie der Landesvater, der Wittenberger Kurfürst, mit dem neuen Glauben. Die benachbarten Herren dagegen sind entschlossene Verteidiger der altgläubigen Kirche. Der katholische Graf Ernst von Mansfeld hat seinen Sitz auf dem Schloß Heldrungen westlich der Stadt, das übrige Umland steht unter der Herrschaft des gleichfalls gut katholischen Herzogs Georg.
Am 5. April 1523 tritt Thomas seinen Dienst an. Die ersten Monate müssen für ihn eine überaus glückliche Zeit gewesen sein. Zum ersten Mal, seit er vor sieben Jahren die Universität verlassen hatte, arbeitete er nicht nur vertretungshalber in einer Gemeinde, sondern befand sich in fester Anstellung. Neben der St. Johanniskirche unterhält die Stadt noch die St. Wipertikirche. Dem dortigen Amtsbruder Simon Haferitz, einem ehemaligen Mönch, scheint der neue Kollege willkommen gewesen zu sein. Auch Rat und Bürger sind, wie Thomas befriedigt feststellt, bereit und willens, seine neuen Wege mitzugehen.
Bereits das Osterfest begeht er in einer neuen Gottesdienstordnung als deutschsprachige Messe. Seit der Missionierung Europas waren die Messen ausschließlich lateinisch gelesen worden. Erst die Reformationszeit setzte, wie vorher schon in Böhmen, die Volkssprache in den Gottesdiensten durch, und Allstedt war eine der ersten Städte Deutschlands, in denen das geschah. Die Ge-

meinde war von nun an nicht mehr nur stummer Teilnehmer eines undurchschaubaren Rituals, sondern trug selbst das gottesdienstliche Geschehen mit.
Thomas hatte Gebete, Lieder, Bibeltexte ins Deutsche übertragen, hatte auch den Altar so versetzt, »daß er hinter dem Altar stehen und das Angesicht zum Volk hat kehren müssen«. Damit war die Meßfeier ihres Geheimcharakters entkleidet: Aus der »Fleischbank«, auf der bislang der Pfarrer wie ein Opferpriester den Leib Christi »zermartert, zerhackt und zerhauen« hatte, wurde jetzt der Tisch von Christus, um den sich die Gläubigen als Geschwister versammelten.
Die kostbaren, aufgeputzten Priestergewänder wurden von Thomas aus dem Kirchenraum verbannt. Statt dessen kleidete er sich in ein schlichtes Predigergewand, um die Gleichheit der Gläubigen sinnfällig zum Ausdruck zu bringen. Auch das gottesdienstliche Geläut, der Stolz einer jeden Kirchengemeinde, die sich mehrerer Glocken rühmen konnte, befahl er einzustellen. Das alles waren einschneidende Neuerungen, und sie standen allesamt unter dem Gesichtspunkt, daß der Gottesdienst »nicht von einem allein, sondern durch die ganze Gemeinde geschehe«, wie es in dem *Deutschen Kirchenamt* Müntzers heißt. Im Gottesdienst soll der Mensch »geherzt« werden, »sich festiglich auf Gottes Wort zu verlassen«, alle falschen Bindungen abzustreifen, um sich ganz und gar Gott zur Verfügung zu stellen. So wird die ganze Gemeinde zum Vollzugsorgan des Gotteswillens, der durch den Umbruch aller Verhältnisse die Welt neu in seinen Dienst nehmen will.
Seine neue Ordnung hat Thomas später unter folgendem Titel in Druck gegeben: »Deutsches Kirchenamt, verordnet aufzuheben den hinterlistigen Deckel, unter welchem das Licht der Welt vorenthalten war, welches jetzt wiederum erscheint mit diesen Lobgesängen und göttlichen Psalmen, die da erbauen die zunehmende Christenheit nach Gottes unwandelbaren Willen zum Untergang aller prächtigen Gebärden der Gottlosen.« Müntzers Gottesdienst stellt auf Kommunikation ab statt auf Kult, und die Allstedter zogen mit.
Diesmal gab es keine klirrenden Fensterscheiben wie in Zwickau, keine Steinwürfe wie in Prag, keine Morddrohungen, wie in Nord-

hausen geschehen. Thomas findet bei der Gemeinde Anklang. »Es ist nicht anders die Wahrheit«, erinnert sich Thomas, »das arme durstige Volk begehrte der Wahrheit so fleißig, daß auch alle Straßen voll Leute waren von allen Orten, anzuhören, auf welche Weise das Amt, die Bibel zu singen und zu predigen in Allstedt angerichtet ward.«

Um seine Gottesdienstreform durchzuführen, mußte Thomas eine gewaltige Arbeitsleistung hinter sich bringen, bei der er sich kaum auf Vorarbeiten durch Vorgänger stützen konnte. Schon rein mengenmäßig steht Müntzers Leistung dem Pensum Luthers, der bei seiner Übersetzung des Neuen Testaments Hunderte von Textseiten in nur elf Wochen bewältigte, um nichts nach. Man darf dabei auch nicht vergessen, daß Luther sich ungestört in der Wartburgklausur seiner Arbeit hingeben konnte, während Thomas neben seiner Schreibpultarbeit gleichzeitig »die Seelsorge mit vielen Leuten« oblag und er jeden Tag zudem noch »fremde Leute« bei sich hatte. Außerdem waren die Gottesdienste auszurichten, und schließlich wollte der Verwaltungsaufwand einer ganzen Gemeinde erledigt sein.

Das allein sagt freilich noch nichts über die literarisch-musikalische Qualität seines neuen *Kirchenamtes*. Wie hoch diese zu veranschlagen ist, läßt sich daran erkennen, daß Müntzers Gottesdienstordnung sich auch nach dem Tod des Bauernpredigers in Konkurrenz mit Luthers späterer *Deutschen Messe* mancherorts noch lange behaupten konnte.

Wieder wird die außerordentliche Begabungsbreite Müntzers deutlich: Ihn interessierten die Naturwissenschaften, er lernte fremde Sprachen, beschäftigte sich mit dem Gedankengut des Islam, und in Allstedt gelingt ihm nun auch noch der große Wurf einer Gottesdienstordnung, die seine künstlerischen Fähigkeiten hervortreten läßt. Zugleich läßt sich an seinem *Deutschen Kirchenamt* ersehen, mit welchem Engagement Thomas in Allstedt Gemeindearbeit betrieb. Darin darf man allerdings keinen Rückzug von seinem Fernziel einer »grundfesten Reformation« der ganzen Welt sehen. Thomas verstand Allstedt als Modellfall, deswegen gibt er seine Gottesdienstordnung umgehend in Druck.

Die ersten Teile treffen schon während der ersten Jahreshälfte in der Buchsetzerei von Eilenburg bei Leipzig ein. Mit der Drucklegung verstößt Müntzer gegen das Publikationsverbot des Reichsregimentes, das Luther und dessen Anhängern bei Strafe untersagt, bis zur Einberufung eines allgemeinen Kirchenkonzils etwas »zu schreiben oder in Druck zu geben«. Im gleichen Erlaß wird der »Geistlichen wegen, die Weiber nehmen« verfügt, daß sie »ihre Freiheit, Privilegien, Pfründe und anderes verwirkt haben sollen«. Auch das schert Thomas nicht. Er heiratet.

Müntzers Frau, vermutlich Ottilie von Gersen, war aus dem Kloster entlaufen, ist also eine »monacha apostata«, eine abgefallene Nonne. Zusammen mit fünfzehn Gefährtinnen war ihr der Ausbruch aus dem Augustinerinnenkloster Widerstedt geglückt. Fünf der Klosterjungfrauen flüchteten sich zu dem evangelischen Grafen Albrecht von Mansfeld, elf erreichten Allstedt. Die Behörden beratschlagten, ob man den Frauen Schutz gewähren oder sie des Landes verweisen sollte. Schließlich durften sie bleiben, obwohl das Kloster die weltlichen Behörden um Amtshilfe ersuchte. Aber die reagierten nicht, denn die öffentliche Meinung stand hinter den Frauen.

Daß Nonnen den Klöstern entliefen, war in dem von Reformationsunruhen geschüttelten Deutschland fast an der Tagesordnung. Die reformatorische Predigt hatte eben auch vor den Klostermauern nicht haltgemacht. Die Nonnen begannen, wie eine süddeutsche Äbtissin erzürnt vermerkt, sich in der »lutherischen Freiheit« zu üben, sie nahmen von ihren Oberen und den Mitschwestern keine Strafen mehr an, wollten kurzum »keine Schafe« mehr sein, sondern »taten frei, was sie wollten«. Der Glaube an die Verdienstlichkeit der »guten Werke« war durch die Theologie der Reformation in Frage gestellt, erschüttert worden, und so gab auch das Opfer der gottgeweihten Jungfräulichkeit keinen Sinn mehr. Damit wurde für viele Nonnen die Klosterzelle zum Gefängnis, und so werden es auch die sechzehn Widerstedter Frauen empfunden haben.

Eine von ihnen blieb bei Thomas. Kurz darauf heirateten die beiden, und Ende März des folgenden Jahres bringt Ottilie ihr erstes Kind zur Welt. Das eingeengte Sexualverständnis Müntzers wirft die Frage auf, wie man sich seinen plötzlichen Heiratsentschluß erklären soll. Hatte sich Thomas in die junge Frau so verliebt, daß er sie auf der Stelle heiratete? Diese Deutung ist nach allem, was wir über Thomas wissen, unwahrscheinlich. Der »ernste Prediger« hatte sich seiner Mission, die ihm keinen Freiraum für private Gefühle ließ, völlig unterstellt. Also wird er Ottilie gleichsam in göttlichem Auftrag geehelicht haben; anders hätte sein Entschluß vor ihm nicht bestehen können. Liebe, Leidenschaft, gar Lust konnte er sich wohl kaum eingestehen. Solchen Gefühlen mochte er, seinem vorjährigen Brief an Melanchthon zufolge, keinen Raum in der Ehe zubilligen; ging es in ihr doch allein darum, auserwählte Nachkommenschaft zu erzeugen. Die Überlegungen, die seinem Heiratsentschluß vorausgingen, dürften ganz in den Bahnen seines Eheverständnisses abgelaufen sein, ohne diese zu sprengen.

Im übrigen läßt sich an seiner Heirat ersehen, wie schnell er in seiner neuen Gemeinde Wurzeln geschlagen hatte. Sein Dienstantritt lag erst ein paar Wochen zurück, doch er fühlte sich in Allstedt offenbar schon so zu Hause, daß er sich entschließen konnte, nun auch einen eigenen Hausstand zu gründen.

Natürlich wüßten wir gern, wie Ottilie mit dem spröden Mann zurechtkam. Konnte sie an das Innerste ihres Mannes rühren? Fand sie gefühlsmäßigen Zugang zu ihm? Sie war ihrer Äbtissin entronnen und sah sich plötzlich mit einem Mann verheiratet, der mit sich strenger war als der ernsteste Mönch. Vielleicht konnte sie aber, an die Klosterzucht gewöhnt, das Eheverständnis ihres Mannes für sich mit übernehmen. Wenn nicht einen Ehepartner, hatte sie doch einen Lebenspartner gefunden – mag sein, daß ihr das genügte. Aber das alles sind bloße Vermutungen. In den zwei Jahren ihrer Ehe erfahren wir über Ottilie zu wenig, um uns ein genaueres Bild von ihr machen zu können. Doch das wenige, was uns über sie berichtet wird, nötigt Respekt und Sympathie ab. Ottilie, so wird später mehrfach deutlich, fühlte sich an der Seite von Thomas ganz und gar als dessen Mitstreiterin.

Müntzer war völlig mittellos nach Allstedt gekommen, und so werden wir uns den Haushalt der Jungvermählten eher bescheiden vorstellen müssen. Doch der äußere Lebenszuschnitt war damals ohnehin überaus einfach. Ein »volles Haus«, das heißt eine normale Wohnungseinrichtung, bestand aus den wenigen Gegenständen, die ein zeitgenössischer Autor in folgender Reihenfolge aufzählt: »Tisch, Bänke, Zinn, Kupfergeschirr, irdene Gefäße, Truhen, Bett, Schrank und Brunzscherben«, den Nachttopf. Bei Thomas kamen noch Schreibutensilien, der Briefsack und Bücher dazu. Das war alles, doch es genügte.

Als beschauliche Idylle wird man sich das gemeinsame Leben des Ehepaares nicht vorstellen dürfen. Jeder Tag ist mit Pflichten bepackt. Ottilie versorgt, vielleicht zusammen mit Ambrosius, den Garten, der zum Haus gehört. Sie bewirtschaftet die Küche, backt das Brot, macht ein, kümmert sich um die Wäsche, spinnt Wolle. Sicher nimmt sie wie Ambrosius aktiv teil an der Arbeit des Predigers, die, wie der Gottesdienst, »nicht von einem allein« ausgerichtet wird. Frauen kommen ins Haus und suchen Rat bei der Pfarrfrau, eine ungewohnte Erfahrung für beide Seiten. Die bisherigen Priester lebten zölibatär, und die Gemeinde muß sich erst an die neuen Verhältnisse im Pfarrhaus gewöhnen. Ottilie, die bisher nur das abgeschiedene Leben im Kloster kennt, muß sich ebenfalls umstellen. Den ganzen Tag sind so viele Menschen um sie herum, daß sie jetzt kaum mehr zu sich selber kommt.

Für Ottilie brachte die Ehe somit einen völligen Wandel der Lebensgewohnheiten. Ob die Heirat aber auch für Müntzer eine einschneidende Veränderung bedeutete, ist fraglich. Er läßt sich weiter von seiner Arbeit auffressen, schreibt am *Deutschen Kirchenamt*. Und wird er – so hält ein Chronist fest – auf der Straße angehalten und gefragt, »so hatte er sein Buch, setzte sich nieder und lehrte öffentlich, also daß sehr viel Volks ihm allenthalben nachlief ...« Er nimmt sich also Zeit für die Seelsorge, verschanzt sich nicht hinterm Schreibpult. Gelegentlich geht er durchs Stadttor den Hügel hinauf aufs Schloß, wo Hans Zeiß residiert, der Amtmann des Kurfürsten, und wird bei ihm in Gemeindeangelegenheiten vorstellig. Zwischen den beiden Männern entsteht bald ein freundschaftliches Verhältnis.

Über Zeiß erfährt Thomas, daß sich seine Gemeindeaktivitäten mittlerweile bis nach Wittenberg herumgesprochen haben. Zeiß hat auch mit dem Hofprediger des Kurfürsten Kontakt und erfährt über diesen, wie kritisch Luther dem neuen Allstedter Prediger gegenübersteht. Vermutlich vom Amtmann gedrängt, versucht

Müntzer den Wittenberger zum Einlenken zu bewegen. Er schreibt an Luther. Der Brief ist versöhnlich, um Klärung der wechselseitigen Mißstimmungen bemüht; dabei gibt Thomas jedoch keine seiner Positionen auf.

Die äußere Ursache für das Zerwürfnis sieht er in der Zwickauer Zeit: Damals hat Luther sich in seine Gemeindeangelegenheiten eingemischt, indem er versuchte, Müntzer zum Stillhalten gegenüber dem »pestilenzialischen Egran« zu bewegen, um sich selbst den Rücken freizuhalten. Doch für Müntzer ist die leidige Angelegenheit jetzt erledigt und mag auf sich beruhen bleiben. Ernster sind die Lehrdifferenzen, die zwischen ihm und Luther stehen. Thomas wehrt sich dagegen, daß der Wittenberger ihn mit Storch und dessen Anhang über einen Kamm schert. Die Ansichten des jungen Tuchmachers hatten sich in der Zwischenzeit radikalisiert: nach Müntzers Meinung allerdings in die verkehrte Richtung.

Storch predigte jetzt die freie Liebe, wollte die Kindtaufe abschaffen und schürte den Unmut des gemeinen Mannes gegen die Obrigkeit. Freie Liebe ist für Müntzer natürlich undenkbar. Auch an der Kindtaufe hält er im Gegensatz zu Storch weiter fest, will sie nur anders verstanden wissen als in der Papstkirche, nämlich als Berufung, dem gekreuzigten Christus gleich zu werden. Storchs vehemente Sozialkritik könnte Müntzer eher nachvollziehen, doch steht sie für ihn unter verkehrtem Vorzeichen, weil es Storch in Müntzers Augen dabei nicht um Gehorsam gegenüber Gott, sondern um den blanken Eigennutz geht. Aus diesen Gründen rückt Thomas in seinem Brief an Luther vorsichtig, doch unüberhörbar von dem jungen Tuchmacher ab. Seine eigene Lehre, so erinnert er den Wittenberger, beruhe jedoch auf soliden biblischen Fundamenten. Man möge also aufhören, ihn der Irrlehre zu verdächtigen. Dabei erklärt sich Thomas sogar bereit, für jede sachhaltige Kritik Luthers ein offenes Ohr zu haben, sich von ihm »verbessern und belehren zu lassen, damit wir zugleich den Weg der Liebe betreten«. Zuletzt bittet er den Doktor, Grüße an den Wittenberger Kreis auszurichten, und unterschreibt: »Tomas Munczerus, Pfarrer von Allstedt.«

Es ist deutlich, daß Thomas an einem besseren Einvernehmen mit Luther liegt, wohl nicht zuletzt, weil er in Allstedt Kurfürst Fried-

rich untersteht, über den Luther gegen ihn intrigieren könnte. Thomas, sonst wahrlich nicht konfliktscheu, möchte jetzt ungestört seine Gemeindereformation weiter auf den Weg bringen.
Daß es für ihn und Luther trotz des gemeinsamen biblischen Fundaments keinen gemeinsamen Nenner geben konnte, muß ihm auch bei Abfassung des Briefes klar gewesen sein. Dennoch hat er Luther noch nicht gänzlich abgeschrieben, hofft vielleicht auf eine Einladung zu einer öffentlichen Disputation, die unter Umständen doch noch zu einer Annäherung der Positionen, zu einer Verständigung auf dem »Weg der Liebe« führen könnte. Also wartet er auf eine Antwort, einen Brief aus Wittenberg. Doch Luther rührt sich nicht. Statt dessen erfährt Thomas, wieder über den Amtmann Zeiß, in welch verletzender und abfälliger Weise sich Luther erneut über ihn geäußert hat. Für »verrückt und betrunken« hält Luther den »Allstedter« und warnt Zeiß eindringlich vor Müntzers Lehre. Dabei beschuldigt er Thomas: »Er flieht uns und will nicht mit uns zusammenkommen, und dennoch tut er sich außerordentlich wichtig.«
Nun, natürlich nimmt Müntzer sich wichtig, freilich nicht, wie Luther meint, aus Selbstgefälligkeit, sondern eben als Werkzeug Gottes. Und daß er Luther meide, entspricht nicht den Tatsachen. Müntzer hat ständig darauf gewartet – das belegen viele seiner Äußerungen –, mit Luther ein öffentliches Lehrgespräch zu führen. Allerdings wollte er sich nicht nach Wittenberg begeben, um in Luthers Stübchen ein Glaubensexamen zu absolvieren. Das hatte er nicht nötig, doch so hätte Luther den Konflikt am liebsten geregelt gesehen.
Hinter Luthers Falschwahrheiten stand seine Angst, sich mit Thomas Müntzer öffentlich auseinandersetzen zu müssen. Das hat er dann auch nie getan, nicht einmal in einer Gegenschrift zu Müntzer. Wenn er wirklich der Meinung war, daß Thomas ihn meide – warum ging Luther nicht nach Allstedt? Es hätte Luther nicht schlecht angestanden, seinem Widersacher auf dessen eigenem Boden zu begegnen. Wie man es auch dreht und wendet, Luthers Verhalten in der Müntzersache bleibt höchst widersprüchlich.
Die Gründe dafür lassen sich benennen. Luther hatte mit der Bibel in der Hand das Papsttum erschüttert, und dieselbe Bibel schlug

Thomas Müntzer in Magistertracht. Nach einem niederländischen Stich, 17. Jh.

ihm Müntzer nun um die Ohren. Beide Männer, Thomas Müntzer wie Martin Luther, waren unter dem Eindruck extremer seelischer Zwänge und Erfahrungen zu ihrer Theologie gekommen, aber den Ausweg aus ihren Krisen fanden sie in entgegengesetzter Richtung. Luther hielt sich an den äußeren, den historischen Christus, Thomas an den inneren, den mystischen. Und von diesen Positionen konnte keiner zurück. Denn das hätte bedeutet, den Halt wieder aufzugeben, der ihnen Identität mit sich selbst verbürgte. Thomas hatte auf dem Weg der totalen Unterwerfung gelernt, sich selbst als Werkzeug Gottes anzunehmen und zu bejahen; für Luther ist das »Jhesichen«, wie er Jesus zärtlich nennt, der Ort, wo er sich bedingungslos angenommen wußte. Auch er hatte wie Thomas versucht, durch Unterwerfung Frieden zu finden, aber es war ihm nicht gelungen. Frieden mit sich fand er erst bei dem Jesus, der für ihn gelitten hatte und bei dem das schlechte Gewissen mit sich endete. Darum schreibt Luther: »Wenn Christus kommt und redet mit dir wie Moses: Was hast du getan?, so schlage ihn zu Tode. Wenn er aber wie ein Gott und Heiland mit dir redet, dann rekke beide Ohren.« Über einen anderen, gar den »bitteren Christus« Müntzers, der dem Menschen die Selbstkreuzigung abverlangt, ließ der Wittenberger nicht mehr mit sich reden. Also mußte er Müntzer »totschlagen«. Acht Jahre nach dessen Hinrichtung erklärt Luther in seinen *Tischgesprächen*: »Ich habe Müntzer totgeschlagen, sein Tod liegt auf meinem Hals. Ich mußte es tun, weil er meinen Christus töten wollte.«

Müntzers und Luthers Positionen, ihre verschiedenen Jesusbilder, standen sich unversöhnlich gegenüber, darum konnte nur einer von beiden recht haben. So dachte Luther, so dachte Müntzer. Beiden hatte die Theologie – und nur ihre Sicht der Theologie – geholfen, aus einer inneren Krise herauszusteuern. Darum blieben beide ihrer Sicht unwiderruflich verhaftet, und deshalb mußte auch eine Begegnung vermieden werden. Wie Luther sich über seine Diskussionsbereitschaft Illusionen hingab, machte sich auch Thomas in dieser Hinsicht etwas vor. Diskussionen setzen ein gewisses Minimum an Gemeinsamkeiten voraus, die es in diesem Fall jedoch nicht gab.

Jeder der beiden hatte an den anderen all das zu verlieren, was ihm seelische Stabilität garantierte. Also setzte jeder seine Gesprächsbedingungen immer höher, bis sie von keinem mehr einlösbar waren. Damit war der gewaltsame Ausgang eines Konfliktes vorgezeichnet, für den es im Grunde auch keine andere Lösung gab. Tatsächlich schaffte der Bauernkrieg dann dem Wittenberger seinen Gegner vom Hals. Insofern konnte sich Luther als Sieger fühlen, aber dennoch hat er seinen Widersacher Müntzer nie verwunden. Aller inneren Abwehr zum Trotz hatte Müntzers »bitterer Christus« in Luther Zweifel an seiner Theologie geweckt, Zweifel, die blieben und gegen die er sich darum nur noch starrsinniger wappnete.

Thomas mußte die Zuspitzung der Situation, die vermehrte Feindschaft der Wittenberger gegen ihn, deutlich erkannt haben. Um so mehr drängte es ihn, seine Gemeindereform, die Vision seiner Kir-

che von unten, weiter zu verfolgen. Offenbar plante er nach dem Vorbild der Wittenberger die Einrichtung eines »gemeinsamen Kastens«, aus dem die Stadt- und Gemeindearmen mit Brotgetreide, Holz und Kleidung versorgt werden sollten. Nach Müntzers Vorstellungen war das Unternehmen durch Einbehaltung der Pacht- und Zinsabgaben zu finanzieren, die bislang an das benachbarte Kloster Naundorf gegangen waren.
Natürlich würde sich das Kloster gegen eine Schmälerung seiner Einkünfte wehren; Thomas mußte also mit Beschwerden und rechtlicher Anfechtung durch das Kloster rechnen. Deswegen holte er über Brief und Boten bei Karlstadt, der in Wittenberg einschlägige Erfahrungen mit der Einrichtung eines »gemeinsamen Kastens« gesammelt hatte, Rat ein. Mit Karlstadt fühlte sich Thomas von allen Wittenbergern noch am meisten verbunden und konnte daher hoffen, bei diesem nicht nur Rat, sondern auch Beistand für sein Vorhaben zu finden. Karlstadts Antwort jedoch fiel eher hinhaltend aus und klang darum nicht sehr ermutigend. So stand Thomas zunächst von dem Klosterboykott ab, gewiß aber mit der Absicht, sein Projekt des »gemeinsamen Kastens« später unter besseren Vorzeichen wiederaufzunehmen.

Karlstadt, obwohl selbst in Wittenberg isoliert, sah den Allstedter Pfarrer dennoch mit Luthers Augen und blieb auf Distanz zu Thomas. Und für die Wittenberger geriet Thomas Müntzer immer mehr in die Rolle eines Außenseiters. »Er wollte nicht bei uns sein, wollte alles besser machen«, äußerte sich Luther nach dem Bauernkrieg über Müntzer, schalt ihn einen »mörderischen und blutgierigen Propheten« und warnte bei jeder Gelegenheit vor dem »schädlichen, wahnwitzigen Mann«. Doch er tat Müntzer unrecht, wenn er ihn als einen »Mördergeist« verunglimpfte. Nichts lag Thomas Müntzer ferner als die Verherrlichung von Gewalt. Er war vielmehr durchaus ein Mann der Mitte und stand zwischen den verfeindeten Flügeln der Reformation. Rechts von ihm behaupteten die Wittenberger das Feld, die zwar die Kirche, doch nicht die Welt reformieren wollten, links von Müntzer erstreckte sich wiederum ein breites Spektrum sozialrevolutionärer Gruppen und Grüppchen, die mit Gewalt die herrschenden Verhältnisse umkehren

wollten. In ihren Augen war Thomas, der in Gewalt immer nur das letzte Mittel sah, längst nicht radikal genug.
In diesem Zusammenhang muß man Müntzers öffentlichen, 1523 im Druck erschienenen *Ernsten Sendbrief* sehen. Er ist an »seine lieben Brüder zu Stolberg« gerichtet, die er in seinem Schreiben auffordert, »unfüglichen«, das heißt unbefugten »Aufruhr zu meiden«. Offenbar hatten Thomas aus Stolberg, seiner Geburtsstadt, Nachrichten erreicht, daß Leute, die sich dabei auf seinen Namen beriefen, den Aufstand herbeiredeten. Müntzer beschwört sie, davon abzustehen. In seinen Augen ist es ein gefährlicher blinder Aktionismus, einen Aufruhr einfach vom Zaun zu brechen, vielmehr muß Gott selbst seine Auserwählten in die letzte, gewaltsame Auseinandersetzung hineinführen. Die Leute in Stolberg müssen nach Müntzers Ansicht erst lernen, wirklich auf Gott zu hören, sich ihm zu öffnen; die Voraussetzung für den großen Durchbruch ist eine Bewußtseinsänderung. Und eben damit ist Thomas als »Seelenwärter« in Allstedt beschäftigt. Hier ist für ihn konkret erfahrbar, wie die Kirche von unten wächst, die Gott sich als Werkzeug zurichtet, der Welt »ein christliches Regiment« zu erringen, das »von keinem Pulverfaß mag umgestoßen werden«.
Der Erfolg seiner Predigt bestätigt Thomas in seiner Haltung. Nicht nur die Allstedter zieht es zu seinen Gottesdiensten, auch aus den umliegenden Herrschaften strömt das »arme durstige Volk« in die St. Johanniskirche, Leute aus Artern, Schönewerda, Sangerhausen. Ihre Amtmänner sehen es nicht gern. Besonders dem Grafen Ernst von Mansfeld, dem alten Glauben treu ergeben, mißfällt das Treiben. Seine Untertanen kehren mit Müntzerliedern zurück, den Kopf voll mit neuen gefährlichen Gedanken. Den »ganzen Sommer durch« geht das so, bis es Graf Ernst endgültig zuviel wird. Kurzerhand verbietet er den Leuten, zur Predigt nach Allstedt zu laufen. Die Straßen werden überwacht, der Graf läßt Männer und Frauen aufgreifen und befiehlt seinen Predigern, von der Kanzel herab dem Kirchenvolk einzuschärfen, daß man der Obrigkeit Gehorsam schuldig ist. Mit diesen Maßnahmen hat der Mansfelder sogar das Recht auf seiner Seite: das geltende kaiserliche Recht, das Gottesdienstreformen, wie Müntzer sie in Allstedt durchführt, unter Strafandrohung stellt.

Das jüngst erlassene Reichsmandat, das Thomas schon mit der Drucklegung seines *Kirchenamts* sowie durch seine Heirat mißachtet hatte, legt den Predigern Zurückhaltung bei allen Neuerungen auf. Die Pfarrer, so heißt es da, haben alles zu vermeiden, »was zu Bewegung, Ungehorsam, Uneinigkeit und Aufruhr im heiligen Reich« Ursache geben könnte; das Evangelium solle darum nur so gepredigt werden, wie es bisher von der Kirche »approbiert und angenommen« ist. Doch der »Bauer ist witzig geworden«, wie sich Eberlin ausdrückt, die kleinen Leute laufen nicht mehr brav am Gängelband ihrer Herrschaft. Und so finden die Leute aus Schönewerda, Ringleben und Edeleben immer wieder Mittel und Wege, sich an dem Grafen vorbeizumogeln, um Müntzers Predigt zu hören.

Ein Konflikt bahnt sich an, den Thomas nicht gesucht hat, auf den er aber reagieren muß, laut und unmißverständlich. Die Schikanen des Mansfelder Grafen kann er nicht einfach hinnehmen; das hieße für ihn, einem Menschen mehr zu gehorchen als Gott, der ihn zum Prediger berufen hat. Also erklärt er an einem Septembersonntag von der Kanzel herab: »Ich bitte Graf Ernst von Mansfeld, mit den dafür zuständigen Leuten des Bistums hier zu erscheinen und zu beweisen, daß meine Lehre und mein Gottesdienst ketzerisch sei. Wenn sie das nicht vermögen, will ich den Grafen einen Bösewicht, Schalk und Buben, als einen Türken und Heiden achten.«

In Wirklichkeit mag das Kanzelwort noch heftiger ausgefallen sein, jedenfalls läßt der Graf die öffentliche Schelte nicht auf sich sitzen. Er beschwert sich bei Amtmann Zeiß und beim Magistrat von Allstedt und verlangt, Thomas Müntzer umgehend zu verhaften, um ein Verfahren gegen ihn zu eröffnen. Doch Zeiß wie auch der Rat weisen das Ansinnen des Grafen als rechtswidrig zurück, und eine solche Solidarisierung mit seiner Person hat Thomas sicher auch erwartet.

Doch jetzt ist Müntzer dabei, endgültig zwischen alle Fronten zu geraten. Für die Radikalen ist er zu gemäßigt, für die Gemäßigten zu radikal, und für den Grafen ist er ein Rechtsbrecher. Wie immer jedoch bestätigen die Widerstände Thomas nur, daß er auf dem rechten Weg ist. An seiner Person sollen und müssen sich die Geister scheiden, damit die Lüge sich verrät und die Wahrheit ihren

Sieg gewinnt. Und die Wahrheit ist, schreibt er dem Grafen, daß er, der Mansfelder, mehr »als Gott gefürchtet sein will«, sich als Christ ausgibt und zugleich Gott die Herrschaft über die Menschen streitig macht. Darum muß er dem Grafen widerstehen und ihn warnen: »Ich bin ein Knecht Gottes genau wie Ihr, darum gebt Ruhe. Blast Euch nicht auf, der alte Rock reißt sonst ... Thomaß Muntzer, ein Verstörer der Ungläubigen.«
Natürlich wird Müntzers Brief den Grafen noch mehr aufgebracht haben, sah er sich doch gerade als Knecht Gottes zum Herrn über seine Untertanen eingesetzt. Doch diesen Anspruch kann Thomas so nicht gelten lassen. Über den rechten Glauben hat weltliche Herrschaft nicht zu befinden, und wenn sie das dennoch tut, so wie der Graf, der seinen Leuten verbietet, den Allstedter Prediger zu hören, kann Thomas nicht mehr taktieren und »unterm Hütlein spielen«. Geht es um seine Predigt, fürchtet er neben Gott nichts auf der Welt.
Der Mansfelder Graf aber denkt nicht daran, Ruhe zu geben. Er bringt seine Sache auf den Instanzenweg und verlangt von dem Kurfürsten hartes Durchgreifen gegenüber dem aufsässigen Prediger. Friedrich der Weise reagiert mit Verzögerungstaktik: Er fordert von Amtmann Zeiß erst einmal einen Bericht über die ganze Angelegenheit. Unaufgefordert wird Müntzer mit Zeiß schriftlich beim Kurfürsten vorstellig und legt ihm seine Position dar: Graf Ernst ist beweispflichtig, daß Müntzers Predigt ketzerisch ist; wenn aber der Graf eigenmächtig dem Mandat zuwiderhandelt und Friedrich ihn dabei noch deckt, »so wird man das Volk irre machen«, warnt Müntzer. Und zum ersten Mal droht Thomas mit dem Volkszorn. Da Gewalt für ihn nur das letzte Mittel ist, wird durch seinen Brief deutlich, wie kritisch er die Situation einschätzt. Friedrich muß also, so gibt Thomas ihm zu verstehen, rasch handeln und den Grafen entschlossen in die Schranken verweisen.
Eine Entscheidung wird dem Kurfürsten nicht leichtgefallen sein. Graf Ernst von Mansfeld war nach dem Wortlaut des Reichsmandats Müntzer gegenüber eindeutig im Recht. Thomas hatte verbotenerweise Neuerungen eingeführt, für die Friedrich ihn hätte belangen müssen. Doch der Kurfürst hatte ja selbst seit Jahren in Wittenberg Neuerungen geduldet, beherbergte sogar verbotener-

weise den mit Reichsacht belegten Luther und mußte darum fürchten, dafür eventuell selbst als Rechtsbrecher gebannt und bestraft zu werden. Friedrich suchte also einen Kompromiß auszuhandeln, der den Grafen das Gesicht wahren ließ, zugleich aber Thomas vor ernsten Konsequenzen schützte und für ihn annehmbar war. Eine strafrechtliche Verfolgung Müntzers fand nicht statt; als Gegenleistung mußte er jedoch eidesstattlich versichern, sich solcher Äußerungen auf dem Predigtstuhl, »die zu Gottes Ehre und christlicher Unterweisung des Volkes nicht dienlich sind«, zu enthalten und in Zukunft weder den Grafen noch sonst jemand anderes »mit Unbilligkeit zu beschweren«. Thomas verspricht es. Er geht einen Schritt zurück, doch letzten Endes war Graf Ernst von Mansfeld der große Verlierer: Thomas konnte weiterpredigen.

»Ein Prediger soll Offenbarung haben, anders mag er das Wort nicht predigen«, hieß es im *Prager Manifest*. Müntzer meint damit, daß der rechte Prediger seine Verkündigung nicht aus Büchern, sondern aus der Inspiration schöpft: Gott muß mit ihm sprechen, bevor er über Gott spricht; sein Geist muß dem Prediger das Wort in den Mund legen. Thomas nimmt die Bevollmächtigung durchs innere Wort für sich in Anspruch, doch es ist schwer, wenn nicht unmöglich, sich vorzustellen, wie er diesen Vorgang im Detail sieht. Was hört Thomas, wenn Gott zu ihm spricht? Sind es einzelne Worte oder ganze Botschaften wie bei den Propheten der Bibel? Und bezogen sich solche inspirativen Mitteilungen auf konkrete Situationen? Zum Beispiel jetzt in Allstedt auf den Streit mit dem Grafen? Die verstreuten Randbemerkungen Müntzers über den rechten Predigtdienst legen in der Tat eine solche Deutung nahe.

Müntzers Begriff »Offenbarung« umgreift mehr als bloß verbale Vorgänge. Offenbarungen können auch Vorzeichen, Visionen, innere Bilder, Nacht- oder Tagträume sein, mit denen Gott sich bei Menschen Gehör verschafft, wie Thomas immer wieder betont. Gerade durch solche Vorgänge spricht Gott zu der ganzen Gemeinde, zu seiner Kirche von unten, die eigentlich keine beamteten Prediger mehr braucht. Denn sie »alle sollen von Gott gelehrt sein«, in Bildern, Träumen und durch Inspirationen Gottes Weisung hören und verstehen lernen.

Sicher orientierte sich auch Thomas selbst an solchen außeralltäglichen Spontanerfahrungen. Anders wäre sein ständiges Eintreten für inspirative Erlebnisse unverständlich. Leider erfahren wir aus seinen hinterlassenen Schriften nichts über diesen persönlichen Erfahrungsbereich. Nur aus seinen letzten Lebenstagen weiß eine Chronik zu erzählen, Thomas habe sich bei seinem Abmarsch nach Frankenhausen auf ein Traumzeichen berufen, und eine andere Quelle berichtet, er habe vor dem Massaker bei Frankenhausen einen Regenbogen über dem Schlachtberg als Zeichen göttlichen Beistands gedeutet. Doch das waren »Offenbarungen« in Ausnahmesituationen, die darum psychologisch nachvollziehbar sein mögen.

Daß Thomas Müntzer sich aber nicht nur gelegentlich, sondern kontinuierlich von Inspirationen leiten ließ, belegen andere Hinweise. Johann Agricola erzählt, Thomas habe beständig zwei Männer um sich gehabt, einen alten und einen jungen, damit sie dem Prediger ihre Träume berichteten. Der Junge war sicher der uns bekannte Ambrosius Emmen. Der alte Mann, den Thomas respektvoll »Vater« nannte, zählte seit der Allstedter Zeit zu den Vertrauten Müntzers. Seine Person bleibt für uns leider im dunkeln. Wir wissen nur, daß er Thomas später von Allstedt nach Mühlhausen folgte, mit ihm auch im Bauernkriegsjahr die süddeutschen Aufstandsgebiete bereiste und später zusammen mit drei anderen Männern aus dem Führungskreis Müntzers von den Fürsten hingerichtet wurde.

Einige der Traumprotokolle sind erhalten geblieben. Viel Blut fließt in diesen Traumgesichten, die Freud gewiß als aggressiv phallische Phantasien interpretiert hätte. Was mochten solche Träume Müntzer bedeuten, und wie konnte er sie deuten? Fragte er die »Gesichte« vielleicht nach biblischen Symbolen ab, schlug dann in der Bibel nach und fand so die Deutung der Traumbotschaft? Ist es dieses Verfahren, das Thomas die »Kunst« Gottes, das »Prophezeien« nennt? Er wird die blutige Sprache der Träume als prophetischen Hinweis verstanden haben: »Es ist die Zeit vorhanden, daß ein Blutvergießen über die verstockte Welt soll ergehen.« Damit stünden die von Müntzer in seinem Briefsack verwahrten Traumprotokolle in direktem Zusammenhang mit

seinen Drohungen gegenüber dem Kurfürsten, daß man mit einer gewaltsamen Entladung des Volkszorns rechnen müsse.
Unter dem Eindruck der Krisenverschärfung, die durch die Maßnahme des Mansfelder Grafen eingetreten ist, macht sich Thomas an die Abfassung seiner nächsten Schrift: »Protestation oder Entbietung [öffentliche Bekanntmachung und Darlegung] Thomas Müntzers vom Stolberg am Harz seine Lehre betreffend.« In diesem Büchlein verteidigt Thomas seine Predigt gegen die Vorwürfe der Wittenberger, die ihn zum Außenseiter abstempeln wollen, und rechtfertigt zugleich seine Lehre gegenüber den Versuchen des Mansfelder Grafen, ihn als Ketzer hinzustellen. Zum ersten Mal trägt Thomas seine Lehre im Zusammenhang vor, damit sie von jedem auf ihre Schriftgemäßheit überprüft werden kann. Sein Ausgangspunkt ist einfach, die Konsequenzen sind radikal.
Thomas Müntzer macht seine Glaubenslehre an dem bekannten Jesuswort fest: »Ihr könnt nicht Gott und den Reichtümern dienen.« Und er versteht diesen Satz universal: »Denn gleich so wenig man seliglich zwei Herren dienen mag, so wenig mag man auch Gott und die Kreaturen seliglich fürchten.« Der ungedichtete, echte Glaube, von dem Müntzer spricht, kennt deswegen keine Kompromisse. Er läßt sich durch niemanden und durch nichts in der Welt vereinnahmen.
Aber der Weg zu diesem durch Gott selbst im Menschen bewirkten Glauben ist schmal, der Anfang beschwerlich, der Durchbruch zu ihm schmerzhaft. Deshalb, so kritisiert Thomas, halten es die Leute lieber mit ihrem selbstgebastelten, erfundenen und erdichteten Glauben und reden nach, was sie von anderen gehört haben. Wer sich jedoch vereinnahmen und von der Welt beschlagnahmen läßt, wer sich nicht allein Gott verschreibt, verfällt den Kreaturen, also den Dingen dieser Welt, und verliert dabei seine Selbstbestimmung, sich selbst. Statt daß ihnen die Kreaturen untertan wären, werden die Menschen dann kreaturenhörig.
Und die »Schriftgelehrten« – das sind für Thomas besonders die Wittenberger – richten die Leute dazu ab. Sie predigen nicht die »reine Furcht Gottes«, die aus allen Abhängigkeiten befreit. Ja, sie schwätzen den Christen einen »honigsüßen« Jesus auf, statt den »bitteren«, den gekreuzigten und kreuzigenden Christus zu ver-

künden. Natürlich finden die Leute an dem süßen Christus Geschmack, und so will »jeder Bauer einen Pfaffen haben, damit sie gute Tage hätten«. Für Thomas Müntzer spiegelt die ganze Geschichte der Kirche diesen Abfall von Gott. Das ist seiner Ansicht nach eine Folge des kompromißlerischen Glaubens, der die Leute keinen wirklichen Einsatz kostet, den Pfaffen aber Geld bringt. Thomas wirft den Schriftgelehrten vor – und hier wird der Bezug zur Wittenberger Theologie deutlich –, daß sie ihren erdichteten Glauben gut zu tarnen wüßten, indem sie sich auf die Bibel beriefen und Texte aus dem Zusammenhang brächen, um dann dreist zu behaupten: »Hier steht es geschrieben!«

Damit kann Thomas sich nicht zufriedengeben. Für ihn sagt die authentische Bibelbotschaft nur eins: Es gilt, leidend dem leidenden Christus zu folgen; der reißt den Menschen ab von dem »Ankleben« an den Kreaturen und verweist ihn auf Gott, der den Menschen, wenn er in seiner Seele so leer geworden ist »wie ein ausgeblasenes Ei«, mit seiner Gegenwart ausfüllt. Von Gott erfüllt, kann so den wahren Christen nichts anderes mehr vereinnahmen, kein Geld noch Gut, weder Menschenfurcht noch Menschengunst.

Diese Radikalalternative ist im Grunde moslemische Theologie, die der Islam bis heute durchhält. Das zeigt der Text eines koranischen Gelehrten der Gegenwart, wo es heißt: Wenn allein Gott gefürchtet wird, dann wird der Mensch »gleichgültig gegenüber, unabhängig von und furchtlos vor allen anderen Kräften als denen Gottes; er beugt niemals seinen Kopf vor irgendeinem Geschöpf Gottes, noch erhebt er die Hand vor irgend jemand zum Gebet«.

Das könnten auch Müntzers Worte sein. Der Weg zu diesem Glauben bleibt bei ihm jedoch biblisch orientiert, an der Nachfolge Christi, die nach Müntzers Auffassung darin besteht, nackt dem nackten Christus zu folgen. Radikal leiden macht radikal frei, das ist seine Botschaft.

Die Lehrschrift, die im Dezember 1523 gedruckt wird, beginnt mit den Worten: »Horch, Welt! Ich predige dir Christus, den gekreuzigten ... Gefällt's dir, nimm es auf, so nicht, verwirf es.« Thomas war sich also bewußt, wie zwiespältig das Echo auf sein Büchlein sein würde. Sein provozierendes Entweder – Oder, Gott oder Welt, enthielt die Forderung nach einer kirchlich-gesellschaftli-

chen Totalreformation, war im Kern auf eine unausweichliche Konfrontation mit den staatlichen Institutionen seiner Zeit angelegt, denen Müntzers Alternative keinen eigenen Handlungsspielraum mehr ließ.
Diese herrschaftskritische Perspektive mußte Müntzer den Beifall des sozialrevolutionären Spektrums einbringen, konnte jedoch bei Luther nur auf resolute Ablehnung stoßen, der in einer Gleichschaltung von Staat und Kirche eine »schwärmerische«, realitätsferne Verirrung sah. Wieder liegt hier ein unversöhnlicher Gegensatz zwischen Müntzer und Luther. Luthers Theologie orientiert sich an dem historischen, durch die Bibel vermittelten Christus, Müntzers dagegen hebt auf den Christus von innen, den mystisch unmittelbaren Christus ab. Weil für Müntzer aber Gott nur unmittelbar und direkt wirkt, kann er neben der Kirche auch keinen Staat mit eigenen Rechten anerkennen, wie Luther es tut. Die Konsequenz von Müntzers großem Entweder – Oder ist darum der Gottesstaat.
Obwohl die Müntzerschrift eine unverhüllte Kampfansage an die Wittenberger war, blieb eine Reaktion aus. Das ist im Grunde auch nicht verwunderlich, denn Thomas hatte die Schwachstelle der Wittenberger Theologie getroffen. Luthers Fixierung auf das Medium Bibel machte es ihm unmöglich, religiösen Spontanerfahrungen, Inspirationen und Visionen, Träumen und dem inneren Wort einen theologischen Wert einzuräumen. Sein Grundsatz war: »Ich kümmere mich nicht um Träume oder Zeichen. Ich hab das Wort, da laß ich mir dran genügen. Ich wollt auch nicht, daß mir ein Engel erschiene, ich glaubt ihm doch nicht.« So mußte Luther reden: Er fühlte sich von seinem Inneren, von Gefühl und Gewissen bedroht und hatte Sicherheit draußen, am geschichtlichen Christus gefunden, der ihn durch seinen Sühnetod mit sich versöhnt hatte. Weil Luther diese Position nicht hinterfragen konnte, was in einer Sachauseinandersetzung mit Müntzer fällig gewesen wäre, blieb der Fehdehandschuh Müntzers liegen. Das aber steigerte dessen Gereiztheit nur noch mehr.

1524
Allstedter Bund

»Das ist eine Anbeterei von Menschen, wie sich die Menschen vor Herren und Fürsten fürchten, daß sie müssen um der bitteren Nahrung willen Gottes Wort aufs höchste verleugnen.«

Durch einen aus heutiger Sicht eher unscheinbaren Vorfall kochte der in Müntzers Theologie als Dauerkonflikt angelegte Streit über das Verhältnis von Kirche und Obrigkeit aufs neue hoch, diesmal noch heftiger als in Müntzers Auseinandersetzung mit dem Mansfelder Grafen. Gründonnerstag 1524 ging im Feld vor Allstedt eine Kapelle in Flammen auf. Die Mallerbacher Kapelle »war eine Kirche mit einem in dem Geruch der Heiligkeit und Wundertätigkeit stehenden Marien- oder anderem Heiligenbilde, nach welchem von nah und fern schon seit langer Zeit viele Menschen wallfahrteten«, heißt es in einer alten Ortsbeschreibung.

Von solchen Wallfahrtsstätten gab es damals Zehntausende. Die Pilger besuchten sie aus den verschiedensten Gründen. Die einen wollten Ablaß gewinnen, andere wiederum hatten ein Anliegen, das sie in Weihgeschenken sinnbildlich ausdrückten. Dabei konnte es sich zum Beispiel um Nachbildungen verletzter und kranker Gliedmaßen handeln, für die man Heilung suchte. Votivtafeln an den Wänden baten um Rettung aus Gefahren, um Schutz vor Feuersbrunst und Überschwemmung, oder man dankte für die Wiederherstellung der Gesundheit und verehrte dem Gotteshaus und seinen Heiligen Opferkerzen und Weihrauch. Der größte Zierat der Wallfahrtsstätten waren Gemälde, auf denen sich die Stifter zu Füßen der Apostel oder der Märtyrer mit verewigen ließen. Solche Kunstwerke dienten nicht nur dem Gotteslob. Sie waren zugleich Gebete in Bildersprache, kostbare Gebete, die den Spender viel Geld gekostet hatten und daher zugleich seinen sozialen Rang bestätigten.

Während der ersten Reformationsjahre war um die Verehrung der Heiligenbilder eine hitzige Diskussion entbrannt. Auch Thomas wird sich daran beteiligt haben. Weil er visionären und bildhaften

inneren Gotteserfahrungen einen so hohen Wert einräumte, mußte das Medium des äußeren Bildes seine vehemente Kritik herausfordern. Und so war ihm natürlich die Mallerbacher Kapelle vor den Toren der Stadt ein Dorn im Auge. Er sprach vom »Teufel zu Mallerbach«, den man nicht länger anbeten dürfe, nannte die Feldkapelle eine »Spelunke«, einen »Ziegenstall« und fand wohl noch kräftigere Ausdrücke. Denn der Wallfahrtsrummel stellte nach seiner Überzeugung eine Entehrung Gottes dar, »der allen Bildern und Kreaturen ungleich ist« und der darum nicht »unter prächtigen Gebärden«, sondern allein in der Armut des Herzens erfahrbar wird.
Es ist denkbar, daß gerade während Müntzers Aufenthalt in Allstedt die Kapelle Mallerbach vermehrten Zulauf erhielt. Die Jahre 1523/1524 führten zu großen Ernteausfällen, weil das Land unter anhaltenden Regenfällen und Überschwemmungen litt. Eine sächsische Chronik vermerkt für das Jahr 1524: »Das Jahr war sehr schwer und unfruchtbar, denn die Wintersaat vor großer Kälte und Feuchtigkeit verdarb schier überall, desgleichen der Wein und die Blüte der Bäume, daß kein Obst oder Wein wuchs; das Getreide wurde teuer.« Es ist nur allzu verständlich, daß man in dieser bedrohlichen Lage Schutz bei den Heiligen und der Gottesmutter suchte, besondere Bittprozessionen und Wallfahrten ausrichtete, um den Himmel zum Einlenken zu bewegen. Vielerorts verwünschte man sogar Luther und die anderen reformatorischen Prediger: Ihre Neuerungen hätten den himmlischen Zorn heraufbeschworen, »deshalb verwüste Gott das Land«, wie es in einem zeitgenössischen Bericht heißt. Solche Äußerungen, die gewiß auch Thomas zu Ohren gekommen sein werden, mögen der äußere Anlaß für seine abfälligen Bemerkungen gegenüber dem Gnadenort vor der Stadt gewesen sein.
Am Gründonnerstag waren den Worten Müntzers Taten gefolgt, Mallerbach brannte. Bald darauf wurden amtliche Untersuchungen eingeleitet, wobei immer wieder der Verdacht geäußert wurde, Thomas Müntzer habe die Brandstiftung veranlaßt. Müntzer selbst hat den Vorwurf einer direkten oder indirekten Mittäterschaft von sich gewiesen; ein »Kanzeltäter« aber war er doch. Seine aggressive Predigt hatte den Brandstiftern den Boden bereitet.

Vergeblich versuchten Rat und Amtmann Zeiß in den folgenden Wochen den Tätern auf die Spur zu kommen. Doch am Ende waren sie eher erleichtert, daß kein Tatverdächtiger dingfest gemacht werden konnte. In seiner Aussage hätte er sich auf Müntzers Predigt berufen und ihn somit belasten können; ihren Prediger aber wollten die Allstedter nicht behelligt wissen. Also schickte Zeiß ein Entschuldigungsschreiben an die Äbtissin des Klosters Naundorf, zu dessen Liegenschaften Mallerbach gehörte, und bat »aufs freundlichste« um »Einigkeit und Frieden«. Doch der Äbtissin war durchaus nicht daran gelegen, Müntzer zu schonen. Hatte sie doch seit Monaten die Angriffe des neuen Predigers auf die Altgläubigen verfolgt, und sicher war ihr auch zugetragen worden, daß Müntzer dem Kloster die Pachteinnahmen entziehen wollte. So beschwerte sie sich umgehend beim Kurfürsten persönlich. Der war von der ganzen Angelegenheit unangenehm berührt und forderte Zeiß zur Berichterstattung auf.
Zeiß ließ bei seiner Antwort Müntzer völlig aus dem Spiel, vermutete fahrlässige Brandstiftung durch Landstreicher, auswärtige Gottesdienstbesucher usw. Kurzum, der Amtmann spielte unterm Hütlein, damit sich das Mallerbachfeuer nicht zu einem Brand ausweitete. Doch so leicht sollten die Allstedter nicht davonkommen. Fürst Friedrich übergab die weitere Untersuchung des Vorfalls seinem Bruder und Mitregenten Johann, der in Weimar residierte. Der beschied Zeiß und den Magistrat »in Thomas Munczerus Sache«, wie inzwischen die Affäre Mallerbach aktenmäßig geführt wurde, zum persönlichen Verhör zu sich.
Bald nach dem Kapellenbrand bringt Ottilie, Müntzers Frau, ihr erstes Kind zur Welt. Wir entnehmen dieses Datum einer der Schmähschriften Agricolas. Dort heißt es:
»Thomas Muntzers Weib hat ihm auf den Ostertag Anno 24 einen jungen Sohn bracht. Nun sind etliche von den Unseren die Zeit zu Allstedt gewesen, und ist des Amtmanns Weib daselbst kommen zu Thomas Muntzer und hat gesagt: ›Er, Magister, Gott hat Euch einen jungen Erben geben, des sollt Ihr ihm danken.‹ Darauf hat Thomas kein Wort geantwortet, auch kein Zeichen von sich gegeben, als sei es ihm lieb, daß Gott ihn begnadet hat mit einem Sohn. Da aber die Amtfrau wieder hinweg ist gegangen, hat sich Thomas

umgedreht zu den Unseren und gesagt: ›Nun seht ihr fürwahr, daß ich den Kreaturen ganz entrissen bin ...‹ «
Natürlich muß sich der Leser bei der Lektüre dieser Zeilen über Müntzers Gefühlskälte entsetzen, und das war ja auch Agricolas Absicht. Allerdings – und das mag der wahre Kern der Geschichte sein, bei der sich Agricola übrigens nur auf Hörensagen beruft – äußert sich Thomas in seinen Schriften ausschließlich negativ über die »kreaturischen Lüste« und Gefühle. Ständig dringt er darauf, die Seele müsse »leer werden von aller Ersättigung«, womit er Befriedigung durch die »Kreaturen« meint. Es ist also nicht auszuschließen, daß Thomas auf die glückliche Entbindung tatsächlich so kühl reagierte. Andererseits gehörte jedoch das Kind für seine Begriffe zu der »erwählten Nachkommenschaft«, die aus der gottesfürchtigen Vereinigung von Mann und Frau hervorgehen sollte. Und würde Müntzer die »wonnigliche, überschwengliche Freude« der Glaubensgeschwister ausgerechnet seiner Familie vorenthalten haben? Das läßt sich nicht mehr beantworten. Vielleicht wollte Thomas mit seiner unterkühlten Reaktion ja auch nur die Glückwünsche von Agricolas Bekannten abwehren. Agricolas Darstellung läßt mithin viele Fragen offen. Gefühllos, wie ein »Mordprophet« in Agricolas Augen eben sein mußte, war Thomas jedenfalls nicht. Die Sorge vor seiner Hinrichtung um das weitere Schicksal seiner Frau spricht gegen die ihm angedichtete Gemütskälte, sowenig Thomas Müntzer persönliche Gefühle auch zeigen mochte.
Die Bekannten Agricolas wird es wegen der Affäre Mallerbach nach Allstedt getrieben haben. Das Ereignis hatte alsbald übergroße Dimensionen angenommen und erhitzte die Gemüter. Es kam durchaus vor, daß Bauern wegen drückender Abgabenlasten ein Kloster stürmten und berannten, doch daß man ein Gotteshaus aus Glaubenseifer niederbrannte, war auch in der Reformationszeit ein unerhörter Vorgang.
Die Kapelle wurde nicht wieder aufgebaut. Vor hundertfünfzig Jahren war von ihr noch ein »geringer Überrest von Mauerwerk« zu sehen. Um den »Backofen«, wie die Allstedter im vorigen Jahrhundert den Ruinenrest nannten, rankten sich Spukgeschichten. Man erzählte sich auch, alljährlich besuche ein Mönch die öde Stel-

le, bete dort auf den Knien und durchwandere dann die Stadt, um aus Papier geschnittene Heiligenbilder zu verkaufen. So zäh hatte sich die Erinnerung an die Affäre Mallerbach gehalten.
An ihr entzündete sich Müntzers politische Theologie. Angelegt war sie in seinem Lehrgebäude ja immer schon. Von der Mahnung: »Ihr könnt nicht Gott fürchten und die Kreaturen«, war es nur ein Schritt zu der politischen Devise: »Ihr könnt nicht Gott allein fürchten und die unvernünftigen Regenten in Ehren halten.« An dem Zitat wird deutlich, daß Müntzer durchaus nicht alle Obrigkeiten verwirft, sondern eben nur die »unvernünftigen«, die ihr Amt nicht eindeutig an der Richtschnur des göttlichen Willens ausrichteten. Über ein halbes Jahr vor Mallerbach hatte Thomas den Kurfürsten gewarnt, wenn die Fürsten ihrer Fürsorgepflicht zum Schutz der Gläubigen nicht nachkämen, würde »das Schwert ihnen genommen werden und dem inbrünstigen Volk gegeben werden zum Untergang der Gottlosen«. Die »Gottlosen«, das sind in Müntzers Augen die altgläubigen Herren im Umland Allstedts, die immer mehr gegen ihn aktiv machten. Jetzt stellte sich für ihn ganz konkret die Frage der Notwehr.
Gerüchte kursieren, Graf Ernst und der Leipziger Herzog Georg träfen Vorbereitungen zu einer gewaltsamen Intervention. Die Allstedter fühlen sich in dieser bedrohlichen Situation von ihrem zuständigen Landesherrn im Stich gelassen. Sie halten ihrer Obrigkeit vor: »Müssen wir doch alle Augenblicke in Todesangst gewärtig sein unserer Feinde Ankunft, welche uns dann mächtig um des Evangeliums willen mit gehässigem Grimm« verfolgen werden. In dieser Lage schließen sich dreißig Männer »beim Stadtgraben von Allstedt« zu einem Bund, einer Eidgenossenschaft zusammen. Sie schwören, mit Müntzer »beim Evangelium zu stehen«, und beschließen konkret, »Mönchen und Nonnen keine Abgaben mehr zu geben und dieselben helfen verstören und vertreiben«.
Es ist anzunehmen, daß Mitglieder dieser Zelle für den Brand in Mallerbach verantwortlich waren, allerdings ohne Thomas ins Vertrauen gezogen zu haben. Dessen Name erscheint auch nicht auf der Mitgliederliste des Bundes. Mit der Konstituierung der Allstedter Eidgenossenschaft war jedoch für ihn ein wichtiger Schritt vollzogen. Müntzer hat sicher in dem Bund ein Organ des »inbrün-

stigen Volkes« gesehen, dem Gott bei weiterer Untätigkeit des Landesfürsten die Schwertgewalt übertragen würde.
Der Prediger scheint sich jetzt in zunehmendem Maß kritisch gegenüber Friedrich den Weisen ausgelassen zu haben. Spitzel stehen unter seiner Kanzel und tragen dem Fürsten zu:
»Erstlich hat Thomas Müntzer öffentlich gesagt, ›der alte Graubart hätte soviel Weisheit in seinem Kopf wie ich in meinem Hintern‹. Weiter, ›der Fürst verstehe das Evangelium nicht; er nimmt es auch nicht an, er ist desselben auch nicht würdig. Er will Sachen richten und beurteilen und versteht sie selber nicht!‹ Und dergleichen großen Worte viel.«
Möglicherweise hat Thomas tatsächlich entsprechende Bemerkungen fallenlassen.
Simon Haferitz, Müntzers Kollege an der St. Wipertikirche, soll sich kurz darauf noch heftiger geäußert haben. Haferitz hätte, so ist in den Akten der Weimarer Verwaltung festgehalten, mit »öffentlichem hellen Ausschrei« die Allstedter vermahnt:
»Ihr liebes Volk, ihr seht, was unsere Herren sind; sie sind von Anbeginn diejenigen gewesen, die Klöster und Kirchen, ich müßte wohl sagen Hurenhäuser und Mordgruben, gestiftet haben und noch jetzund schützen. Deswegen seid ihr blind und toll, daß ihr sie für Herren haltet. Darum erwählt euch selbst einen Fürsten und verleugnet die Fürsten von Sachsen, eure Erbherren. Die geborenen Fürsten tun nicht mehr, denn daß sie euch schinden und schaben; doch ihr seid so blind und haltet sie für Fürsten. Sagt ihnen ab!«
Haferitz hatte sich also Müntzers politische Sicht zu eigen gemacht und trug sie, von keiner Vorsicht gemäßigt, öffentlich vor. Auch wenn diese Äußerungen vielleicht nicht wortwörtlich so gefallen sind, geben sie doch die Stimmung unter der Bevölkerung von Allstedt wieder. In Süddeutschland hörte man derartig radikale, basisdemokratische Forderungen erst auf der Höhe des Bauernkrieges, der einen Monat später, im Juni 1524, mit der Erhebung der Stühlinger Bauern gegen ihre Herrschaft begann.
Unterdessen drängte die Weimarer Verwaltung weiter auf lückenlose Aufklärung in der Affäre Mallerbach. Denn auch Müntzers Landesherren befanden sich in einer mißlichen Lage. Sie hielten

ihre Hand über Luther, und das war eigentlich schon zuviel. Im Wormser Edikt vom 8. Mai 1521 hieß es unmißverständlich: »Wir gebieten Euch allen, daß Ihr vorgenannten Martin Luther nicht in Euer Haus aufnehmt, nicht bei Hofe empfangt, ihm kein Essen und Trinken gebt, ihn nicht versteckt, noch mit Worten oder Werken heimlich oder öffentlich Hilfe, Gefolgschaft, Beistand oder Vorschub gewährt.« Friedrich, Luthers Landesvater, tat jedoch all das, ließ Luther zudem öffentlich lehren, seine Bücher veröffentlichen und empfing ihn sogar im Schloß. Damit verstieß der Kurfürst gegen das kaiserliche Recht, und das konnte ihn unter Umständen teuer zu stehen kommen. Zum Beispiel konnte ihm Herzog Georg, sein Leipziger Rivale, den es nach Friedrichs Besitz hungerte, unter dem Schutz des Reichsrechts bei gegebener Gelegenheit ungestraft ins Land fallen. Die Berater Friedrichs fürchteten folglich mit einigem Recht, die Affäre Mallerbach könne unversehens zu gefährlichen Weiterungen führen. Aus diesem Grund hielten sie die Verwaltung dazu an, die Schuldigen am Religionsfrevel von Mallerbach unbedingt bald ausfindig zu machen.

Amtmann Zeiß tat, was er konnte, und das war nicht eben viel. Wenn Mallerbach auf das Konto der Eidgenossen ging, die sich im Stadtgraben verbündet hatten, war es nicht verwunderlich, wenn seine Nachforschungen ständig ins Leere liefen. Die Verschworenen hielten dicht. Mithin war auch Zeiß übel dran. Er hatte Zuneigung zu Thomas gefaßt, war tief beeindruckt von seiner Person und Predigt, doch er mußte natürlich auch seinen Anweisungen als Amtmann nachkommen. So befand sich Zeiß in einem ausweglosen Zwiespalt und erwog ernstlich, sein Amt niederzulegen.

Um den äußeren Schein zu wahren, schritt Zeiß Anfang Juni schließlich doch zur Verhaftung eines Tatverdächtigen und ließ den Beschuldigten im Schloßverlies jenseits der Mauern von Allstedt in den Stock setzen. Doch Zeiß irrte, wenn er angenommen hatte, um diesen Preis aus der Affäre herauszukommen. Die Eidgenossenschaft schlug Alarm. Und als der Amtmann ein paar Tage darauf zu einer weiteren Verhaftung schreiten wollte, holte der Bund seine Waffen hervor. Die Glocken läuteten Sturm, Männer mit Harnischen und Spießen liefen durch die Stadt. Der überraschte Zeiß brach seine Aktion ab. Doch die Lage blieb gespannt.

Die Eidgenossen standen »die Nacht in Kriegsordnung samt den Weibern in Bereitschaft mit voller Wehr in dem Städtlein beieinander«, berichtet Zeiß später. Thomas bestärkte die Aufständischen, »sie sollten sich wider die Gottlosen verbünden, und die Weiber und Jungfrauen sollten sich mit Mist- und Heugabeln bewaffnen.«
Das Häuflein von dreißig Männern, die sich im Stadtgraben verschworen hatten, »beim Evangelium zu stehen«, war der sich zuspitzenden Situation nicht mehr gewachsen. Also beschlossen sie, ihrer Eidgenossenschaft eine breitere Basis zu geben. Der Rat und viele Einwohner traten dem Bund bei, dazu auch dreihundert Leute aus dem Umland. Damit hatte der Allstedter Bund zum ersten Mal die Grenzen der Stadt überschritten und griff nun auch in die hoheitsrechtlichen Befugnisse der umliegenden Herrschaften ein. Man verpflichtete sich über die Grenzen hinweg zur gegenseitigen Beistandsleistung, »wo die aus der Grafschaft oder die Amtsleute diejenigen, so dem Evangelium anhängen, überfallen wollten«, wie es in dem Bundesstatut hieß. Handwerker, Ackerbürger und Mansfelder Bergknappen, die sich gerade in der Stadt befanden, leisteten mit »aufgereckten Fingern« den Schwur. Allein die bürgerliche Oberschicht hielt sich zurück.
Über die Zielsetzung des Allstedter Bundes hat Thomas später ausgesagt: »Ist ihr Artikel gewesen und haben's auf die Wege richten wollen: Omnia sunt communia, und sollten einem jeden nach seiner Notdurft ausgeteilt werden nach Gelegenheit.«
Die drei lateinischen Worte stammen aus dem Neuen Testament, wo berichtet wird, die ersten Christen hätten »alles gemeinsam« gehabt. Noch im 2. Jahrhundert muß die Gütergemeinschaft unter den Christen weit verbreitet gewesen sein. Lukian, Nichtchrist und Satiriker, spottet über die Christen als »einfältige Leute«, die sich alle als Geschwister betrachteten und aus einem Topf lebten. Die Praxis eines großfamilialen Zusammenlebens ging den Christen erst verloren, als Kaiser Konstantin und seine Nachfolger den neuen Glauben zur Staatsreligion erklärten. Von nun an wurde die Erinnerung an das gemeinsame Leben von der gemeinschaftlichen Lebensform der Männer- und Frauenklöster weitergetragen, mehr noch von Ketzerbewegungen, die zurück zum Urchristentum wollten. Aber auch die Theologen und Kirchenlehrer der offiziellen

Kirche diskutierten noch lange die Frage, ob es nach göttlichem Recht überhaupt Privateigentum in der Gesellschaft geben dürfe. Als Ergebnis der Diskussion hielt der bis heute gültige Kirchenrechtler Gratian (12. Jahrhundert) fest: »Nach göttlichem Recht ist allen alles gemeinsam, omnia sunt communia omnibus; nach geltender Rechtsordnung gibt es mein und dein.«

Natürlich kannte auch Thomas diese Stelle und die anderen gelehrten Erörterungen zum Thema. Und die Lebensform der Gütergemeinschaft ergab sich ohnehin als logische Konsequenz aus seiner Theologie. Zielte doch seine Lehre gerade darauf, das Herz abzureißen »vom Ankleben an den Kreaturen«, und daraus ergab sich von selbst, daß an die Stelle des Besitzens das Teilen von allem mit allen treten mußte. Das galt es für Thomas nachdrücklich auf den Weg zu bringen, denn mit dem Gottesstaat war für ihn zugleich das Ende der goldenen Kälber gekommen. Er sah sie jetzt schon wakkeln, als sich die Allstedter Krise immer mehr zuspitzte.

Nach dem Sturmläuten im Juni und der Erweiterung der Eidgenossenschaft eilt Zeiß zur Berichterstattung nach Weimar. Dort wird er ungnädig abgefertigt. Er versäume seine Pflicht als Amtmann, so wird ihm vorgehalten. Nachdem er die Dinge so lange habe treiben lassen, dürfe er sich jetzt auf keinen Fall durch die Allstedter einschüchtern lassen, es gelte hart durchzugreifen. Doch Zeiß dringt darauf, man möge erst einmal Müntzer zu seiner Lehre hören. Anders könne man sich als Außenstehender kein rechtes Bild von der Situation in Allstedt machen. Und sicher trüge eine öffentliche Anhörung des Predigers zur Beruhigung der Lage bei. Nach eingehender Beratung erteilt Herzog Johann seine Zustimmung. Er will den von Luther kürzlich in einem offenen *Brief an die Fürsten zu Sachsen* als »Satan von Allstedt« titulierten Prediger persönlich kennenlernen. In vierzehn Tagen werde der Hof auf einer Durchreise im Allstedter Schloß Zwischenstation einlegen, und dort solle Müntzer dem Herzog mit einer Predigt aufwarten.

Das war zwar nicht die große öffentliche Disputation unter Fachtheologen, die Thomas wünschte, aber es war eine unschätzbare Gelegenheit, dem Fürstenhaus seine Lehre von der Obrigkeit vorzutragen. Also macht sich Müntzer an die Predigtvorbereitung. Zwei Wochen darauf steht er mit einem dicken Manuskript in

einem Audienzraum des Allstedter Schlosses und predigt Herzog Johann und dessen Gefolge.
Zweiundzwanzig Seiten umfaßt der heutige Drucktext der sogenannten *Fürstenpredigt*. Der Herzog, sein Sohn, Kanzler und Hofgesellschaft müssen sich auf eine lange Predigt einrichten. Thomas will das Fürstenhaus für sich und seine Lehre gewinnen und läßt sich darum Zeit, ausführlich Rechenschaft von seinem Glauben zu geben. »Teure Brüder«, redet er die Fürsten an, denn er ist genau wie sie, das hatte er bereits dem Grafen von Mansfeld klargemacht, »ein Knecht Gottes«.
Wie Luther geht Müntzer in seiner Obrigkeitslehre vom 13. Kapitel des Römerbriefes im Neuen Testament aus. Dort hatte Paulus im Blick auf die noch nicht christliche Staatsgewalt seiner Zeit festgestellt: »Wer das Gute tut, braucht die Herrschenden nicht zu fürchten. Das müssen nur die, die Böses tun. Im Auftrag Gottes vollstreckt die Staatsgewalt das Urteil an denen, die Übles tun.« Die Christen sollen, das ist der Sinn der Ausführungen des Apostels, sich gegenüber der heidnischen Staatsgewalt loyal verhalten. Luther, der den Staat lediglich als Ordnungshüter sah, berief sich immer wieder auf diese Stelle und grenzte sich damit von allen Versuchen ab, die Staatsmacht in den Dienst ideologischer Interessen zu stellen. Genau das aber tut Thomas Müntzer.
Die »Guten« sind für ihn die auserwählten Gläubigen, und unter den »Übeltätern« versteht Thomas, dem Textsinn entgegen, die gottlosen Ungläubigen. Nach Müntzers Verständnis von Römer 13 hatten also die staatlichen Institutionen über ihre reinen Ordnungsaufgaben hinaus dem Evangelium zu dienen: Den Regenten ist ihr Schwert von Gott zum Schutz der Frommen verliehen, und darum ist es ihre Pflicht, den christlichen Glauben gegen die Ungläubigen, die Gottlosen zu verteidigen. Im Allstedter Beispiel sind das der Graf von Mansfeld, sind es die Nonnen, die wegen Mallerbach klagen und dabei mit dem romhörigen Leipziger Herzog unter der Decke stecken. Also liegt für Thomas klar auf der Hand, daß der Kurfürst, will er tatsächlich ein christlicher Herrscher sein, seine evangelischen, rechtgläubigen Untertanen vor diesen Leuten schützen muß, notfalls mit militärischer Gewalt. Denn, hier beruft sich Müntzer auf das Alte Testament, »den Gott-

losen sollst du töten«, jedenfalls dann, wenn er die Gläubigen bedroht, wie das Graf Mansfeld und die Amtleute des Leipziger Herzogs tun. Denn, so fährt Müntzer fort: »Ein gottloser Mensch hat kein Recht zu leben, wenn er die Frommen behindert.« Und das eben tun die Widersacher Müntzers. Sie hindern ihre Leute, den Gottesdienst in Allstedt zu besuchen, belegen die Anhänger Müntzers mit Strafen und werfen sie ins Gefängnis.

Noch haben seine Leute, trägt Müntzer den Herrschaften vor, all diese Schikanen ohne Gegenwehr über sich ergehen lassen, weil sie auf ein Eingreifen ihrer »teuren Väter«, Friedrich und Johann, vertrauten, »die Christus mit uns bekennen«. Kommen aber die Fürsten ihrer Pflicht nicht nach, dann »wird ihnen das Schwert genommen«, müssen die Allstedter zur Selbstverteidigung greifen. Das ist, lautet die Kernaussage von Müntzers Predigt, dann auch kein »unbefugter Aufruhr« mehr, denn nach seiner göttlichen Bestimmung ist das Volk souverän und hat infolgedessen auch die Schwertgewalt. Fürsten und Regenten, die ihrer Fürsorgepflicht gegenüber den Frommen nicht nachkommen, argumentiert Thomas folgerichtig weiter, soll man also als »Henker und Büttel« ansehen, die eine Gemeinde auch wieder absetzen kann wie ihre sonstigen Bediensteten.

»Darum, ihr allerteuersten liebsten Regenten«, schließt er seine Ansprache, »lernt euer Urteil recht aus dem Munde Gottes.« Und mit einem Seitenhieb auf Luther, der den Fürsten nur ordnungspolitische Aufgaben zugestehen will, fügt Müntzer hinzu: »Laßt euch durch eure heuchlerischen Pfaffen nicht verführen und mit erdichteter Geduld und Güte aufhalten.« Der Umschwung, warnt er, läßt nicht mehr lange auf sich warten. »Die armen Laien und Bauern sehen ihn viel schärfer als ihr.« Deshalb sei Eile geboten; die Fürsten müssen sich im Fall Allstedt klar zu ihrer militärischen Schutzpflicht bekennen.

Thomas hat mit seiner Obrigkeitslehre kein Neuland betreten. Er bewegt sich hier vielmehr in den Gleisen der hochmittelalterlichen, päpstlichen Staatsauffassung. Ihr zufolge war der Staat von Gott damit betraut, den Glauben, die Christenheit vor inneren und äußeren Feinden zu schützen. Noch heute tragen zum Beispiel die britischen Monarchen den Titel »Defensor fidei«, Verteidiger des

Glaubens, der ihnen einst von Rom verliehen wurde. Die Kurie wiederum hatte ihre Staatsideologie den Moslems entlehnt, in deren Selbstverständnis göttliches und staatliches Recht in eins zusammenfallen. Der Sultan ist »Verteidiger und Schutzherr des Glaubens«. Musa, einer der Begründer des türkischen Weltreiches, faßte dieses Selbstverständnis in die Worte: »Gott legte in meine Hand das Schwert des Propheten, um die Ungläubigen zu zerspalten, die Gläubigen aber zu erhöhen.« Ähnliche Aussagen finden sich auch im Koran. Thomas, der den Koran studiert hat, konnte sich in dessen Vorstellungen vom Gottesstaat also durchaus wiederfinden. Nicht von ungefähr weist er darum immer wieder auf die gottesfürchtigen Türken hin, die zwar Christus verwerfen, aber doch den rechten Anfang des Glaubens besitzen, die reine Gottesfurcht, die außer Gott keinen Herrn und keine Herrschaft anerkennt. Luther hat also wohl zu Recht Müntzer, der den Staat zum Erfüllungsgehilfen der Kirche macht, moslemisches Staatsverständnis unterstellt.

Thomas erhielt kein Echo auf seine Predigt. Keiner der Anwesenden im Audienzsaal des Allstedter Schlosses war auch nur im entferntesten kompetent genug, sich mit dem wortgewaltigen gelehrten Mann in einen Disput einzulassen, selbst der Hofprediger nicht. Beeindruckt waren gewiß auch die Fürsten, Herzog Johann und der Erbprinz. Jedoch Müntzers Ansinnen, Allstedt mit Waffengewalt gegen die Übergriffe der Altgläubigen zu verteidigen, kann Herzog Johann keinen Augenblick einer näheren Überlegung wert gewesen sein. Wären die evangelischen Fürsten Sachsens auf Müntzers Hilfsersuchen eingegangen, hätte das zu unabsehbaren politischen Entwicklungen geführt; zu einem offenen Krieg zwischen Wittenberg und Leipzig, zwischen dem reformierten und dem altgläubigen Sachsen. Das wiederum hätte die Reichsgewalt, Kaiser Karl, zum Einschreiten gezwungen. Der Dreißigjährige Krieg hätte also bereits im 16. Jahrhundert begonnen.

Freilich konnte auch Müntzer nicht blind gegenüber den unwägbaren Konsequenzen einer bewaffneten Intervention der Fürsten zum Schutze der Allstedter gewesen sein. Aber die Folgen, so riet er den Fürsten, sollten sie getrost Gott anheimstellen. »Ihr müßt

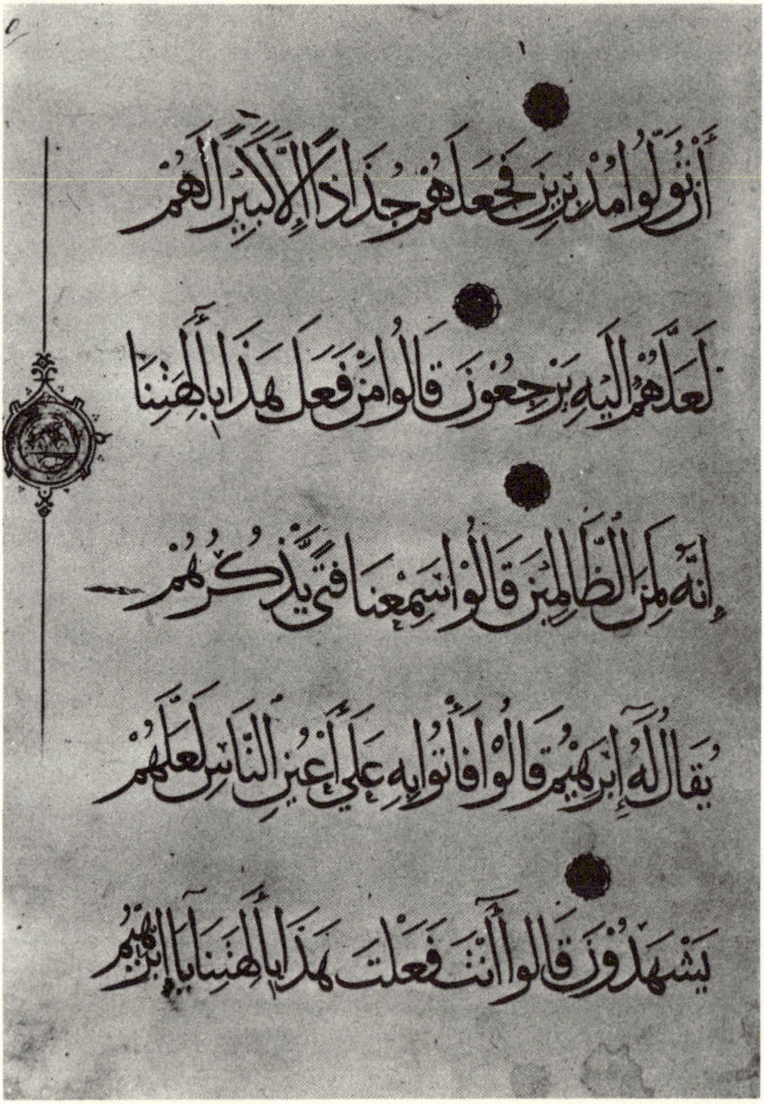

أن تولوا مدبرين فجعلهم جذاذا إلا كبيرا لهم
لعلهم إليه يرجعون قالوا من فعل هذا بآلهتنا
إنه لمن الظالمين قالوا سمعنا فتى يذكرهم
يقال له إبرهيم قالوا فأتوا به على أعين الناس لعلهم
يشهدون قالوا أأنت فعلت هذا بآلهتنا يا إبرهيم

Koranseite aus dem 16. Jh. Müntzer las den Koran vermutlich in lateinischer Übersetzung es wagen um des Evangeliums willen«, forderte er sie auf. »Sagt nur frei mit dem Geist Christi: Ich will mich vor Hunderttausend nicht fürchten, ob sie mich schon umringen.« Herzog Johann aber setzte lieber auf politische Vernunft.

Bevor Thomas aus dem Schloß entlassen wurde, traten die Fürsten und ihre Berater offenbar zu einer Besprechung zusammen. Im Anschluß daran eröffnete der Kanzler dem Prediger, er dürfe in Zukunft nichts mehr ohne die Genehmigung der Weimarer Verwaltung publizieren. Sicher wollte man verhindern, daß Müntzer in der Druckerei, die sich auf des Predigers Betreiben kürzlich in Allstedt niedergelassen hatte, militante Kampfschriften veröffentlichte. Damit wäre der Konflikt, den die Fürsten dämpfen wollten, noch mehr in die Öffentlichkeit getragen worden. Bereits im Vorjahr hatte Thomas dem Mansfelder Grafen gedroht, er würde »hundertmal ärger« mit ihm »umgehen wie der Luther mit dem Papst«, wenn er sich gezwungen sähe, an die Öffentlichkeit zu gehen. Müntzers *Fürstenpredigt* jedoch scheint ohne Beanstandung die Zensur passiert zu haben. Sie konnte schon nach acht Tagen in der Allstedter Druckerei erscheinen.

Von der Zensurankündigung des Kanzlers überrascht, schickte Thomas noch am gleichen Tag Herzog Johann einen Brief hinterher. Er bestätigt, Kenntnis von der Maßnahme genommen zu haben, fügt aber hinzu, daß er im Falle einer Zensur seiner künftigen Schriften darauf bestehe, öffentlich wegen seiner Lehre vernommen zu werden, und zwar in einer großen öffentlichen Disputation und Anhörung. »Ich will die römische Kirche, Türken, den Heiden dabeihaben«, fordert er. »Denn ich tadele die unverständige Christenheit zu Boden. Ich weiß meines Glaubens Herkunft [von Gott] zu verantworten. Ich will sagen und schreiben, was beständig ist vor allen Geschlechtern«, das heißt vor allen Nationen und Völkern. So wirklichkeitsfern, ja illusionär diese Forderung nach einer globalen Religionskonferenz auch war, sie bleibt ein wahrhaft kühner Gedanke, der Müntzer ehrt. Keiner vor ihm hatte je zu einem solchen Vorhaben seine Stimme erhoben.

Thomas, der in so globalen Horizonten dachte, müssen die konkreten Schwierigkeiten vor Ort, jetzt noch verschärft durch die Zensurmaßnahme, erregt und erbost haben. Er mußte daraus

schlußfolgern, daß seine Predigt ihr Hauptziel, den Allstedtern den Schutz des Kurfürsten zu sichern, nicht erreicht hatte. Auf seine Hilfe war somit nicht zu rechnen. Also begibt Thomas sich an sein Schreibpult, verfaßt Briefe, wirbt um neue Mitglieder für die Allstedter Eidgenossenschaft. Ein Schreiben geht auch nach Orlamünde zu Karlstadt. Der ist entsetzt von Müntzers militanten Plänen, das Evangelium notfalls auch mit Waffengewalt zu verteidigen, und zerreißt in einem Anfall von Panik das Papier. Aber dann antwortet er doch. Karlstadts Brief ist eine unverhüllte Absage an Müntzers Bundespolitik. Doch in anderen Gemeinden bleibt Müntzers Werben nicht ohne Erfolg. »Ich habe meine Absprachen mit vielen Freunden Gottes festgemacht«, schreibt Thomas. Ein loses Netz von Kontakten reicht inzwischen durch ganz Mitteldeutschland. Sollten der Mansfelder Graf oder der Leipziger Herzog tatsächlich zum Angriff auf die Evangelischen in Allstedt übergehen, wird Thomas auf Verbündete rechnen können.
Während ihn Karlstadts enttäuschende Antwort erreicht, senden Freunde aus Sangerhausen einen dringenden Hilferuf. Die Stadt, nordwestlich von Allstedt gelegen, untersteht einem Amtmann des Leipziger Herzogs. Seit kurzem predigt Thilo Banse, ein Freund Müntzers, in Sangerhausen, und der altgläubige Amtmann setzt den Prediger unter Druck und schikaniert Banses kleine Gemeinde. Jetzt müßten die Allstedter Eidgenossen ihren bedrängten Glaubensgeschwistern eigentlich mit einem bewaffneten Aufgebot zur Hilfe eilen. Doch für Thomas ist die Zeit für bewaffnete Auseinandersetzungen noch nicht reif: Die Eidgenossenschaft ist noch nicht stark genug. Er kann für die Freunde nicht viel mehr tun, als ihnen in einem Brief Mut zuzusprechen. Die Sache sei auf gutem Weg, so schreibt er, denn inzwischen seien »mehr als dreißig Absprachen und Verbündnisse« ringsum in den Dörfern und Städten ins Leben gerufen. Die Sangerhäuser stünden also nicht allein. »In allen Landen will sich das Spiel machen. Habt nur einen freien Mut, die gottlosen Buben sind schon verzagt«, erklärt er den Freunden. Über die moralische Unterstützung hinaus schickt Thomas dem zuständigen Amtmann einen geharnischten Brief ins Haus und droht: »Wenn Ihr Herrn Thilo Banse werdet ein Leid antun, so will ich Euch das Allerärgste tun. Nehmt meine Mahnung

freundlich zu Herzen. Werdet Ihr Euch darin nicht bessern, so will ich die Leute nicht länger aufhalten, die Euch wollen belästigen.«
Die beiden Schreiben werden gerade in Sangerhausen eingetroffen sein, als Herzog Georg seinen Amtmann anweist, energischer gegen die ketzerischen Müntzerleute vorzugehen.
Mit Ketzerverfolgungen hatte man in Sangerhausen leidvolle Erfahrungen. Eine Chronik vermeldet: »Anno 1453 erhob sich eine Ketzerei in Thüringen, besonders zu Sangerhausen ... Es gingen Mann und Frau, Bruder und Schwester heimlich in ein Haus und beteten den Teufel in einem Keller an. Danach wurden die Lichter ausgelöscht, da greift jedermann um sich, und wen er ergriff, mit dem sündigte er, es wäre Schwester, Mutter oder Tochter. Darum wurden sie verbrannt überall im Lande ...«
Wahrscheinlich handelt es sich bei den als »Teufelsanbeter« verketzerten Gläubigen um eine versprengte Splittergruppe der Radikalhussiten, die sogenannten Adamiten, von denen sich auch die Böhmen getrennt hatten. Das Beispiel Sangerhausen zeigt, wieviel untergründiges Protestmaterial in Thüringen bereitlag, ehe es zu der großen Erhebung im Bauernkrieg kam, in dem die Sangerhäuser dann ebenfalls aktiv wurden. Die Gewaltmaßnahmen des Leipziger Herzogs hatten sie zusätzlich mobilisiert.
Unter dem Eindruck der vermehrten Repressionen schreibt Thomas einen weiteren Brief an die Sangerhäuser. Darin ermahnt er sie, sich jetzt nicht einschüchtern zu lassen. Sie sollten vielmehr den Bewaffneten des Herzogs kühn mit den Worten entgegentreten: »Lieber Herr, lieber Herr Hauptmann. So unser Herr, der Fürst, an Steuern und Abgaben, die wir ihm jährlich geben, nicht genug hat, so nehme er all unsere Güter dazu. Aber unsere Seelen soll er nicht regieren.« Dann hält Thomas seinen Freunden das Beispiel der Märtyrer, der Blutzeugen des Glaubens vor. An sie sollen die Sangerhäuser sich erinnern und wissen, daß Gott »tut Rache zur rechten Zeit«. Thomas empfiehlt den Sangerhäusern also rein passiven Widerstand. Dabei knüpft er wieder an seine Leidenstheologie an, daß Gott gerade durch Leiden die Seele bereit macht, sich ihm zu öffnen und seiner innezuwerden.
Ist das der »blutrünstige« Müntzer, den Luther noch gerade in seinem Brief an die Fürsten von Sachsen den »Satan zu Allstedt« ge-

nannt hatte? Thomas argumentiert hier nicht anders als Luther in seiner vor Jahresfrist erschienenen Schrift *Von weltlicher Obrigkeit, wieweit man ihr Gehorsam schuldig sei.* Die textliche Übereinstimmung zwischen den beiden Reformatoren geht so weit, daß man fast versucht ist anzunehmen, Müntzer habe streckenweise bei Luther abgeschrieben. Jedenfalls hat er sich bei seinem letzten Brief an die Sangerhäuser von der Obrigkeitsschrift des Wittenbergers inspirieren lassen.

Luthers lautstarke Ausfälle gegen Müntzer, dem er unterstellt, »daß er meinet, man müsse die Sache [des Evangeliums] mit dem Schwert vollführen«, sind jedenfalls maßlos überzogen. Thomas hat nie gemeint, man könne mit dem Schwert missionieren. Aktiver Widerstand war für ihn immer nur das letzte Mittel, sich in einer Notwehrsituation zu behaupten. Auch seine »Absprachen und Verbündnisse« zielten auf nichts anderes, als daß, so Thomas wörtlich, »ein Schwert das andere in der Scheide halten sollte«. Und selbst dafür hätte er sich auf den Wittenberger berufen können. Noch zu Jahresbeginn 1525 wollte Luther nicht ausschließen, daß sich Christen unter konkreter Bedrohung zu einem »Bund« zusammenschließen könnten, um unter dem »Schein« der Wehrbereitschaft einen Gegner abzuschrecken, »daß die Gottlosen müßten fürchten, als sollte es ihnen gelten«. Dabei dachte Luther allerdings an einen Fürstenbund zur Verteidigung des Evangeliums, während Müntzers Konzept der Eidgenossenschaft sich seiner Idee der Kirche von unten einfügte, also den Gedanken der Volkssouveränität widerspiegelte. Bei aller Übereinstimmung in der Theorie des Notwehrrechts standen sich die theologischen Ausgangspositionen wiederum konträr gegenüber.

Während der Amtmann von Sangerhausen, unbeeindruckt von Müntzers Drohungen, Ende Juni zu weiteren Verhaftungen schritt, gingen auch die Amtmänner der Mansfelder Grafschaft verschärft gegen die Anhänger Müntzers vor. Die konzertierte Aktion der altgläubigen Herrschaft löste eine Flüchtlingswelle im Umland Allstedts aus. Frauen, Männer, Kinder, ganze Familien suchten in Allstedts Mauern Schutz vor den Übergriffen ihrer Herren. Besonders brutal führte sich dabei Friedrich von Witzleben auf, ein Amtmann des Grafen. Er überfiel das neun Kilometer süd-

lich der Stadt gelegene Dorf Schönewerda, kerkerte Menschen ein und jagte andere von Haus und Hof. Zeiß berichtet über ihn nach Weimar:
»Er hat etliche große Geschütze gehabt, viel Berittene und Fußvolk. Er hat den Leuten die Pachtverträge, auch sagen sie, Kirchengelder weggenommen, und diese Leute gehen im Lande herum, berichten und klagen, daß sie ungewarnt und unbeschützt überfallen worden sind. Die umliegende Nachbarschaft verbietet es ihren Untertanen, hierher zur Predigt zu gehen. Das Volk will es dennoch nicht lassen und wird haufenweise in Türme und Gefängnisse geworfen, und die entlaufen, kommen hierher. Und diese Leute machen ein solches Gerede im Lande, daß deshalb das Volk seinen Herren und Amtleuten keinen Glauben mehr schenken will.«
Die bitteren Gefühle der Flüchtlinge waren nur allzu berechtigt. Rechnet man noch die unglücklichen äußeren Umstände dazu, begreift man das Ausmaß der Verzweiflung: Geschwächt von einem Hungerwinter, von Überschwemmungen und sintflutartigen Regenfällen heimgesucht, ein neues Hungerjahr vor Augen, machte die Vertreibung das Maß ihres Leidens voll.
Die Notwehrsituation war gegeben. Doch Müntzer rief dennoch nicht zu Gewaltaktionen auf. Den Geschützen des Mansfelders, seinen Berittenen und Landsknechten, den gut ausgerüsteten Söldnern Herzog Georgs hatte er nichts Vergleichbares gegenüberzustellen. Er mußte sich damit begnügen, die Stadt in Verteidigungsbereitschaft zu halten. Das wiederum schien ihm geboten, weil er nicht wußte, wieweit er dem Amtmann noch trauen durfte. Gerüchte kursierten, Zeiß wolle seinen Amtskollegen die Flüchtlinge ausliefern und habe sich dazu der Hilfe auswärtiger Kriegsknechte versichert.
Wieder schlugen die Eidgenossen Alarm, Bewaffnete bezogen Stellung, und Müntzers Frau Ottilie rief die Frauen zu den Waffen. Thomas eilte zum Schloß und bestürmte den Amtmann, den Forderungen der Gegenseite passiven Widerstand entgegenzusetzen. Dabei stellt er Zeiß die Frage: »Wollen wir uns die Tyrannen zu Freunden machen mit dem Geschrei der armen Leute?« Zeiß verspricht, die Flüchtlinge nicht auszuliefern. Doch was soll weiter

werden? Der Flüchtlingsstrom reißt nicht ab, Allstedt ist überfüllt mit Elendsgestalten.

Am 24. Juli predigt Thomas den Leuten. Er ruft die um ihres Glaubens willen Verfolgten auf, geschlossen dem Allstedter Schwurbund beizutreten. »Er soll allein ein Bedrohen sein der Gottlosen«, erklärt er. »Nichts anderes denn eine Notwehr, welche niemand verweigert wird nach dem natürlichen Urteil aller vernünftigen Menschen.« Etwaige Zweifel an der militärischen Effizienz der Eidgenossenschaft wischt er beiseite. »Unser Gott ist ein kräftiger Kriegsherr«, predigt er der Gemeinde und versucht, seine Sicht der Dinge an seine Zuhörer weiterzugeben. Die krisenhafte Zuspitzung der Lage ist für ihn nur ein Zeichen, daß die Veränderung der Welt vor der Tür steht. Dafür beruft er sich auf den Traum eines »gottesfürchtigen Mannes«, dem Gott offenbart habe, »daß die Fürsten, Tyrannen und alle, die sich wider das Evangelium legen, ganz feige und erschrocken sind«. Das Herz sei ihnen, so Thomas weiter, schon »schwarz im Leib vor lauter Feigheit«.

Die Predigt tut ihre Wirkung. Im Anschluß an den Gottesdienst lassen sich alle in das Bundesregister eintragen. Dabei macht Thomas den Leuten noch einmal die Zielsetzung des Bundes klar: Die Allstedter Eidgenossenschaft verfolgt keine materiellen Interessen, sie verteidigt ganz allein die Freiheit des Glaubens. Aber wo diese angetastet werde, wolle man sich gegenseitig mit Wehr und Waffen beistehen.

Auch Zeiß hatte sich mit vereidigen lassen. Ob unter Druck oder aus innerer Überzeugung, muß offenbleiben; vermutlich hat er das selbst nicht so genau gewußt. Aus seinen offiziellen Berichten an den Hof und einem uns erhaltenen persönlichen Brief an einen Neffen spricht immer wieder eine ehrliche Anteilnahme an den Sorgen des gemeinen Mannes, ja auch eine versteckte Bewunderung für Thomas Müntzer, den rebellischen Prediger, der doch Zeißens Loyalität zu seinem Dienstherrn so arg strapazierte. Nach Müntzers Drohpredigt wird Zeiß nach Weimar zitiert, um Bericht zu erstatten. Zeiß wird ohne Beschönigung die gespannte Lage in Allstedt geschildert haben. Was die Verwaltungsräte da an Einzelheiten zu hören bekamen, mußte sie mit äußerster Besorgnis erfüllen, und sie fordern die Verantwortlichen für die Unruhen in der

Stadt nach Weimar zum Verhör: Der Schultheiß, zwei Ratsmitglieder und Thomas Müntzer selbst sollen vernommen werden. Herzog Johann will jetzt eine endgültige Klärung der Verhältnisse herbeiführen.

Getrennt voneinander werden die Vertreter der Stadt und Thomas Müntzer am 31. Juli beziehungsweise am 1. August vernommen. Leider sind die Verhörprotokolle so verkürzt und stark überarbeitet, daß wir uns heute kein genaues Bild der Verhandlungen mehr machen können. Offenbar aber haben die Allstedter Thomas Müntzer bald fallengelassen: »Sie wären arme unverständige Leute, was sie täten oder getan, dazu hätte sie der Prediger beredet«, entschuldigten sie sich. Das war gewiß eine starke Vereinfachung des wirklichen Sachverhaltes. Die drei Allstedter waren doch wohl nicht, wie ihre Aussage nahelegt, einfach der faszinierenden Persönlichkeit Müntzers erlegen. Thomas hatte sie ohne Zweifel mit guten Gründen überzeugt, daß es für den Magistrat geboten sei, beim Evangelium zu stehen. Schließlich konnten die Beschuldigten doch sogar darauf verweisen, daß selbst ihr Landesherr, Kurfürst Friedrich, dem neuen Glauben zugetan war und seine Hand auch über Luther hielt. Und zwischen dessen und Müntzers Anliegen zu unterscheiden, dürfte den Allstedtern wohl kaum möglich gewesen sein.

Die eigenmächtige Bewaffnung der Bürger allerdings, so wird den Beschuldigten beim Verhör klargeworden sein, war ein offener Verstoß gegen den Landfrieden. Hier hätte der Magistrat dem Prediger in den Arm fallen müssen. Daß man das versäumt hatte, mochten die Allstedter mit der krisenhaften Zuspitzung der Ereignisse entschuldigen, von denen sie überrollt worden waren. Überdies wäre es dem Magistrat kaum gelungen, dem Prediger entgegenzutreten, weil dieser einen überwältigenden Rückhalt in der Bürgerschaft und den vielen Flüchtlingen in der Stadt besaß. Kurzum, die beschuldigten Stadtverordneten erklärten sich von der Situation für überfordert, und das waren sie auch. Niemand sollte sie des Verrats an Müntzer zeihen.

Sie werden nach dem Verhör mit der Weisung entlassen, die neue Druckerei in Allstedt zu schließen, »den Drucker ziehen zu lassen und ihm am Ort keinen Druck mehr zu gestatten«. Das war eine

Maßnahme, die sich sowohl gegen Thomas als auch gegen den Drucker selbst richtete. Er war als einer der Köpfe der Eidgenossenschaft in Erscheinung getreten und wurde dafür mit Berufsverbot belegt. Für Müntzer selbst bedeutete die Stillegung der Druckerei eine nochmalige Verschärfung der Zensurmaßnahme, die ihm nach der *Fürstenpredigt* auferlegt worden war.
Am nächsten Tag wurde Thomas von den Weimarer Räten wegen »schmählicher Worte« gegen den Kurfürsten verhört und zur Rechenschaft gezogen, weil er »das Volk zum Bündnis wider die Gottlosen« aufgestachelt habe. Er stritt Schmähreden gegen den Fürsten ab, verteidigte jedoch das Recht der Allstedter auf ein Notwehrbündnis und erklärte, er werde in dieser Angelegenheit persönlich an Friedrich den Weisen appellieren.
Die Verhörprotokolle werden nach Wittenberg übersandt. Herzog Johann, Luthers Rat im Ohr, Müntzer solle »die Faust stillehalten« oder sei des Landes zu verweisen, fügt den Unterlagen noch ein eigenes Begleitschreiben hinzu. Ohne der letzten Entscheidung des Fürstenbruders vorgreifen zu wollen, legt er ihm doch nahe, Müntzer auszuweisen, »da zu befürchten, daß derselbe Prediger, wo er zu Allstedt bliebe, den armen Leuten einen Aufruhr und Unlust anrichten würde.« Das Verhör war damit zuungunsten Müntzers ausgegangen. Seine Entlassung konnte nur noch eine Frage der Zeit sein.
Mit welchen Gefühlen Thomas das Weimarer Schloß verließ, können wir nur raten. Agricolas Lesart kennen wir: Thomas habe, »unter seinem Angesicht so gelb wie ein toter Mensch«, draußen vor der Kanzlei Zeiß geklagt, nun müsse er sich wohl ein anderes Fürstentum suchen. Gegen diese Darstellung Agricolas spricht, daß Müntzer im Anschluß an das Verhör den herzoglichen Räten ein neues Manuskript mit der Bitte um Druckerlaubnis übergab. Das hätte er wohl kaum getan, wenn er tatsächlich jetzt schon mit einer Landesverweisung gerechnet hätte. Davon, daß ihn die drei Stadtverordneten Allstedts am Vortag fallengelassen hatten, wußte er wahrscheinlich noch nichts. So gab es für ihn zunächst keinen Grund, an der Fortsetzung seines Dienstes zu zweifeln.
Die mangelnde Unterstützung seitens der evangelischen Fürsten Sachsens hat Müntzer allerdings schmerzlich registriert, und es

muß für ihn überaus demütigend gewesen sein, sich ständig aufs neue vor ihnen rechtfertigen zu müssen. Für ihren Argwohn gegen seine Person und gegenüber seiner Botschaft machte er Luther verantwortlich. Unter diesem Eindruck entstand seine neue Kampfschrift, der er den Titel gab: »Ausgedrückte Entblößung [d. h. öffentliche Entlarvung] des falschen Glaubens.« Das Büchlein wendet sich nicht an die akademischen Religions- und Bibelspezialisten, sondern an das von ihnen betrogene Volk: »Deshalb mußt du, gemeiner Mann«, schreibt Müntzer, »selbst gelehrt werden, auf daß du nicht länger verführet werdest.« Dieses Thema zieht sich durch die ganze Schrift.

Den falschen Predigern, und das sind für Müntzer jetzt die lutherischen Theologen, wirft er vor, die Leute geflissentlich für unmündig zu halten.

»Mit allen Worten und Werken machen sie es ja so, daß der arme Mann nicht lesen lerne vor Bekümmernis um die Nahrung, und predigen unverschämt, der arme Mann soll sich von den Tyrannen lassen schinden und schaben. Die Schriftgelehrten sollen schöne Bücher lesen, und der Bauer soll ihnen zuhören ... Sie sprechen fast alle: ›Gott redet nicht mehr‹ und sagen ohne Unterlaß: ›Glaub, glaub, bis dir der Rotz vor der Nase plustert!‹ ... So anders die Christenheit soll recht aufgerichtet werden, so muß man diese habgierigen Bösewichter wegtun und sie zu Hundeknechten machen.«

Damit wendet er sich nicht mehr gegen die katholische Kirche, nicht gegen Kardinal und Papst, Wallfahrt und Ablaß, sondern ausdrücklich und allein gegen die Wittenberger Bewegung. Das Volk darf sich, das ist Müntzers Anliegen, von den großen »feisten Pausbacken« nicht länger hinters Licht führen lassen. Sie erklären dreist die Welt für unverbesserlich und geben, indem sie so unter der Hand die herrschenden Verhältnisse legitimieren, den Herren und Fürsten freie Hand, nun erst recht »ihr Volk zu stöcken, plökken, schinden und schaben«. Der verstärkte Druck von oben aber, warnt Müntzer, müsse notwendig dazu führen, daß keiner mehr vor lauter Herren- und Menschenfurcht zur wahren Gottesfurcht durchdringen könne, mithin auch das Ziel der Kirchenerneuerung auf der Strecke bleibe. Damit entlarven sich für Thomas die Wit-

Außgetrückte emplö-
sung des falschen Glaubens der vngetrewen
welt/durchs gezeügnus des Euange
lions Luce/ vorgetragen der elen-
den erbermlichen Christen-
heyt/ zur innerung
jres irsals.

Ezechie. am. 8. Cap.

Lieben gesellen last vns auch das loch weytter machen/
auff das alle wellt sehen vnnd greyffen müg/ wer vnser
grosse Hansen sind/ die Got also lesterlich zum gemalten
mendleyn gemacht haben.

Jere. am. 23. Cap.

Thomas Müntzer

mit dem hammer.

Mülhausen. M.D.XXiiij

geysts Christi kummen wirde/da werde jch mit meiner gedult
niemants schanddecker seyn. Zum anfang diser erklerung vnd
entdeckung/wil jch alle zeyt eyn Capitel nach dem andern laß
sen außgehen/vnd also gůtten raum vnd zeyt allen meynen wi
dersachern geben. Den gefehrlichen winckel aber hab jch nicht
anders geschewet/deñ nach der sach foderung/wie auch Chri
stus selber/die natertzichtigen schrifftgelerten gemiden hat/Jo
han.7. Vnd wolt dem Hanne keyn ander rechenschafft seyner
lere geben auffm winckel/deñ das er jn auff seine zůhörer/aufs
gemeyn volck weyset/Johan.18. Er sprach klerlich/Was fra
gestu mich? Frag meyne zůhörer. Vnsere gelerten wolten gern
das gezeügnus des geysts Jesu/auff die Hohenschůl bringen/
es wirt jn gar weit feylen/nach dem sie nicht drumb gelert sind
das der gemeyn man jn durch jre lere soll gleych werden/son
dern sie wöllen alleyn den glauben vrteylen mit jrer gestolnen
schrifft/so sie doch gantz vnnd gar keynen glauben wider bey
got/oder vor den menschen haben. Deñ es sihet vñ greifft
ein yeder/das sie nach ehren vnd gůttern streben/Der
halben můstu gemeyner man selber gelert wer
den/auff das du nicht lenger verfüret wer
dest/Das helff dir derselbig geyst Chri
sti/welcher vnsern gelärtẽ můß
zů jrem vntergang eyn spot
uogel seyn/Amen.

✠

Thomas Müntzers *Außgetrückte emplössung des falschen Glaubens* (1524) tenberger Reformatoren, die so beredt das Evangelium im Mund führen, in Wahrheit als Helfershelfer der gottlosen Unterdrücker und Ausbeuter. Die Aufgabe des »ernsten Predigers« sei darum die Aufklärung des unwissenden »armen groben Volkes«, das sein Leben im sauren Kampf ums tägliche Brot zubringt, um den Herren ihren Hals zu füllen. Erst wenn der »gemeine Mann« lernt, denen da oben aus Gehorsam gegen Gott zu widerstehen, kommt Gott wieder zu seinem Recht in der Welt. Das ist die Botschaft, die Thomas seinen Lesern weitergibt und Zeile um Zeile neu einschärft.

Damit widersprach die Schrift dem Trend der Zeit, in der ein rein an Gewinn orientiertes Wirtschaftssystem sich aufmachte, den Rest der Menschheit seinen Interessen zu unterwerfen – mit stillschweigender Duldung seitens der Kirchen oder sogar mit ihrer ausdrücklichen Unterstützung: In Müntzers Jahrhundert segnete die russische Kirche die Einführung der Leibeigenschaft ab, nahmen spanische Priester zur höheren Ehre Gottes den Mord an Millionen von Indios hin, schrieb Luther vor der Schlacht von Frankenhausen sein mörderisches Buch *Wider die stürmenden Bauern*. Müntzers Büchlein, das die profitable Kumpanei zwischen Thron und Altar auf Kosten des gemeinen Mannes brandmarkte, fand Leser, aber nicht genug. Die es hätten lesen sollen, taten es nicht; die es hätten lesen müssen, um zu wissen, was über ihren Köpfen vor sich ging, konnten es nicht. Sie hatten nie lesen gelernt.

Es ist unwahrscheinlich, daß die Weimarer Zensurbehörde Müntzers Schrift von der *Entblößung des falschen Glaubens* hätte passieren lassen. Das muß Thomas klar gewesen sein; das Vorgehen der Obrigkeit gegen ihn und die Eidgenossenschaft war ein deutliches Anzeichen dafür. Gleich nach seiner Rückkehr nach Allstedt wurde Thomas aufs Schloß bestellt. Dort eröffnet ihm Zeiß in Gegenwart mehrerer Bürger und der Stadtverordneten die Auflagen der Weimarer Räte: Alle Tatverdächtigen in der Affäre Mallerbach seien umgehend in Gewahrsam zu nehmen; zweitens habe der Magistrat die Selbstauflösung der Eidgenossenschaft zu veranlassen; und schließlich sei man gehalten, die Druckerei stillzulegen und den Drucker der Stadt zu verweisen. Die Anwesenden, teilt der Amtmann dem Prediger mit, hätten den Maßnahmenkatalog in-

zwischen beraten und gebilligt, und Müntzer möge hiermit davon Kenntnis nehmen.
Spätestens zu diesem Zeitpunkt muß Thomas sich gefragt haben, ob sein Predigen und Wirken an all diesen Leuten, die sich kampflos einem solchen Diktat beugten, spurlos vorübergegangen war. Die Maßnahmen erregen seinen Zorn, vor allem die Schließung der Druckerei. Damit hatte man ihn jeder Möglichkeit beraubt, sein Anliegen, die Kirche von unten, an die Öffentlichkeit zu bringen. Das alles wird Thomas den Vertretern der Bürgerschaft vorgehalten haben. Doch die Allstedter, von der Weimarer Verwaltung eingeschüchtert, stehen im Wort gegenüber den fürstlichen Räten. Thomas ist empört. Er droht laut und in aller Öffentlichkeit, den Fürsten von Sachsen »das Ärgste zu tun, was ich kann und mag«.
Man redet so lange auf Thomas ein, bis er schließlich nachgibt. Ein Protokoll wird aufgesetzt. Er unterschreibt, dem Drucker gütlich Abschied zu geben, keine Eidgenossenschaft mehr zu bilden, alle Mitglieder aus dem »Allstedter Bund« zu entlassen, und er versichert, sich weiteren Verhören zur Verfügung zu halten.
Noch auf dem Schloß diktiert er einen Brief an den Kurfürsten und ersucht seinen Landesherrn, die Weimarer Order zurückzunehmen. Auf die leidige Mallerbach-Affäre geht er mit keinem Wort ein, kündigt aber seinem Fürsten an, daß er sich mit Luther auseinandersetzen wird, nachdem ihn dieser in seinem öffentlichen *Brief an die Fürsten zu Sachsen von dem aufrührerischen Geist* vor aller Welt verunglimpft hatte. Auch das Verbot des Schwurbundes kann und mag Müntzer nicht widerspruchslos hinnehmen. Will denn der Fürst verantworten, fragt Müntzer, daß Christen ihre Mitchristen um des Glaubens willen martern dürfen? Das käme dem Mansfelder Grafen und dem Leipziger Herzog nur gelegen, »daß sie darunter ihre Schande wohl verstecken und ausüben möchten«. Der Kurfürst möge seine Fürsorgepflicht gegenüber seinen bedrängten Untertanen in Allstedt doch endlich wahrnehmen, schließt Müntzer und appelliert ein letztes Mal an die Einsicht seines Landesherrn: »Das Volk hat großes Vertrauen zu Euch, und Euch ist auch von Gott mehr als anderen Fürsten Weitblick gegeben. Wenn Ihr aber das mißbraucht, wird von Euch ge-

sagt werden: Seht, das ist der Mensch, der Gott nicht zum Schutz haben wollte.«

Entgegen allen kritischen Äußerungen gegen den Kurfürsten, die man dem Prediger nachsagte, belegt dieser Brief die Wertschätzung und Achtung, die er Friedrich dem Weisen entgegenbrachte. Wie die kleinen Leute vertraute auch er seinem Landesvater und sah in ihm unter allen Fürsten Deutschlands den einen, den Gott zum Dienst am Evangelium erkoren hatte. Doch konnte Müntzer wirklich noch glauben, den Fürsten zu seinen Gunsten umstimmen zu können?

Die folgenden Ereignisse lassen das als zweifelhaft erscheinen. Noch auf dem Weg zurück vom Schloß muß Thomas entschieden haben, Allstedt den Rücken zu kehren. Zwar hat er noch genügend Anhänger in der Stadt, aber die öffentliche Demütigung vor Zeiß und das mangelnde Stehvermögen der Stadtverordneten hatten ihn tief getroffen. Vielleicht denkt er auch an Jesus in Gethsemane. So muß Thomas sich wohl tatsächlich in diesen Stunden gefühlt haben: von seinen eigenen Leuten verraten, verkauft und im Stich gelassen.

Daheim im Pfarrhaus begibt er sich ans Schreibpult und bittet in einem kurz gehaltenen Schreiben die Ratsherren um vorübergehende Beurlaubung. Dann packt er seinen Ranzen. Mit Ottilie, Ambrosius und einem Freund aus Nordhausen, der sich zufällig in Allstedt aufhält, regelt er die letzten Einzelheiten. Ottilie und das Kind sollen vorerst unter dem Schutz von Ambrosius in Allstedt zurückbleiben, bis Thomas klarer sieht, ob er wieder hierher zurückkehren will oder nicht. Dann nimmt er Abschied, es ist schon Nacht. Begleitet von dem Nordhäuser Freund steigt er im Schutz der Dunkelheit über die Mauer und nimmt seinen Weg übers Feld.

Allstedt war Müntzers Lebenswerk. Als Studierter hatte er unter dem »armen, groben Volk« gelebt, hatte ihre alltäglichen Sorgen zu seinen gemacht. Das haben ihm die Allstedter nicht vergessen, nicht nach seinem Weggang, auch nicht nach seiner Hinrichtung. Ein Indiz dafür ist die Entschiedenheit, mit der sie über seinen Tod hinaus seine Neuordnung des Gottesdienstes verteidigten. Man behielt Müntzers Altarordnung weiter bei, sang immer noch seine Choräle, achtete auf ein schlichtes Predigtgewand der Pfarrer, ver-

zichtete auf Glockengeläut zu Beginn des Gottesdienstes und blieb vor allem seinem *Kirchenamt* treu, in dem das liturgische Geschehen »nicht allein von einem« verrichtet wird, »sondern durch die ganze versammelte Gemeinde geschieht«.
Doch Thomas hat nicht nur gegeben, sondern zugleich gefordert, und die kleinen Leute hat er dabei mit Sicherheit auch überfordert. Sie sollten lernen, die Menschenfurcht abzutun, für sich selbst und ihren Glauben eigenständig die Verantwortung zu übernehmen, den Gottesgeist durchs innere Wort, in Träumen und Visionen an sich wirken zu lassen. Dazu wollte Müntzer als »Seelenwärter von Allstedt«, wie er sich nannte, seine Gemeinde heranbilden. Sein Konzept einer mündigen Gemeinde, seiner Kirche von unten, griff dabei weit über die lokalen Gegebenheiten hinaus. Allstedt sollte Schule machen, als Gegenbeispiel der zu kurz geratenen, steckengebliebenen Wittenberger Reformation sollte es für die deutsche Öffentlichkeit zu einem Gegen-Wittenberg werden. Doch um den aufrechten Gang zu lernen, sind fünfviertel Jahre zuwenig, wenn man sein Lebtag dazu abgerichtet wurde, am Gängelband zu laufen. Thomas hatte viel zuviel, er hatte Wunder erwartet. Das ist ihm auch selbst klargeworden.
In diesem Sinne verfaßt Thomas in Mühlhausen seinen Abschiedsbrief an die Allstedter Gemeinde, »freundlich und holdselig«, nicht bitter oder vorwurfsvoll. Freilich, er äußert die Hoffnung, daß sein erzwungener Weggang den Allstedtern die Augen dafür öffnen wird, wie sehr sie sich noch immer von Menschenfurcht regieren lassen. Wegen seiner Entfernung aus Allstedt soll sich die Gemeinde jedoch nicht entzweien, mahnt er, sondern »ihr sollt euch selbst überwinden, euch untereinander zu vertragen, anderen Leuten mich auch zu gönnen«. Den Rest des Schreibens nimmt die Regelung persönlicher Angelegenheiten ein. Man möge ihm seine Meßbücher an seine neue Mühlhäuser Anschrift nachschicken, und Thomas bittet die Freunde, Ottilie während seiner Abwesenheit mit dem Nötigsten zu versorgen.
Wie Ottilie mit der Trennung von ihrem Mann zurechtgekommen ist, wissen wir nicht. Briefe des Ehepaares sind uns nicht erhalten geblieben; vermutlich hatte Ottilie die Briefschaften nach dem Tod ihres Mannes an sich genommen – eine solche Erklärung liegt

zumindest nahe. Schwieriger ist zu verstehen, warum Thomas schon innerhalb weniger Tage Ambrosius Emmen mit dem alten Mann, dessen Traumprotokolle Müntzer bei seinen Papieren verwahrte, nach Mühlhausen nachkommen ließ, während Ottilie und das Kind allein im Allstedter Pfarrhaus zurückblieben. Rechnete Thomas also unter Umständen doch mit einer baldigen Rückkehr in seine Gemeinde? Den Plan einer Rückkehr hat er jedenfalls nie ganz aufgegeben. Auch später noch bezeichnet er sich gelegentlich als »Allstedter«, ein Zeichen, wie sehr Thomas Müntzer an der kleinen Stadt hing, die ihm soviel Zuneigung und Vertrauen entgegengebracht hatte.

Mühlhausen und Nürnberg

»Die Herren machen das selber, daß ihnen der arme Mann feind wird.«

Müntzer suchte kein »anderes Fürstentum« auf, wie Agricola ihm in den Mund gelegt hat. Das Ländchen von Friedrich dem Weisen war mit Abstand das liberalste unter den deutschen Fürstentümern; wollten aber die Fürsten von Sachsen ihn schon ausweisen, wie sollte er dann unter einem anderen Fürstenmantel Schutz suchen wollen? Nein, Thomas begab sich nach Mühlhausen, einer reichsunmittelbaren Stadt, die keinem Fürsten, sondern dem Kaiser direkt unterstand. Mühlhausen liegt ungefähr hundert Kilometer südwestlich von Allstedt, und Thomas konnte mithin die Stadt in einigen Tagesmärschen erreichen. Um Aufnahme und Unterkunft brauchte er sich nicht zu sorgen. Seine Allstedter Verbindungen reichten um diese Zeit schon durch ganz Mitteldeutschland.
Vermutlich war Thomas auch schon vor seiner Ankunft in der Reichsstadt über die krisenhafte Situation von Mühlhausen unterrichtet. Die Bürger verlangten hier wie allerwärts in den Städten nach mehr Mitspracherechten im Stadtrat, in dem für gewöhnlich nur die alteingesessenen, vermögenden Familien vertreten waren. Eine aktive Gruppe unter Führung von Heinrich Pfeiffer, einem ehemaligen Mönch, hatte es in den letzten Monaten verstanden, dem Magistrat Zug um Zug mehr Mitbestimmung abzuringen. Doch eine wirkliche Bürgerschaftsvertretung war der Stadtrat damit noch lange nicht geworden. Pfeiffer fehlte es dazu an den nötigen Zielvorstellungen, auch in seiner Theologie, die zwar antipäpstlich war, jedoch keine Fernperspektive wie Müntzers Idee einer Kirche von unten hatte. So erschöpften sich Pfeiffers Aktivitäten weitgehend in wortgewaltigen Angriffen gegenüber den Altgläubigen, die jedoch weiterhin in der Stadt die entscheidenden Machtpositionen besetzt hielten.

Thomas, der bald mit Pfeiffer bekannt wurde, mußte sich umstellen. In Zwickau war er einer visionären Gemeinde begegnet, in Allstedt dem »armen, groben Volk«, und jetzt in Mühlhausen begegnete er Leuten, die es eher mit dem gesunden Menschenverstand, mit dem Machbaren hielten. Pfeiffer, so mußte Thomas bald erkennen, fehlte der Blick fürs Große und Ganze. Während es Müntzer um globale Reformation ging, trieben Pfeiffers Leute lokale Kirchturmpolitik. Pfeiffer predigte anderes, Müntzer hingegen neues Bewußtsein. Darin lag der Unterschied zwischen den beiden Männern, die sich jedoch gerade deshalb zu ergänzen schienen.

Thomas bewarb sich um eine Predigerstelle und wurde vom Rat offenbar ohne Zögern angestellt. Von den Allstedter Vorgängen war anscheinend noch nichts bis zu den Stadtvätern durchgedrungen. Doch das Wittenberger Nachrichtennetz funktionierte. Bereits vierzehn Tage nach Müntzers Ankunft in der Reichsstadt ersuchte Luther in einem dringenden Brief die Stadtverordneten: »Wollet gar fleißig Euch vorsehen vor diesem falschen Geist und Propheten.« Die Warnung kam jedoch zu spät, so schnell sie auch eingetroffen war. Thomas hatte binnen kurzem einen solchen Anhang hinter sich gebracht, daß seine Ausweisung zu Tumulten geführt hätte. Und so konnte Müntzer an die Arbeit gehen, nun auch in Mühlhausen seine Idee der Kirche von unten zu verwirklichen. Mühlhausen schien dazu die besten Voraussetzungen zu bieten. Die Leute in seiner neuen Umgebung kamen Thomas zwar ein wenig »langsam« vor, aber seine ersten Urteile über die Stadt klangen doch optimistisch. Als Prediger einer Reichsstadt brauchte er sich zumindest nicht mehr um die Fürsten zu scheren, die ihn so oft gedemütigt hatten.

Die Fürsten hatten den rebellischen Prediger aber nicht aus den Augen verloren. Im September schon berichtet der benachbarte Amtmann Sittich von Berlepsch seinem Landesherrn Georg von Sachsen, Müntzers altem Erzfeind: »Der törichte Pfaffe von Allstedt hat die Leute unterwiesen, daß sie keiner Obrigkeit gehorsam zu sein, niemandem Steuern und Abgaben zu geben schuldig seien, und man solle alle geistlichen Standespersonen verfolgen und austreiben.« Müntzer hatte also kein Blatt vor den Mund genommen und war sofort auf Konfrontationskurs gegangen, getreu seiner Strategie, die »Kirche durch das Feuer des Ärgernisses zu erregen«.

Gestärkt durch den neuen Rückhalt in Müntzers Predigt, vermehrte die Bürgeraktion ihren Druck auf das konservative Stadtregiment. Zwei Bürgermeister flüchteten sich unter Mitnahme von Stadtsiegel und Torschlüssel zum Amtmann Berlepsch nach Salza. Leider sind die folgenden Ereignisse nicht ganz durchsichtig, denn die *Mühlhäuser Chronik* wurde von späterer Hand umfrisiert, um die Stadt aus dem Geruch der Müntzerei zu bringen. Die Chronik berichtet jedoch von einem Aufruhr und fährt dann fort: »In besagtem Aufruhr sind Müntzer und Pfeiffer samt ihrem Anhang über 200 Mann stark montags aus Mühlhausen gedrungen, haben ein rotes Kreuz, auch ein bloßes Schwert vor ihnen aus der Stadt austragen lassen.« Was man mit dieser Demonstration im Feld vor der Stadt bezweckte, ist ungewiß, doch die Symbole von Kreuz und Schwert weisen darauf hin, daß sich die Demonstranten als Vollstrecker der göttlichen Gerechtigkeit betrachteten. Auch scheinen die Teilnehmer der Demonstration sich unmittelbar im Anschluß an die Aktion zu einem »Ewigen Bund«, einer Eidgenossenschaft verschworen zu haben, um eine neue, evangeliumsgemäße Ordnung in der Stadt zu errichten.

Unter dem Druck militanter Bürger verlassen in den nächsten Tagen weitere Stadträte das Rathaus. Thomas wendet sich mit einem offenen Brief an die Einwohner und fordert die Absetzung des ganzen bisherigen Stadtregiments. Gleichzeitig veröffentlicht die Bürgeraktion *Elf Artikel,* »wie man regieren« und einen »ganz neuen Rat setzen« solle. Diese Grundsatzerklärung scheint unter der Federführung Pfeiffers verfaßt worden zu sein. Perspektiven für eine soziale Neuordnung sucht man in dem Papier vergeblich. Man wollte wohl entsprechende Reformmaßnahmen einer künftigen Gesetzgebung des neuen Rates überlassen. Daß dieser sich an der Bibel als oberster Verfassungsnorm zu orientieren habe, wird in den *Elf Artikeln* generell vorausgesetzt. Hier schlägt Müntzers Gottesstaatsidee durch, in deren Konsequenz das bisherige Reichsrecht nur insoweit Geltung beanspruchen konnte, als es dem geoffenbarten Willen Gottes nicht widersprach.

Zur Amtsenthebung des alten Rats, die Thomas gefordert hatte, kommt es allerdings nicht mehr. Die *Elf Artikel* der Bürgeraktion, vervielfältigt und auch in den Dörfern des Umlandes verbreitet, alarmieren die Bauern. Sie rücken unter Wehr und Waffen in die Stadt ein, protestieren gegen Müntzer und Pfeiffer und erklären, sie wollten sich eine »andere Herrschaft« suchen, wenn die Mühlhäuser nicht von ihren umstürzlerischen Plänen abließen. Kurz nach der Bauerndemonstration geht ein nahe gelegenes Dorf »an vier Enden« in Flammen auf. Ganz offensichtlich handelte es sich dabei um Brandstiftung. Ein Racheakt der Bürgerinitiative? So scheinen die Bauern es gesehen zu haben, denn in den Mauern von Mühlhausen kommt es jetzt zu Tumulten und bewaffneten Aufläufen. Der alte Rat gewinnt wieder Oberwasser und kann sich mit Hilfe der Bauern gegen die Bürgeraktion durchsetzen. Pfeiffer und Müntzer werden der Stadt verwiesen, »und es ward Friede ausgerufen«. Nach siebenwöchigem Aufenthalt in Mühlhausen steht Thomas wieder draußen vor dem Tor; das jähe Ende eines erfolgversprechenden Versuchs, in Mühlhausen festen Fuß zu fassen. Für die Reichsstädter waren Müntzer und Pfeiffer eine allzu explosive Mischung gewesen.

Die beiden Prediger machen sich gemeinsam auf den Weg nach Süden. Ihr Ziel ist die Reichsstadt Nürnberg, in der sie nach acht oder zehn Tagen angekommen sein dürften. Besonders Müntzer wird es nach Nürnberg gezogen haben. In seinem Ranzen trägt er das nach dem Weimarer Verhör nochmals überarbeitete Manuskript über den *Falschen Glauben*, für das er noch immer eine Druckwerkstatt sucht. Er hofft, sie in Nürnberg zu finden. Dort blühte wie in keiner anderen Stadt Gutenbergs Schwarze Kunst. Manche Druckhäuser zählten zu Müntzers Zeiten bereits mehr als hundert Gesellen, darunter »Setzer, Korrektoren, Drucker, Presser, Illustratoren und Buchbinder«, und die Verlage machten einander gehörig Konkurrenz. Eberlin schreibt:

»Siehe, wie unbedacht fallen die Drucker über die Bücher her, ungeachtet ob ein Ding böse oder gut sei, gut oder besser, geziemend oder ärgerlich. Sie nehmen Schandbücher, Buhlbücher, Pfuilieder an, alles was ihnen vor die Hand kommt und dem Säckel zuträglich scheint. Auch gebrauchen die Drucker schlechtes Papier, schlechte Schrift, achten nicht, ob es gut korrigiert sei oder nicht. Kurz, wenn es nur verkauft wird, so sind sie's zufrieden.«

Müntzers Schrift war eins von den ärgerlichen Büchern, das Anstoß erregen mußte. Trotz der Konkurrenz und bei aller Liberalität der Nürnberger Verleger kann es darum doch nicht ganz einfach für ihn gewesen sein, für sein Manuskript, das dermaßen kritisch mit der Wittenberger Reformation abrechnete, ein Verlagshaus zu finden. War man doch gerade in Nürnberg gut lutherisch gesinnt, und der Rat behielt sich das Recht vor, mißliebige Schriften zu beschlagnahmen. Durch Vermittlung von Freunden kommt Thomas dann aber mit dem Verlagshaus Hergot ins Gespräch, das sich bereits früher durch Veröffentlichung kritischer Flugblätter und Broschüren hervorgetan hatte. Hergot ging das Risiko ein und verlegte Müntzers Buch.

Auch sonst findet Thomas in Nürnberg bald neue Kontakte. »Viel vom Nürnberger Volk rieten mir zu predigen«, schreibt er nach Thüringen. »Aber da antwortete ich, ich wäre um deswillen nicht hierhergekommen, sondern um mich durch den Druck zu verantworten. Da das die Herren erfuhren, klangen ihnen die Ohren, denn gute Tage tun ihnen wohl.«

Thomas hält sich also mit öffentlichen Äußerungen zurück, Pfeiffer dagegen nimmt die Gelegenheit wahr, zu predigen, zu diskutieren, auf Märkten und Plätzen und bei der Zeche zu agitieren. Bereits nach einem Monat wird er der Stadt verwiesen: Er soll »sich förderlich von hinnen tun und sein Geld anderswo verzehren«.

Im Zusammenhang mit Pfeiffers Ausweisung steht wohl auch eine Razzia, bei der den Behörden Müntzers Schrift vom *Falschen Glauben* in die Hände fällt. Der ganze Bücherstapel wird beschlagnahmt, doch hundert Exemplare waren bereits über Land ausgeliefert. Hergots vier Drucker werden arrestiert. Sie kommen jedoch am nächsten Tag gegen ihr Versprechen frei, »hinfort nicht mehr ohne Wissen und Inaugscheinnahme durch die Verordneten des Rats zu drucken oder ausgehen zu lassen«. Nach Thomas Müntzer wird nicht gefahndet. Man weiß vielleicht nicht einmal, daß er noch in der Reichsstadt ist.

Thomas tritt weiterhin nicht in der Öffentlichkeit auf. Aber das heißt keineswegs, daß er sich von seinen Aktivitäten zurückgezogen hätte. Er ist dabei, seine letzte uns hinterlassene Schrift abzufassen, in der er mit Luther persönlich abrechnet. Als Titel stellt er ihr voran: »Hochverursachte Schutzrede wider das geistlose sanft lebende Fleisch zu Wittenberg, welches in scheinheiliger Weise durch Diebstahl der Heiligen Schrift die erbarmenswerte Christenheit ganz jämmerlich besudelt hat.« Das Büchlein hält, was sein Titel verspricht; es wird zur aggressivsten Müntzerschrift, die schonungslos gegen Luther und seinen Anhang zu Felde zieht.

»Habe ich früher gescholten mit Kanonen, will ich nun mit Gott über sie donnern im Himmel«, heißt es darin. Alle Mahnungen und Warnungen, so sieht es Thomas, haben die Wittenberger leichtfertig in den Wind geschlagen. Damit haben sie selbst das göttliche Strafgericht, das bereits über ihren Köpfen hängt, herbeigezogen. Seine Schrift wird es mit einem Donnerschlag zur Entladung bringen – das ist die letztmögliche Steigerung aller seiner Selbstaussagen.

Im Titel seiner Schrift vom *Falschen Glauben* hatte er sich schon »Thomas Muntzer mit dem Hammer« genannt. Und unter den mehr als dreißig verschiedenen Beinamen, mit denen Thomas sich belegt, tauchen Selbstbezeichnungen auf wie »Botenläufer Gottes«, »Verstörer der Ungläubigen«, »Thomas Müntzer, der für die Wahrheit in der Welt kämpft«, der »unverdrossene Landsknecht«. Immer sieht er sich dabei als Werkzeug, als Sense und Sichel, als Posaune und Mauer Israels und vergleicht sich mit den alt- und neutestamentlichen Propheten, mit Elia und Elias, mit Daniel, mit Johannes dem Täufer. Solche überzogenen Selbstaussagen könnte man leicht als Größenwahn abtun, würden sie nicht gedeckt von einer schöpferischen Kraft, die schon fast ans Unheimliche grenzte.

Karl Marx, der mit Müntzer das Sendungsbewußtsein und die dialektische Denkkraft gemeinsam hatte, erklärt in seiner Doktorarbeit, was den Philosophen von jenen Menschen unterscheidet, die sich im eigenen Licht sonnen: »Es ist ein psychologisches Gesetz, daß der in sich frei gewordene theoretische Geist zur praktischen Energie wird ... Was inneres Licht war, wird zur verzehrenden Flamme, die sich nach außen wendet.«

Genau das trifft auf Thomas Müntzer, den rebellischen Prediger, zu. Durch seine radikale Theologie »in sich frei« geworden, brach der weltverändernde Wille wie eine alles verzehrende Flamme aus ihm hervor. Von daher begreift sich die extreme Faszination, die Thomas auf seine Umgebung ausübte. Die Reaktionen seiner Zeitgenossen zeigen, daß es offenbar unmöglich war, sich diesem Mann zu entziehen. Man konnte ihm entweder nur freund sein oder mußte zu seinem Feind werden. Thomas Müntzer mußte provozieren, und er wollte provozieren.

Das hat auch Luther zu spüren bekommen, und hierin dürfte der Grund liegen, warum er nicht anders als gereizt und bösartig auf Müntzer reagieren konnte. Thomas wiederum lastete dem Wittenberger an, »daß ich so sehr vor der Welt stinke«. Er hat Freunde und Weggefährten verloren, die sich unter dem Eindruck von Luthers abfälligen Bemerkungen über seine Lehre von ihm abwandten. Man könnte hier zum Beispiel an Hans Pelt denken, der den Wittenberger Doktor verehrte und der seit Prag nichts mehr von sich hören ließ. Solche Erfahrungen schmerzten.

Das alles fließt in Müntzers letzte Schrift ein. Ganz auf der Linie der Schrift vom *Falschen Glauben* setzt Müntzers *Schutzrede* seine Angriffe gegen Luthers Reformationsverständnis fort. Wieder ist die Differenz zwischen den beiden Reformatoren mit ihren unterschiedlichen Positionen deutlich greifbar. Ist es Luther um die Erneuerung der Kirche zu tun, geht es Müntzer um die globale Veränderung in »allen Landen« und unter »allen Nationen«, wobei die soziale Befreiung, wie jetzt die *Schutzrede* besonders unterstreicht, mit eingeschlossen wird.

Für Thomas Müntzer ist die soziale Emanzipation allerdings kein Selbstzweck. Er fordert sie nicht unter dem Eindruck sozialen Elends, sondern um die Welt aus ihren widergöttlichen Abhängigkeiten zu lösen. Emanzipation zielt bei Müntzer auf die Beseitigung des »Kreaturendienstes«, besonders auf die Beseitigung der Herrschaft von Menschen über Menschen.

In seinen Augen ist Nimrod, den die Bibel den »ersten Gewaltherrscher auf Erden« nennt und in dem man zu Müntzers Zeiten den Erbauer des babylonischen Turmes sah, das Urbild dieser ins Widernatürliche verkehrten Machtausübung. Vor diesem Hintergrund sieht Müntzer die obrigkeitliche Gewalt: Indem der Staat Gehorsam von seinen Untertanen fordert und ihn mit Zwangsmaßnahmen durchsetzt, greift die Obrigkeit in die Zuständigkeit

Gottes ein, der doch allein Anspruch auf den Gehorsam des Menschen hat, also sein alleiniger Lehnsherr ist. Entsprechend formuliert Thomas: »Es ist nicht möglich, solange die Nimrods leben, daß ihr der menschlichen Furcht sollt leer werden. Man kann euch nicht von Gott sagen, dieweil sie über euch regieren.« In dieser Perspektive werden alle Obrigkeitsvertreter vom Fürsten bis zum Amtmann zu Usurpatoren, die Gott um sein ureigenes Lehnsrecht an den Menschen betrügen.

Ja, nach Müntzer sind die menschlichen Herrschaftsträger sogar darauf aus, die Gottesverehrung an sich zu reißen, »damit man sie vor allen Leuten fürchte, anbete, in Ehren halte«, und eben darum ist es für Thomas unvereinbar, »Gott allein zu fürchten und auch die unvernünftigen Regenten in Ehren zu halten«. Aus alldem ergibt sich für Thomas der Schluß, »daß die Kreaturen müssen frei werden [von der Menschenherrschaft über Menschen], soll anders das reine Wort Gottes aufgehen«. Das ist die Grundaussage von Müntzers Befreiungstheologie. Sie ist der Tendenz nach anarchistisch, also auf Befreiung des Menschen von aller Herrschaft angelegt, mündet aber in eine fromme Anarchie, wie sie heute etwa von schiitischen Revolutionstheologen des Irans vertreten wird.

Luthers Theologie, die dem Staat eine vergleichsweise breite Autonomie einräumte, war für Müntzer inakzeptabel, ein unverzeihlicher Sündenfall. Deswegen geht er mit der Wittenberger Theologie ungleich schärfer ins Gericht als mit der päpstlichen Kirche, deren Staatsrechtstheorie noch eher Gnade vor seinen Augen finden konnte. Luther hingegen spricht sich, modern formuliert, für eine Gewaltenteilung zwischen Gott und den Regenten aus und heiligt damit die Machtausübung von Menschen über Menschen; eine für Müntzer unüberbietbare Perversion des natürlichen Besitzanspruchs auf den Menschen, der Gott allein zukommt.

Die Folgen von Luthers Obrigkeitslehre liegen für Müntzer auf der Hand. Er wirft dem Wittenberger vor, seine Lehre von einer Beteiligung der Fürsten an Gottes Herrschaftsgewalt rechtfertige den »Ursprung aller Dieberei«, das Lehnsrecht, das den Nimrods gestatte, ihre Untertanen nach Belieben auszuplündern.

»Die Grundsuppe des Wuchers, der Dieberei und Räuberei sind unsere Herren und Fürsten, die nehmen alle Kreatur zum Eigentum. Die Fische im Wasser, die Vögel in der Luft, das Gewächs auf Erden muß alles ihr Eigentum sein. Darüber lassen sie Gottes Gebot ausgehen unter die Armen und sprechen: ›Gott hat geboten, du sollst nicht stehlen!‹ Es dienet aber Gott nicht, so sie nun alle Menschen zu Boden drücken, den armen Ackermann, Handwerkmann und alles, was da lebet, schinden und schaben. Sowie sich dann einer vergreift am Allergeringsten, so muß er hängen. Da sagt der Doktor Lügner: Amen.«

Das sind zündende, starke Worte, die in der Tat alles hinter sich lassen, was auch Luther je als Kritik an den sozialen Verhältnissen seiner Zeit geäußert hat. Damit werden noch einmal die entgegengesetzten Positionen der beiden Reformatoren deutlich: Luther bekämpfte wie kaum ein anderer die ökonomischen Mißstände seiner Zeit; das hat ihm kein Geringerer als Karl Marx bestätigt. Müntzer aber geht die Ursache der wirtschaftlichen Ungerechtigkeit an, das Lehnsrecht, das die Eigentumsrechte der Herren auf Grund und Boden der Untertanen sicherte. Seine Kritik entzog dem herrschaftlichen Bodenrecht jede theologische Rechtfertigung. Damit mußte sich Müntzer automatisch den Vorwurf zuziehen, ein Aufrührer zu sein. In der *Schutzrede* nimmt er dazu Stellung und erklärt: »Die Herren machen das selber, daß ihnen der arme Mann feind wird. Die Ursache des Aufruhrs wollen sie nicht wegtun; wie kann das auf die Länge gut werden? So ich das sage, muß ich aufrührerisch sein ...«

Auch Luther hat Müntzer fortgesetzt des Aufruhrs beschuldigt, und aus seiner Sicht war das durchaus berechtigt. Anders als Thomas dachte Luther nicht daran, die sozialen Verhältnisse seiner Zeit von Grund auf in Frage zu stellen. Das heißt aber nicht, daß er die sozialen Mißstände gutgeheißen hätte, wie Müntzer ihm unterstellt. Eine revolutionäre Umgestaltung lag Luther zwar fern, doch als Folge der Kirchenreformation erhoffte er eine evolutionäre Verbesserung der Gesellschaft, was durchaus auch grundsätzliche Veränderungen mit einschloß: »Es wird doch dabei bleiben, daß dein und mein Sohn, das heißt, gewöhnlicher Leute Kinder, werden müssen die Welt regieren.« Gemessen an der frommen Anarchie Müntzers, die in einen Gottesstaat einmündete, war ihm sein ungeliebter Fürstenstaat letztlich aber doch lieber. Das wieder konnte Thomas aus theologischen Gründen nicht nachvollziehen. Luthers indirekter und Müntzers direkter Gott, in ihrer verschiedenen Auffassung vom äußeren und inneren Christus angelegt, standen sich auch in der Gesellschaftsperspektive der beiden Reformatoren unversöhnlich gegenüber.

Es nimmt wunder, daß Thomas für seine umstürzlerische Kampfschrift überhaupt einen Verleger fand. Doch wieder einmal nützen ihm seine vielfältigen Verbindungen. Hieronymus Hölzel, »puchtrucker« zu Nürnberg, übernimmt das Risiko, die *Schutzrede* aufzulegen. Sie wird im Dezember mitsamt den Druckstöcken vom Rat eingezogen. Hölzel muß einsitzen, wird verhört und danach mit einem strengen Verweis wieder auf freien Fuß gesetzt. Unklar bleibt, wieso mehrere Exemplare der *Schutzrede* der Konfiszierung entgehen konnten. Vielleicht hatte Hölzel, nach dem Vorbild der Druckerei Hergot, einen Teil seiner Produktion schon frühzeitig an auswärtige Buchhändler geliefert.

Thomas wird die Drucklegung seiner letzten Schrift noch in Nürnberg abgewartet haben, Ende November verabschiedete er sich dann aber aus der Reichsstadt und begab sich in die oberrheinischen Bauernerhebungsgebiete. Dort eskalierten die im Juni begonnenen Unruhen von Monat zu Monat. Thomas wird in Nürnberg die Vorgänge mit Aufmerksamkeit verfolgt haben. Die Bauernerhebungen bestätigten sein Gefühl, daß die große Wende, die er schon so oft beschworen hatte, unmittelbar bevorstand. Nun wollte er sich im Südwesten Deutschlands selbst ein Bild von der Lage machen.

Dort waren vor einem halben Jahr in der Herrschaft Stühlingen, nordwestlich von Schaffhausen, die ersten Unruhen ausgebrochen. Sie griffen schnell um sich, vom Hochrhein bis an den Bodensee, in den Schwarzwald und ins Allgäu und nahmen bald das Ausmaß einer Volksbewegung an. Zuletzt marschierten gegen zweihunderttausend Untertanen Südwest- und Mitteldeutschlands gegen ihre Herrschaft auf. Darunter befanden sich viele Bauern, kleine Adelige, Arme aus den Städten, aber auch Prediger und Schreiber. Sie verlangten freie Pfarrwahl, die Überführung der Klosterbesitzungen in kommunales Eigentum, verbesserte Rechtssicherheit, Reduzierung der Adelsvorrechte und, wo diese noch bestand, die Aufhebung der Leibeigenschaft. Zuerst strebten die Aufständischen vertragliche Lösungen an. Doch als diese verschleppt wurden, begann eine zweite Phase der Bewegung. Bauernhaufen durchzogen Gemarkungen und Gemeinden und übernahmen in ganzen Landschaften die Herrschaftsgewalt.

Luthers Kampf gegen das Papsttum hatte dem Volk die Augen dafür geöffnet, daß die gesellschaftlichen Bedingungen, in denen es lebte, nicht gottgegeben, sondern hinterfragbar, also veränderbar waren. »Het Luther nye kein buch geschriben, teutschland wer wol zu frid beliben«, meinte ein zeitgenössischer Autor. Hier, in den hochentwickelten Gesellschaften Westeuropas, hatten selbst die »unfreien« Leute rechtlich abgesicherte Freiheiten gewonnen, von denen türkische, indische oder chinesische Untertanen desselben Jahrhunderts nicht einmal träumen konnten. Darum schien den Bauern, die an Luthers Beispiel gelernt hatten, wie brüchig die überkommenen Institutionen geworden waren, jetzt die Erweiterung ihrer Freiheitsrechte in unmittelbare Reichweite gerückt. Der Bauer war »witzig«, das heißt selbstbewußt geworden, schrieb Eberlin schon Jahre vor der großen Erhebung. In welchem Maß Bauern ihre verbrieften Rechte gegenüber ihren Lehnsherren wahrnahmen, belegen die Eingaben klagender Gemeinden, die noch heute Hunderte von Regalmetern in den Archiven füllen. Der – allerdings erfolglose – Rechtsstreit des Hans Kohlhase (1534) gegen einen sächsischen Junker ging durch Heinrich von Kleist sogar in die Literaturgeschichte ein.

Natürlich dachte keiner der Zeitgenossen, und auch Thomas nicht, in so globalen Horizonten. Aber er konnte sich, wenn er von der »Freiheit, wie man die erhalten soll« predigte, auf die Bibel berufen. Und dasselbe taten auch die Bauern Südwestdeutschlands, die gegen das »knechtische Joch« aufbegehrten. Das verband Müntzer mit ihnen und drängte ihn, mit den Aufständischen Kontakt aufzunehmen.

Seine Spuren in den oberrheinischen Erhebungsgebieten sind heute kaum noch auszumachen. Wir kennen allenfalls die Namen von ein paar Persönlichkeiten, die ihm auf seiner Reise in Begleitung des »alten Mannes« aus Allstedt begegneten, und können seine Wegroute annähernd rekonstruieren. Aus all dem, was wir über

Thomas und seine radikale Entschiedenheit wissen, läßt sich jedoch mit Sicherheit schließen, daß er einige der Bauernführer aufsuchte. Bestimmt hat er unterwegs auch gepredigt, und das gewiß nicht zu zahm. Vier Monate später gab er auf der Folter an, die Bauern hätten ihn gern »zu sich genommen«, doch er hätte nicht gewollt.

Thomas hätte also am Oberrhein, im Herzen des Aufstandsgebietes, bleiben können. Daß er es nicht tat, dürfte an den Zielen der dortigen Bauernführer gelegen haben, die ihm nicht weit genug gesteckt waren. Den meisten ging es nur um mehr und bessere Rechte, nicht um neues Recht. Und die wenigen, die einen völligen Umbruch der bestehenden Verhältnisse anstrebten, dürften nach Müntzers Meinung zu materiell eingestellt gewesen sein. Müntzers Perspektive der Gütergemeinschaft aller Christen, sein »omnia sunt communia«, lag den Bauern Südwestdeutschlands fern. Infolgedessen gab es bei aller Gemeinsamkeit letztlich doch mehr Trennendes als Verbindendes zwischen ihnen und Thomas Müntzer.

Allerdings setzte er den Bauern »etliche Artikel« auf, »wie man herrschen soll«. Später erwähnte er weitere Artikel, die die Bauern hinzugefügt hätten – vielleicht ist es also Müntzers Wirken im Klettgau und Hegau zuzuschreiben, wenn die Bauern bald darauf mit deutlicheren programmatischen Aussagen an die Öffentlichkeit traten. Das sind nur Vermutungen; fest steht jedoch, daß Thomas vor seinem Abschied mit den Bauernführern Beistandserklärungen aushandelte, nach denen man sich im Fall einer Intervention der Fürsten gegenseitig mit bewaffneten Haufen zur Hilfe kommen wollte.

Das war immerhin ein positives Ergebnis seines Abstechers an den Oberrhein, das ihm das Gefühl gab, nun auch in Thüringen und Sachsen mit mehr Nachdruck auftreten zu können. Dorthin zog es ihn jetzt zurück. Vielleicht hatte er erfahren, daß Pfeiffer in Mühlhausen wieder Fuß gefaßt hatte und auch Ottilie mit dem Kind inzwischen dorthin übergesiedelt war. Darin konnte Thomas ein gutes Zeichen für die Verbesserung der Situation in Mühlhausen sehen.

In der Tat hatte die Bürgeraktion in der Reichsstadt während Müntzers Abwesenheit wichtige Pluspunkte sammeln können.

Man hatte dem alten Rat die wichtigsten Befugnisse entrissen und alles aus den Stadtstatuten gestrichen, was nach Meinung der Bürgerinitiative im Widerspruch zur Bibel stand. Pfeiffer selbst war, durch die gegen die neue Ratsverfassung gerichteten Unruhen des Vorjahres klüger geworden, auch in die umliegenden Dörfer Mühlhausens gegangen. Dort hatte er die Gemeinden agitiert, hatte mit den Bauern geredet und diskutiert und die meisten für die *Elf Artikel* gewinnen können.

Ein Machtwechsel zeichnete sich ab. Die Altgläubigen der Reichsstadt gerieten immer stärker in die Defensive, Klöster wurden gestürmt und Meßgottesdienste gesprengt. Man forderte nun auch für Mühlhausen gottesdienstliche Neuerungen, wie Thomas Müntzer sie in Allstedt eingeführt hatte. Und Ottilie Müntzer, erneut schwanger, scheint dabei eine führende Rolle gespielt zu haben. Die *Mühlhäuser Chronik* berichtet darüber: »Es haben etliche Weiber, wovon eine die des Allstedters gewesen ist, den Gottesdienst gestört. Als der Prior und seine Konventsbrüder die Vesper gesungen haben, haben diese Weiber mit unerfreulichen Handlungen, die der christlichen Verehrung ganz entgegen sind, begonnen ...« Und Agricola weiß zu erzählen, Ottilie habe sich aus den Meßgewändern der Pfaffen neue Kleider geschneidert. Solche Darstellungen sind Thomas alles andere als wohlgesinnt, und doch geht aus ihnen hervor, wie sehr Müntzers Entzauberung des Meßgottesdienstes, die zur Aufdeckung falscher gesellschaftlicher Verhältnisse beitrug, schon vor seiner Rückkehr in Mühlhausen an Boden gewonnen hatte.

1525
Widerstand und Ergebung

»Die aufgebrochene Erde muß mich nehmen, ehe mein Name Ähren gewinnt. Es sind aber Gerstenstachel daran ...«

Mitte Februar meldet sich Thomas in Mühlhausen zurück, und nun beschleunigen sich die Ereignisse in der Reichsstadt. Thomas wird am 28. Februar zum Pfarrer von St. Marien, der Hauptkirche Mühlhausens, gewählt. Der alte Magistrat muß zurücktreten, und am 17. März wird ein neuer Rat gewählt, der »ewig sein und heißen und stets für und für regieren« soll. Das Bordell schließt die Türen, der neue Rat läßt Klostergüter beschlagnahmen, und die Familien, die mit Thomas im ehemaligen Anwesen der Johanniter wohnen, praktizieren Gütergemeinschaft.

In diesem Sinn predigt auch Müntzer der Gemeinde: »Wollt ihr nun selig werden, so müßt ihr die Abgötter in Häusern und Truhen, besonders das schöne Zinngeschirr an den Wänden, Kleinode, Silberwerk und Bargeld aus den Truhen auch wegtun. Denn solange ihr das lieben wollt, wird der Geist Gottes nicht bei euch wohnen.« Darum geht es Thomas jetzt, um die Verwirklichung der »grundfesten Reformation«, die den Menschen aus allen Abhängigkeiten befreit und die Gemeinde zum Werkzeug Gottes macht. Mühlhausen mit seiner neuen revolutionären Lebensform soll zum Ausgangspunkt der Umwälzung in den deutschen Landen werden.

Doch auch Müntzers Gegner schlafen nicht. Herzog Georg, dem alten Glauben verschworen, selbst ein theologisch versierter Mann, will die ketzerischen Umtriebe im äußersten Westen seines Herzogtums nicht tatenlos hinnehmen. Er hält sich über seinen Amtmann in Salza an der Grenze zum Mühlhäuser Territorium auf dem laufenden. Noch greift er nicht gewaltsam ein, denn schließlich ist Mühlhausen ihm nicht unterstellt; aber die Mühlhäuser müssen dennoch auf einen Überfall des Herzogs gefaßt sein. Also rüsten sie auf. Im ehemaligen Dominikanerkloster wird ein Pulverlager angelegt, im Barfüßerkloster gießt man Geschütze. Aus Ei-

senach karrt man zweihundert Landsknechtsspieße heran, Söldner drillen die Bürgerwehr, die ganze Stadt macht mobil.
Auch die Gottesdienste stehen unter dem Zeichen der allgemeinen Mobilmachung. Hinter Müntzers Predigtstuhl in der Marienkirche mahnt die Bundesfahne an den Heiligen Krieg. Diese Information entnehmen wir einem Bericht des Salzaer Amtmanns Sittich von Berlepsch, der seinem Herrn schreibt:
»Der Allstedter hat ein weißes Fähnlein von ungefähr 30 Ellen [17 Meter] Taft machen lassen und daran einen Regenbogen mit den Worten VERBUM DOMINI MANEAT IN AETERNUM [Gottes Wort soll in Ewigkeit bleiben] und einen Reim aufs Tuch aufbringen lassen: Dies ist das Zeichen des heiligen Bundes Gottes, alle, die bei dem Bund stehen wollen, sollen daruntertreten! Dasselbe Fähnlein hat er in der Liebfrauenkirche bei dem Predigtstuhl gesteckt und lässet sich vernehmen, er wolle dasselbige Fähnlein zu Felde bringen und zuvorderst beim Fähnlein sein, auch 2000 Leute fremden Volks mithinzubringen.«
Thomas sieht also einer gewaltsamen Austragung des Konflikts entgegen. Eine Änderung der Verhältnisse auf friedlichem Wege hätte er gewiß vorgezogen. Wußte er doch, daß »unfüglicher Aufruhr«, blinde Gewalt nicht nur nutzlos, sondern sogar schädlich war. In seinen Augen war der Umbruch eine notwendige Folge der sich verschärfenden Krise, die für ihn letztlich nicht von Menschen gesteuert wurde, sondern durch Gott, der die verkehrte Welt in ihren eigenen Untergang hineintrieb. Die Versuche seiner Gegner, sich der Veränderung entgegenzustemmen, wertete er als einen letzten verzweifelten Versuch der Herrschenden, ihre angemaßte Macht weiter zu behaupten. Für Thomas waren es ohnmächtige Versuche, weil Gott selbst es war, der sich jetzt den Herrschenden entgegenstellte. Darum spricht Müntzer in diesen Tagen immer wieder davon, daß die »Gottlosen« bereits ganz schwach und verzagt seien. So stellte sich ihm die Situation dar, und darum galt es für ihn in diesem Augenblick nur noch, den Feinden des Evangeliums den letzten Stoß zu versetzen, sie »gnädiglich« zu zerbrechen. Der Gang der Ereignisse schien ihm zunächst recht zu geben. In Süd- und Mitteldeutschland sind die Bauernheere schon unterwegs, und von Mühlhausen aus erhebt sich ganz Thüringen. Unru-

hen in Salza lösen das erste bewaffnete Eingreifen Müntzers aus. Die Mühlhäuser eilen mit vierhundert Mann und ihrer Fahne den Eidgenossen in Salza zur Hilfe, überschreiten die Landesgrenze und fallen in das Territorium Herzog Georgs ein.
Der Ablauf der folgenden Ereignisse, besonders der Anteil Müntzers daran, läßt sich nicht genau rekonstruieren. Ein Kloster wird gestürmt und geplündert, vermutlich gegen Müntzers Einspruch, und dann hält man Rat, was nun weiter geschehen soll. Die zeitgenössischen Quellen berichten von einer Kampfabstimmung zwischen Müntzer und Pfeiffer. Pfeiffer will von Salza aus weiter nach Westen vorrücken, um im Eichsfeld den bedrängten Glaubensgenossen zur Hilfe zu eilen. Thomas hält dagegen. Er möchte im Osten in die Grafschaft Mansfeld einfallen, um das »Nest« von Graf Ernst, die Zwingburg Heldrungen, auszunehmen. Bei der Abstimmung der Bauern unterliegt er jedoch. Der Marsch ins Eichsfeld formiert sich, immer neue Haufen stoßen hinzu, sogar zwei Grafen treten dem Mühlhäuser Eidbund bei.
Noch im Feldlager schreibt Thomas seinen berühmten *Knappenbrief* an die Adresse der Allstedter Bürger und Mansfelder Bergwerksgesellen. Er braucht die Hilfe der eidgenössischen Freunde, wenn er nach der Rückkehr vom Eichsfeld aufs Mansfelder Schloß losrücken will. Denn mit dem Mühlhäuser Haufen allein könnte er Heldrungen, das Graf Ernst in den letzten Jahren zu einer nahezu uneinnehmbaren Festung ausgebaut hat, nicht in seine Gewalt bekommen. Die Festung scheint in Müntzers strategischem Konzept jedoch eine entscheidende Rolle gespielt zu haben. Wahrscheinlich sah er in ihr einen zentralen befestigten Ausgangspunkt für weitere Vorstöße in Richtung Leipzig, Halle und Wittenberg. Darum ist er bei ihrer Eroberung auf jede Unterstützung angewiesen, besonders auf die Hilfe der im Stollenbau erfahrenen Bergleute, denen er vermutlich die Aufgabe zugedacht hatte, die mächtigen Mauern des Schlosses zu unterminieren. Das alles erklärt den drängenden Ton seines *Knappenbriefes*:
»Die reine Furcht Gottes zuvor. Wie lange schlaft ihr? Wie lange seid ihr Gott seines Willens nicht geständig, darum daß er euch nach eurer Meinung verlassen hat? Ach, wie oft habe ich euch das gesagt, wie es muß sein. Gott kann sich nicht anders offenbaren,

ihr müßt euch ihm ergeben. Tut ihr's nicht, so ist das Opfer, euer herzbetrübtes Herzeleid umsonst. Das sage ich euch, wollt ihr nicht um Gottes willen leiden, so müßt ihr des Teufels Märtyrer werden. Darum hütet euch, seid nicht also verzagt, nachlässig, fanget an und streitet den Streit des Herrn! Es ist höchste Zeit, haltet eure Brüder alle dazu. Das ganze deutsche, französische, welsche Land wacht auf, der Meister will das Spiel machen, die Bösewichter müssen dran. Wenn euer nur drei sind, die in Gott gelassen, allein seinen Namen und seine Ehre suchen, werdet ihr hunderttausend nicht fürchten. Nun dran, dran, dran, es ist Zeit, die Bösewichter sind schon verzagt wie die Hunde. Dran, dran, dran! Laßt euch nicht erbarmen, seht nicht an den Jammer der Gottlosen. Sie werden euch freundlich bitten, greinen, flehen wie die Kinder. Laßt euch nicht erbarmen. Ihr müßt dran, dran, es ist Zeit. Laßt diesen Brief den Bergwerksgesellen werden. Dran, dran, dieweil das Feuer heiß ist. Laßt euer Schwert nicht kalt werden, laßt es nicht lahmen! Schmiedet Pinkepanke auf dem Amboß Nimrods, werft ihnen den Turm zu Boden! Dran, dran, solange ihr Tag habt. Gott geht euch voran, folget, folget!«

Kein anderes Dokument des deutschen Bauernkrieges sprüht so vor Enthusiasmus, aber auch kein anderes ist so geladen mit alttestamentlichem Eifer, mit Parolen des Heiligen Krieges, mit heiliger Siegeszuversicht. Es zeigt Thomas Müntzer auf dem Scheitelpunkt seines Sendungsbewußtseins: Er nimmt den Kampf gegen die ganze verkehrte Weltgeschichte auf. Nach Müntzers Verständnis ist die Menschheit seit dem Bau des babylonischen Turms unter dem Gewaltherrscher Nimrod immer mehr von Gottes Willen abgewichen. Sie soll nun von Gott durch sein Werkzeug, den »ernsten Prediger«, wieder auf den rechten Weg gebracht werden. Thomas sieht die Endzeit gekommen, die blutige Endzeit, die Endgerichtszeit, deren Vollstrecker die unter der Fahne Gottes versammelten Bauern sind. So haben die Allstedter den *Knappenbrief* auch gelesen. Er wurde zum Fanal des Thüringer Aufstands.

Während der Brief von Thomas im Allstedter Land und in der Mansfelder Grafschaft die Runde macht, durchkreuzen die Mühlhäuser das zum reichen Erzbistum Mainz zählende Eichsfeld. Klöster werden erbrochen, Schlösser zerstört, Adelshöfe geplündert.

Um die Schadensersatzforderungen entbrannte nach Niederwerfung der Bauernerhebung ein acht Jahre langer Rechtsstreit zwischen Mainz und Mühlhausen. Auch vor Gericht konnte nicht geklärt werden, wie viele Zerstörungen und Brandschatzungen auf das Konto des Thüringer-Mühlhäuser Haufens ging und was Plünderer im Gefolge der Bauern mitgehen ließen.

Insgesamt brachte der Zug ins Eichsfeld den Aufständischen keinen Gewinn außer der Beute, die sie zur Verstärkung der Kriegskasse nach Mühlhausen karrten. Der Zug war zu einer reinen Machtdemonstration geraten, die keinen militärischen Vorteil einbrachte. Genau das hatte Thomas von Anfang an befürchtet. Noch mehr als die strategische Nutzlosigkeit des ganzen Unternehmens muß Thomas getroffen haben, daß die plündernden Bauern vieles einfach in die eigene Tasche steckten. Das konnte nur seinen Zorn erregen; stand und fiel doch seine Reformation damit, daß die Leute lernten, ihr Herz leer zu machen vom »Ankleben an den Kreaturen«, um sich von Gottes Willen erfüllen zu lassen. Angesichts dieses menschlichen Eigennutzes, der im krassen Widerspruch dazu stand, müssen Thomas bei der Rückkehr vom Eichsfeld erste Zweifel gekommen sein, ob er mit seiner militärischen Mobilmachung gegen die Fürsten auf dem richtigen Weg war.

Unterdessen bereist Luther die Aufstandsgebiete. Er predigt in Eisleben, in Müntzers Geburtsstadt Stolberg, in Nordhausen und anderen thüringischen Orten, um die Bauern zu beschwichtigen und zum Gehorsam gegenüber ihrer Obrigkeit anzuhalten. Überall begegnet er einer ablehnenden, ja feindseligen Atmosphäre, wird sogar ausgepfiffen und mit Steinen beworfen. »Doktor Luther ist im Mansfeldischen Lande, aber er kann eines solchen Aufruhrs nicht wehren«, berichtet Zeiß.

Handwerker verwickeln den Wittenberger Professor in hitzige Bibeldiskussionen, und Luther schneidet dabei nicht gut ab. Hatte er noch vor fünf Jahren im Jüterbog-Streit geschrieben: »Einem schlichten Laien, der sich auf die Bibel beruft, ist mehr zu glauben als dem Papst oder einem Konzil, die das nicht tun«, muß er jetzt erleben, daß ihn die unstudierten Laien mit Bibelsprüchen matt setzen. Zwischen ihrem wortwörtlichen Schriftverständnis und Luthers gelehrter Auslegung tun sich Abgründe auf, die er nicht

mehr überbrücken kann. In Luthers Ohren klingt alles, was die Bauern vorbringen, nach Müntzers rebellischem Widerspruchsgeist, der alles umkrempeln will, und dieser »Weltfressergeist« des Allstedters schien ihn auf seiner Predigtreise Schritt auf Tritt zu verfolgen. Schließlich gibt er resigniert auf: »Nun, der Müntzer fresse mich.« Luther kehrt in die kurfürstliche Residenz zurück und arbeitet dort seine erste Stellungnahme zum Bauernkrieg aus: *Ermahnung zum Frieden auf die Zwölf Artikel der Bauernschaft in Schwaben*. In dem Büchlein mahnt Luther Bauernschaft und Obrigkeit, beide Seiten sollten unter Verzicht auf Druckmittel einander Zugeständnisse machen, denn beiden, »Tyrannen und Aufrührern«, sei Gott feind.
Doch Luther gibt sich keinen großen Hoffnungen hin, daß sein Appell offene Ohren finden werde. Ja, in Wittenberg befürchtet man das Schlimmste. »Wir schweben in großer Gefahr«, teilt Melanchthon einem Freund mit. »Wenn Müntzer siegt, ist es aus mit uns, es sei denn, daß Christus uns zur Hilfe käme. Denn Müntzer stürmt daher mit mehr als barbarischer Grausamkeit. Die schrecklichen Drohungen, die er ausstößt, übersteigen alle Begriffe.« Eine schwere Erkrankung des Kurfürsten gibt den Schreckensvisionen neue Nahrung; sein Dahinscheiden scheint unmittelbar bevorzustehen.
Am 5. Mai 1525 stirbt Friedrich der Weise, unverheiratet, kinderlos. Im Angesicht des Todes läßt er seinem Bruder, Mitregenten und Nachfolger im kurfürstlichen Amt, Herzog Johann, schreiben: »Vielleicht hat man den armen Leuten zu solchem Aufruhr Ursache gegeben und besonders durch das Verbot des Wortes Gottes. So werden die Armen in vielen Wegen von uns weltlichen und geistlichen Obrigkeiten beschwert. Gott wende seinen Zorn von uns. Will es Gott haben, so wird es so ausgehen, daß der gemeine Mann regieren soll.«
Dachte Friedrich, wenn er von den schuldhaften Versäumnissen der Obrigkeit, von der Unterdrückung des »Wortes Gottes« durch geistliche und weltliche Herren sprach, an Thomas Müntzer? An dessen schimpfliche Behandlung in Allstedt? Das wäre immerhin möglich. Das fürstliche Schuldbekenntnis jedenfalls wirkt wie ein Echo auf Müntzers *Schutzrede*. Die Übereinstimmung mit Münt-

zers Gedanken reicht sogar bis in die politische Theologie, wenn der sterbende Kurfürst seinem Bruder schreiben läßt, vielleicht wolle Gott die Obrigkeit damit bestrafen, daß an ihrer Stelle jetzt »der gemeine Mann regieren« solle. Genau das hatte Thomas Müntzer den Herren bereits in der *Fürstenpredigt* prophezeit. Vor einem Jahr auf dem Allstedter Schloß hatte das noch utopisch geklungen, jetzt jedoch zeichnete sich ein solcher Machtwechsel als reale Möglichkeit ab. Vielleicht wollte Friedrich der Weise seinen Bruder tatsächlich an Müntzers *Fürstenpredigt* erinnern; zumindest aber ist der Brief eine Mahnung an seinen Amtsnachfolger, den Unruhen nicht mit nackter Gewalt, sondern mit Umsicht und Bedacht zu begegnen.

Der Brief beweist, daß Friedrich den Beinamen »der Weise« tatsächlich verdient. Hätte es im Römischen Reich Deutscher Nation mehr solcher Fürsten gegeben, wäre weniger Blut in der deutschen Geschichte geflossen.

Im zeitgenössischen England sah man allerdings in der laxen Politik von Luthers Fürsten gegenüber den Aufständischen eine Gefahr für die Rechtsstaatlichkeit. Richard Hooker, Theologe und Kirchenmann, warnte Krone, Parlament und Bischofsamt vor den bibelfundamentalistischen Radikalen, die drauf und dran waren, im Gefolge der deutschen Reformation auch auf der Insel Fuß zu fassen. Hooker schreibt: »Luther ersuchte Friedrich, den Herzog von Sachsen, mit diesen Leuten glimpflich umzugehen und sie schonend zu behandeln; denn von ihren Irrlehren abgesehen seien sie rechtschaffene Leute.« Tatsächlich hatte Luther noch 1524 seine Landesherren dazu angehalten, sie sollten sich nicht unbefugt in die theologische Auseinandersetzung einmischen; erst wenn Müntzer zur Gewalt übergehe, sei es die Sache der Fürsten zu handeln. Freilich, für einen »rechtschaffenen« Mann, wie Hooker meint, hielt Luther seinen Allstedter Widersacher schon damals nicht, sondern forderte im Gegenteil die Fürsten zur äußersten Wachsamkeit gegenüber Müntzer auf. Das reicht Hooker jedoch nicht. Seiner Ansicht nach hätten Luthers Fürsten gleich mit aller Entschlossenheit den Anfängen wehren müssen. Ihrem Zögern schreibt er die Schuld an der weiteren Entwicklung zu:

»Infolge dieser weitherzigen Duldung gewannen diese Leute mehr

an Einfluß, als es dem Gemeinwesen, in dem sie lebten, zuträglich war ... Die Mittel, mit denen sie die Massen anlockten und für sich gewannen, waren höchst wirkungsvoll ... Man nahm ihnen ihr Eintreten für den gemeinen Mann ab, über dessen Haupt sie Tränenströme vergossen, und dabei klagten, daß er als Mensch entehrt, aller äußeren und inneren Freiheit beraubt werde, und daß es also höchste Zeit sei, daß Gott das Seufzen des gemeinen Mannes erhöre und ihm Rettung verschaffe: Woraufhin die Leute diesen Betrügern das Urteil ausstellten, sie seien wahrhaftig Gottes Diener ...«
Richard Hooker, der Engländer, mißtraute der basisdemokratischen, institutionsfeindlichen Theologie Müntzers, sah dahinter religiöse Scheinargumente und hielt Müntzer und seinen Anhang samt und sonders für versteckte Anarchisten. Das Ergebnis, so wieder Hooker, würde »eine auf den Kopf gestellte Welt sein«. Da hielt es Hooker lieber mit den bewährten Institutionen, mit der Krone, mit dem Parlament, mit dem geordneten Bischofsamt: Allein deren Zusammenspiel garantiere Rechtssicherheit und damit den gesellschaftlichen Frieden.

Staatstheoretikern wie Hooker, die auf Institutionen setzten und basisdemokratischen Bestrebungen mißtrauten, verdankt sich das System der parlamentarischen Demokratie; eine Entwicklung, die in dem fürstenstaatlichen Deutschland zu Müntzers Zeiten noch in weiter Ferne lag. Hier setzte sich zunächst der Radikalismus von oben durch, jener Obrigkeitsstaat, dessen absolutistischen Anspruch Thomas Müntzer prophetisch erkannt und militant bekämpft hat.

Am 6. Mai, einen Tag nach dem Tod des Kurfürsten in Wittenberg, kehrt Thomas mit dem Thüringer-Mühlhäuser Haufen vom Eichsfeld zurück. Jetzt geht er daran, seinen Zug gegen den Mansfelder Grafen vorzubereiten und die Organisation des Aufstands zu stärken. Hilferufe erreichen ihn; Thomas schreibt, beantwortet Beistandsersuche, mobilisiert weitere Städte und Dörfer. Frankenhausen gilt seine besondere Aufmerksamkeit. Hier befindet sich das Hauptquartier der Thüringer Bauern, und die Stadt liegt in Reichweite des Mansfelders, dem Müntzer das »Adlernest« ausheben will. Frankenhausen sieht sich durch den Grafen Ernst bedroht und ersucht Müntzer dringend, »aufs längste in zwei Tagen mit allem, was ihr vermögt, zur Hilfe zu kommen«. Thomas reagiert umgehend. Im Bauernlager beruft er eine Vollversammlung ein, erklärt den Bauern die bedrängte Lage der Frankenhäuser und diskutiert mit ihnen seine weiteren Pläne. Die *Mühlhäuser Chronik* schildert den Ausgang der Beratungen mit den Worten: »Dienstags [8. Mai] sprach Müntzer zu dem Haufen, ihm wäre im Traum angezeigt, er solle gen Aufgang der Sonne ziehen, darum sprach er: ›Wer nicht gerne will, der mag heimziehen.‹ Da verliefen sich etliche Hessen und Eichsfelder.«

Der dürftige Bericht läßt viele Fragen offen. Zum Beispiel, warum Eichsfelder und Hessen den Haufen verließen, obwohl die Frankenhäuser so nachdrücklich um Hilfe ersucht hatten. War den Abziehenden die Aussicht auf Beute zu gering? Oder fürchteten sie die bewaffnete Auseinandersetzung mit dem Mansfelder Grafen? Oder wollten sich Hessen und Eichsfelder anderen Bauernhaufen anschließen? Keine der Fragen läßt sich in heutiger Zeit mehr schlüssig beantworten. Deutlich ist aber, daß Thomas sein ganzes Gewicht in die Waagschale werfen mußte, um den Zug nach Frankenhausen durchzusetzen. Das zeigt seine Berufung auf das Traumzeichen, das seinen Entschluß als göttliche Weisung rechtfertigen sollte. Doch auch das theologische Argument schlug nicht durch. Sogar Pfeiffer lehnte für sich und seine Leute eine Teilnahme an dem Unternehmen ab. Er bestand darauf, in Mühlhausen zu bleiben, um die Stadt gegen einen möglichen Einfall des Leipziger Herzogs zu verteidigen. Als Thomas am 10./11. Mai nach Frankenhausen abrückte, folgten ihm gerade dreihundert Mann.

Die geringe Zahl seiner Gefolgschaft muß für Thomas eine Enttäuschung gewesen sein, denn er hatte den Frankenhäusern zugesichert, mit einem massiven Aufgebot zur Hilfe zu eilen; »viel mehr als alle alle, soviel unser, wollen zu euch kommen«, hatte er geschrieben. Aber trotz der Enttäuschung konnten ihn auch in dieser Situation keine Selbstzweifel anfechten; dagegen feite ihn seine Theologie. Wie einst der Gotteskämpfer Gideon in Israel, auf den sich Thomas auch sonst berief, stellte er seine Sache auf Gott, den »rechten Kriegsherrn«, und folgte seinen Visionen, hoffte auch jetzt auf Wunder. Schließlich verstand er sich als Werkzeug Gottes, und um dessen, nicht um seinen Sieg ging es im Land.

Ein Brief von Zeiß, der sich auch jetzt noch über Müntzer auf dem laufenden hält, unterrichtet uns über das konkrete Nahprogramm des Predigers. Danach solle jedem Fürsten, Grafen, Edelmann der Beitritt zu der Volksbewegung gestattet werden, allerdings unter der Bedingung, er müsse »zu Fuß zu ihnen treten und gleich dem Geringsten demütiglich auf ebener Erde stehen«. Hat der adelige Bittsteller bisher »nicht gern wider das Evangelium gehandelt«, solle er wieder in sein Amt eingesetzt werden, wenn auch nur widerruflich, »solange er wohl regiert«. Dem Adel ist damit jede Herrschaftslegitimation durch Geburt und Herkunft entzogen. Seine Besitztümer, fordert Müntzers Programm, sind zu enteignen. Einem Fürsten sollen dabei »acht Pferde, einem Grafen vier Pferde, einem Edelmann zwei Pferde« zugestanden werden; mehr nicht. Einzig Stellung und Besitz des Kurfürsten sollen unangetastet bleiben, sofern er die Forderungen der Bauern anerkennt; »wenn nicht, wird er gleich den anderen behandelt«. Aus dem Grundsatz, daß »einer wie der andere sein«, also jeder gleich sein solle, ergibt sich die Folgerung, daß Thomas Müntzer das Recht des Adels an Land und Leuten beseitigt sehen will, das bisher von den Bauern Abgaben und persönliche Dienstleistungen für die Überlassung der Nutzungsrechte an Boden, Gewässern und Wald abverlangt hatte. »Die Kreaturen sollen frei werden«, hatte Müntzer schon früher gefordert, und dieses Prinzip würde in seiner angestrebten neuen Bodenordnung die oberste Richtschnur sein. Jeder Bauer würde zum eigenen Grundherrn werden. Wie Thomas Müntzer das freie Bodennutzungsrecht allerdings mit dem gütergemeinschaftlichen Gesichtspunkt seines »omnia sunt communia« vereinen wollte, wie er sich also eine Neuordnung des Bodenrechts im einzelnen vorstellte, wissen wir nicht. Er hat uns darüber nichts hinterlassen, doch gewiß schloß sein Programm, das in Christus den obersten Garanten und Regenten seiner Verfassung sah, eine rein privatwirtschaftlich orientierte Eigentumsordnung aus.

Diese programmatischen Vorstellungen Müntzers gingen weit über die Forderungen der südwestdeutschen Bauernführer hinaus. Wo Thomas Müntzer mit der Abschaffung der adeligen Grundherrenrechte eine völlige Abkehr von der geltenden Gesellschaftsordnung anstrebte, beschieden sich die Bauern im Süden mit Einzelforderungen, die dem gemeinen Mann seine Lasten erleichtern sollten. Darum konnten die südwestdeutschen Bauern auch den Fürsten und Herren zunächst eine gütliche Vereinbarung auf dem Verhandlungsweg vorschlagen. Für Thomas Müntzer mit seinem radikalen Entweder–Oder war verhandeln undenkbar, es sei denn, die Herren hätten zuvor selbst abgedankt. Eine freiwillige Selbstentmachtung kam aber für den Adel natürlich nicht in Frage. Darum war bei Müntzer, anders als bei den Bauern im Süden Deutschlands, die bewaffnete Auseinandersetzung von vornherein vorprogrammiert.

So sahen es auch die Fürsten Mitteldeutschlands. Im Frankenhäuser Lager trafen Nachrichten ein, daß die Fürsten eine Strafexpedition gegen ihre aufsässigen Untertanen vorbereiteten. Georg von Sachsen hatte sich dazu mit seinem Schwiegersohn, dem lutherisch gesinnten hessischen Landgrafen verbündet, und beide verstärkten ihre Truppen durch Mainzer, Braunschweiger und Brandenburger Aufgebote. Auch Herzog Johann, der Nachfolger von Friedrich dem Weisen, zog Truppen in der Gegend von Weimar zusammen, zögerte aber offenbar, gegen seine Landeskinder militärisch vorzugehen. Sein sterbender Bruder hatte ihm ans Herz gelegt, »ich achte, daß Ihr und ich in dieser Sache, soweit möglich, untätig bleiben«. Daran hielt sich Johann. Er blieb auf Distanz zu Herzog Georg und dem hessischen Landgrafen, vereinte seine Truppen nicht mit ihrem Kontingent, sondern begnügte sich, sein Aufgebot in Alarmbereitschaft zu halten.

Noch immer läßt Müntzer in Frankenhausen auf sich warten. Dort führt die Untätigkeit zu Mißstimmungen und Zerwürfnissen. Nur selten gibt es Gelegenheit zu kleinen Aktionen. Bei einem Streifzug durchs Mansfelder Land greift man drei als Leuteschinder bekannte Männer auf und führt sie gefangen ins Lager ab. Zur Feindberührung ist es bisher überhaupt noch nicht gekommen, und es fehlt den Frankenhäusern auch jede Perspektive, wie man denn nun weiter verfahren solle. Man setzte auf Müntzers Inspirationen. Währenddessen rücken die mitteldeutschen Fürsten näher auf das Frankenhäuser Bauernlager zu. Reichsfürst Albrecht von Mansfeld, ein Bruder des Heldrunger Grafen und einer der ersten Lutheranhänger, fordert die Bauern zu Verhandlungen auf. Die Re-

aktion auf das Angebot Albrechts spaltet den Haufen. Der harte Kern des Müntzergefolges lehnt jede Verhandlung mit der Begründung ab, die Herren »würden ihnen keine Treue halten«, der größere, gemäßigtere Teil des Lagers beschließt jedoch, das Vermittlungsangebot Albrechts anzunehmen.
Endlich trifft Thomas mit seinem Fähnlein in der Stadt ein. Obwohl er nur mit einem kleinen Aufgebot von dreihundert Männern aufwarten kann, ist die Autorität des Predigers ungebrochen. Es gelingt Müntzer sofort, eine Aussetzung der Verhandlungen durchzusetzen. Statt dessen läßt er Reichsfürst Albrecht ein Schreiben zustellen, in dem er ihn auffordert, persönlich im Lager zu erscheinen und sich dem Bauernhaufen anzuschließen. Ein zweiter Brief fordert den Heldrunger Grafen zur Kapitulation auf: »Du bist durch Gottes kräftige Gewalt dem Verderben überantwortet«, heißt es in dem Schreiben. »Daß du auch wissest, daß wir strengen Befehl haben, sage ich: Der ewige Gott hat's geheißen, dich mit Gewalt, die er uns gegeben, vom Stuhl zu stoßen; denn du bist der Christenheit nichts nütze. Dein Nest muß zerrissen und zerschmettert werden. Wir wollen deine Antwort noch heute abend.« Auch nach der Niederlage der Bauern kursierten noch Abschriften dieser Briefe in Thüringen. Das gemeine Volk war fasziniert von dem Ton, den Thomas anschlug – so war noch nie jemand mit einem adeligen Herrn umgesprungen! Im Frankenhäuser Lager gibt Müntzers entschiedene Sprache den Bauern das Selbstvertrauen zurück, die Stimmung hebt sich. Man wird aktiv, stellt nach dem Vorbild der hussitischen Glaubenskämpfer eine Wagenburg zusammen, richtet die Geschütze.
Die Stärke des Frankenhäuser Bauernheeres wird heute auf etwa achttausend Mann veranschlagt, und die Aufständischen waren gut bewaffnet. Es fehlten ihnen zwar berittene Einheiten, dafür besaßen sie aber vierzehn weittragende Geschütze. Die Chancen standen gar nicht schlecht. Gegürtet mit dem »Schwert Gideons« und im Bewußtsein der gerechten Sache, sind die Bauern nach Müntzers Überzeugung dem Fürstenheer ohnehin weit überlegen. Schon in seinem *Knappenbrief* hatte er ja den Allstedtern geschrieben: »Wenn euer nur drei sind, die in Gott gelassen, allein seinen Namen und seine Ehre suchen, werdet ihr hunderttausend nicht

fürchten ...« Thomas sieht den Sieg des Evangeliums also schon greifbar nah. Zunächst gilt es, die entscheidende Schlacht gegen die Fürsten zu liefern und sich dann in den Besitz von Heldrungen zu setzen. Danach würden Thüringen und Sachsen offen vor ihm liegen.

Doch die Siegesgewißheit trübte Müntzers Blick für die Realitäten. Denn um die Sache der deutschen Bauern stand es schlecht. Während Müntzers Leute ihre Wagenburg zusammenschieben, haben die Württemberger Bauern dreihundert Kilometer südlich von Frankenhausen eine vernichtende Niederlage durch die Fürstenallianz des ›Schwäbischen Bundes‹ hinnehmen müssen. Auf einer Strecke von zwei Wegstunden liegen Tausende von Erschlagenen auf den Äckern, und die Überlebenden ergeben sich auf Gnade und Ungnade den Siegern.

Die Nachricht aus Württemberg kann Thomas während seiner Vorbereitungen auf den Waffengang nicht mehr erreicht haben, sonst hätte er sich vielleicht doch noch auf das Vermittlungsangebot von Fürst Albrecht eingelassen, auch wenn das den Abschied von seinen programmatischen Radikalforderungen bedeutet hätte, was zumindest für ihn persönlich eine sehr schmerzliche Niederlage gewesen wäre.

Eine düstere Ahnung mag Thomas gleichwohl auch jetzt schon gekommen sein. Über Botenläufer von der Stärke der heranrückenden Fürstenheere unterrichtet, sucht er – fast verzweifelt, so scheint es – weitere Verstärkungen heranzuziehen. Er schreibt an den Grafen Schwarzenburg, der dem Bauernbund beigetreten war, und er schreibt einen zweiten und dritten drängenden Brief an die Städte Nordhausen und Erfurt. Die Erfurter verweigern von vornherein auch nur die Annahme des Briefes, und auch der Graf erscheint nicht. Inzwischen treffen weitere Flüchtlinge im Bauernlager ein. Sie berichten Thomas von Verfolgungen und Greueltaten der Herren. An den Mansfelder Straßen liegen erstochene und erschlagene Menschen, Frauen, Kinder, Männer. Die Menge verlangt von Thomas eine Vergeltungsaktion, man fordert die Köpfe der drei Mansfelder Gefangenen. Thomas läßt sie vor dem Stadttor von Frankenhausen hinrichten.

In der Wagenburg auf dem Hausberg nördlich der Stadt wächst die

Anspannung. Erste Geplänkel mit Vorausabteilungen des hessischen Landgrafen finden statt, beide Seiten ziehen sich ohne nennenswerte Verluste zurück. Thomas läßt sich berichten, und er sieht sich in seiner Zuversicht bestärkt. Die Bauern haben sich von den kriegserfahrenen Söldnern des Landgrafen nicht über den Haufen rennen lassen. Hoch zu Pferd hält Thomas in der Wagenburg eine Ansprache, die Hans Hut, einer der engsten Freunde des Predigers, so in Erinnerung behalten hat:
»Gott der Allmächtige wolle jetzt die Welt reinigen und hätte der Obrigkeit die Gewalt genommen und solche Gewalt den Untertanen gegeben, und die Obrigkeiten würden schwach werden ... Gott wäre mit ihnen, den Untertanen ... Und Müntzer hat so den Bauern drei Tage nacheinander vor der Schlacht in der Art gepredigt. Und es wäre jedesmal ein Regenbogen am Himmel um die Sonne gesehen worden; denselben Regenbogen zeigte Müntzer den Bauern und tröstete sie und sagte, sie sähen jetzt den Regenbogen, den Bund, das Zeichen, daß Gott mit ihnen halten wolle; sie sollten nur mutig streiten und keck sein ...«
Die Wiedergabe von Müntzers Predigt scheint glaubwürdig, sie hat den authentischen Klang von Müntzers Schriften und Briefen. Wieder ist da die ungestüme Siegeszuversicht, das Vertrauen auf Zeichen und das Eingreifen Gottes, wieder unterschätzt Thomas den Gegner, dessen Marschkolonnen jetzt schon in nächster Nähe gesichtet worden sind.
Am Montag, den 15. Mai 1525, vereinigen sich die verbündeten Fürstenheere vor Frankenhausen. Ihr Truppenkontingent ist 13 000 Mann Fußvolk und 800 Reiter stark. Außerdem führen Herzog und Landgraf eine stattliche Anzahl von Feldgeschützen mit sich. Thomas versucht zu einem letzten Vergleich mit den Fürsten zu kommen und schickt ihnen eine Botschaft: »Wir sind nicht hier, jemand etwas zu tun, sondern um die göttliche Gerechtigkeit zu erhalten. Wir sind auch nicht hier, um Blut zu vergießen. Wollt Ihr das auch tun, dann wollen wir Euch nichts tun.«
Was Müntzer zu dieser Botschaft bewog und was er mit ihr bezweckte, läßt sich nur schwer nachvollziehen. Die Sätze enthalten kein Vergleichs- oder gar Kapitulationsangebot, doch auch als Vorschlag zu einem Stillhalteabkommen kann man sie nicht inter-

pretieren. Damit wäre für Müntzer, für die Bauern außer einer nervenaufreibenden gegenseitigen Belagerung nichts gewonnen gewesen. Worum also ging es Thomas konkret? Hoffte er vielleicht darauf, daß eine selbstverordnete Denkpause die Fürsten zur Besinnung bringen würde, so daß sie bereit wären, den Bauern kampflos das Feld zu überlassen? Wir können keine dieser Fragen beantworten; doch läßt Müntzers Botschaft an die Fürsten immerhin einen Schluß auf seine eigene seelische Verfassung vor der Schlacht zu: Das feldmäßig organisierte Aufgebot der Fürsten mußte bei ihm doch ernstliche Zweifel wecken, ob die im Kriegshandwerk unerfahrenen Bauern tatsächlich einem Angriff gewachsen sein würden; andererseits verbot ihm seine Theologie, sich auch nur die Möglichkeit einer Niederlage einzugestehen. Der Brief könnte das Ergebnis eines solchen Zwiespalts gewesen sein. Mit der Botschaft an die Fürsten versuchte Thomas in einer für ihn ausweglosen Situation, sich mit starken Worten Handlungsfähigkeit zu beweisen, die er, innerlich gelähmt, nicht mehr hatte.

Die Fürsten wiederum verstanden Müntzers Brief als ein verhülltes Kapitulationsangebot und eröffneten dem Botengänger: »Wo ihr uns den falschen Propheten Thomas Montzer samt seinem Anhang lebendig überantwortet und ihr euch in unsere Gnade und Ungnade ergebt, so wollen wir euch annehmen und so verfahren, daß jeder nach den Umständen seiner Taten Gnade finden soll.« Das war ein taktisches Angebot, dem man die Absicht unterstellen kann, in der Wagenburg Zwiespalt zu säen. Thomas und seine Leute sollten isoliert werden, damit man leichteres Spiel mit dem führerlosen Haufen hätte.

Der Fürstenbescheid wurde im Ring der Bauern verlesen. Den Berichten zufolge hat Thomas seinen Bauern freigestellt, das Angebot der Fürsten anzunehmen. Er wäre also bereit gewesen, sich ausliefern zu lassen, wenn die Abstimmung gegen ihn ausging. Für ihn war sie der Prüfstein, ob die Bauern wirklich alle Menschenfurcht abgelegt hatten und sich auf Gottes Beistandsversprechen verlassen wollten. Die Bauern wiesen das Auslieferungsbegehren zurück. Sie hätten, heißt es in einer Quelle, »alle geschrien: Nein, nein, wir wollen tot und lebend beieinander bleiben.« Thomas schöpfte noch einmal Mut.

Die abschlägige Antwort wird den Fürsten überbracht, verbunden, so heißt es in einer anderen Version, mit dem Angebot Müntzers, sich einer Disputation mit den Fürsten zu stellen. Es ist schwer einzuschätzen, wieweit man dieser Quelle Glauben schenken darf. Möglicherweise wollte Thomas mit den Fürsten ins Gespräch kommen, um ihnen noch einmal persönlich ins Gewissen zu reden? Oder wollte er auf das Verhandlungsangebot von Fürst Albrecht zurückkommen? Aber ein Nachgeben konnte für Thomas Müntzer jetzt nicht mehr in Frage kommen, nachdem die Bauern bewiesen hatten, daß sie bereit waren, auf Tod und Leben für die göttliche Gerechtigkeit zu kämpfen. Damit war ihnen, davon war Thomas überzeugt, Gottes Beistand gewiß.
Noch während der Verhandlungen brachten die Fürsten ihre Geschütze in Stellung. Auch die Bauern formierten sich und stimmten den Choral an: »Komm, Heiliger Geist, Herre Gott!« So waren auch die Hussiten Böhmens mit Glaubensliedern als Sturmgesang auf den Lippen ins Feld gezogen. Und nachdem sich die Bauern ihrem Prediger aufs neue bedingungslos verschworen hatten, fühlten sie sich jetzt alle als Glaubenskämpfer.
Doch zur Schlacht um die Wagenburg kam es erst gar nicht. Die ersten Geschützsalven, die ins Lager einschlugen, richteten eine solche Panik an, daß die Bauern ihre Stellung aufgaben und sich Hals über Kopf zu den rettenden Stadtmauern flüchteten. Ihre Verfolger schnitten dem größten Teil der Fliehenden den Weg ab. Sie wurden erstochen, niedergehauen, unter den Hufen der Pferde zermalmt. Noch ehe man das Stadttor schließen konnte, waren die Landsknechte auch in den Mauerring eingedrungen und erstachen »alles, was ergriffen wurde«. Sie durchkämmten systematisch die ganze Stadt, verfolgten die Bauern durch Häuser und über Dächer, erstachen Männer, die sich in den Abzugskanälen der Salzsoden versteckt hatten, und richteten ein solches Gemetzel an, daß am nächsten Morgen die Hälfte der männlichen Bevölkerung von Frankenhausen tot war. Man schätzt die Zahl der erschlagenen Bauern auf vier- bis siebentausend Mann. Das Fürstenheer verlor bei dem ganzen Unternehmen nur sechs Söldner – man war kaum auf Widerstand gestoßen.
Die Frage stellt sich, wie es zu dieser verheerenden Niederlage der

Bauern kommen konnte. Sie waren doch wohlgerüstet, und allein aus der zahlenmäßigen Überlegenheit der Fürstentruppen läßt sich der katastrophale Ausgang des Unternehmens nicht erklären. Vor allen Dingen bleibt unbegreiflich, wie den zum Kampf entschlossenen, singenden Bauern von einem Augenblick zum anderen der Mut entfallen konnte. Bereits die Zeitgenossen haben darüber gerätselt. Man versuchte sich in den abenteuerlichsten Erklärungen. So soll Thomas Müntzer vor Beginn der Kampfhandlungen den Bauern versprochen haben, er werde die Kanonenkugeln der Fürsten »in seinem Ärmel auffangen«; nach dieser Version wäre die Reaktion der Bauern mit ihrem Schock zu erklären, als das Wunder ausblieb. Aber es ist nicht nötig, zu solch zweifelhaften Erklärungen zu greifen. Frankenhausen war kein Einzelfall: Bei vielen Treffen des Bauernkrieges kam es zu ähnlichen Panikreaktionen wie unter den Bauern der Wagenburg.

Thomas Müntzer hatte immer wieder betont, daß die Bauern, um ihre Herren loszuwerden, erst die Angst vor ihnen verlieren müßten. Aber die »Menschenfurcht«, für Müntzer das Gegenstück zum Glauben, war den Bauern ein Leben lang eingebleut worden und saß ihnen zu tief in den Knochen; selbst wenn sie ihren Herren in Wehr und Waffen gegenüberstanden, konnten sie sich ihrer Obrigkeitsfurcht nicht ganz entledigen. Im kritischen Augenblick mußten die alten Ängste vor denen da oben wieder durchbrechen und ihren Widerstand lähmen. Das war in Frankenhausen geschehen, und das wiederholte sich in den meisten Erhebungsgebieten des deutschen Bauernkrieges. So gesehen war, zumindest für Thomas Müntzer, der Aufstand um Jahre zu früh gekommen. Der gemeine Mann hatte den aufrechten Gang noch nicht lang genug einüben können, um seinen Herren furchtlos gegenüberzutreten.

So nimmt es nicht wunder, daß die Erhebung der deutschen Bauern in einer nationalen Niederlage endete und Thomas Müntzer, der radikalste unter den Bauernführern, für Jahrhunderte fast in völlige Vergessenheit geriet. Der Schock war zu groß gewesen. Erst langsam findet Müntzer wieder seinen Platz in der deutschen Geschichte, wird die Erinnerung an ihn nicht mehr verdrängt. Auf dem Schlachtberg des heutigen Bad Frankenhausen erhebt sich seit 1989 ein Rundbau, der »dem deutschen Bauernkrieg und dem revolutionären Wirken von Thomas Müntzer gewidmet ist«. Der Bau umschließt ein Panorama-Rundbild, das Werner Tübke, Nationalpreisträger der DDR, mit etwa dreitausend Figuren bevölkert hat. Neben Müntzer, der predigend am Fuß des Nimrod-Turmes sowie noch ein zweites Mal mit gesenkter Fahne mitten im Kampfgewühl postiert ist, erscheinen auf der Leinwand (123 mal 14 Meter) Zeitgenossen des Radikalreformators, unter anderen Kolumbus, Hans Sachs, Luther und Dürer, und geben sich an einem Zauberblumenbrunnen ein symbolträchtiges Stelldichein – eine nachgetragene, spät nachgetragene deutsche Geschichtslektion. Sie folgt, mit Walter Benjamin gesprochen, auf den Spuren des Besiegten dem »Engel der Geschichte«, der die Toten weckt und das Zerschlagene wieder zusammenfügt.

Aus dem Kampfgewühl hatte sich Thomas, sicher tief verstört durch die Panikreaktion seiner Leute, in die Mauern von Frankenhausen retten können, wurde jedoch bald entdeckt. Seine Verhaftung schildert der Mansfelder Rat Rühl:

»Müntzer hatte sich verborgen. Er ist nahe am Tor in ein Haus gekommen und hat den Rock von sich getan und sich in ein Bett gelegt. In das Haus soll zufällig ein Edelmann, ein Sachse, Otto von Eppe, gekommen sein und darinnen Herberge genommen haben. Zufällig sei einer seiner Knechte auf den Boden gegangen, habe ihn im Bett gesehen und seinen Junker gerufen. Der sei herzugegangen: ›Was liegt allda, wer bist du?‹ Er hat gesagt: ›Ei, ich bin ein kranker armer Mann.‹ Da hat der Junker seine Reisetasche gefunden, darinnen den Brief, den Graf Albrecht ins Lager geschrieben hatte, und gesagt: ›Wo kommt dieser Brief her? Du wirst wohl der Pfaffe sein.‹ Zuerst hat er es geleugnet, hernach bekannt. Und so haben sie ihn mitgenommen und zum Herzog Georg gebracht.«

Eppe bekam die Prämie ausgezahlt, die auf den Kopf von Thomas ausgesetzt war, und Herzog und Landgraf nahmen sich den Verhafteten vor. Nach einem ersten Verhör wird Thomas seinem Erzfeind, dem Grafen Ernst von Mansfeld, als »Beutepfennig« übergeben, nach Schloß Heldrungen gekarrt und dort eingekerkert.

Eine bittere Ironie: Die Mauern des »Adlernestes«, das Thomas zerreißen wollte, umschließen nun ihn. Und Thomas ist sich im Kerker bewußt, was ihn erwartet – der Tod. Denn um Gnade kann und mag er nicht bitten. Ein paar Wochen zuvor hatte er einem Freund geschrieben: »Ich weiß, die aufgebrochene Erde muß mich nehmen, ehe mein Name Ähren gewinnt. Es sind aber Gerstenstachel daran, und das Gerstenbrot muß gebrochen werden ...« Vielleicht kommt ihm dieses todesahnungsvolle Wort jetzt wieder in den Sinn. Nur mit seinem Tod kann er noch Frucht bringen, zum Brot werden, das den Seinen gebrochen werden muß wie der Leib von Christus beim Gedenkmahl.

Tags darauf wird Thomas in Gegenwart des Herzogs Georg vom Mansfelder Grafen vernommen. Weitere Aussagen werden ihm unter Folter abgepreßt. Das Verhörprotokoll bringen die Sieger in überarbeiteter Form unters Volk. Man will damit verhindern, daß Thomas im Gedächtnis seiner Leute als Märtyrer überlebt; denn ein geständiger Märtyrer ist kein Märtyrer. Die Stunde der Schreiber ist also gekommen, eine systematische Rufmordkampagne wird gegen Thomas in Szene gesetzt.

Doch Thomas nimmt nichts zurück. Das beweist sein letzter, einem Schreiber in die Feder diktierter Brief an die Mühlhäuser. Müntzers Hände sind von der Folter verstümmelt, und unter den Ohren der Sieger muß er seine Worte sorgsam wägen. Umgeben von »Angst, Tod und Hölle« beginnt er sein Diktat, in »wahrhafter Erkenntnis des göttlichen Namens«. Es kommt ihm darauf an, den Mühlhäusern Mut zuzusprechen. Sein Tod darf sie nicht irremachen an seiner Predigt, an ihrem Glauben. Denn sein Tod erfolgt, das weiß Thomas jetzt, zur Mahnung und Warnung, aber auch zur Sühne für das Volk, das »seinen Eigennutz mehr gesehen hat als die Erneuerung der Christenheit«.

Die Bauern hatten, so klingt aus Müntzers Brief hervor, das Evangelium noch nicht wirklich aufgenommen, nicht völlig entleert von allen kreatürlichen Wünschen. Darum waren sie ihren materiellen Interessen nachgelaufen, hatten Herrensitze ausgeraubt, Geld und Gut gesucht, sie hatten die Reformation veräußerlicht und veräußert. Eben darum hat sich Gott ihnen auch im entscheidenden Augenblick versagt; so wenigstens, als Gottes Strafgericht, glaubt Thomas die Niederlage von Frankenhausen deuten zu müssen. In dieser Sicht gibt auch sein Tod für ihn noch Sinn: Er sieht ihn als Sühnetod, um Gott mit dem »armen, durstigen Volk« wieder aus-

zusöhnen. Müntzer hatte sein Leben dem einzigen Zweck unterstellt, sich als »ernster Knecht« Gottes zu bewähren, und diese Selbstsicht hielt er bis zum bitteren Ende durch.
Thomas beendet sein Diktat mit einer letzten persönlichen Bitte: »Helft raten mit Fleiß meinem Weibe. Darum ist mein freundliches Bitten an euch, ihr wollet meinem Weibe die Güter, die ich gehabt, folgen lassen, wie Bücher und Kleider, die ihr gehören; und laßt sie um Gottes willen nichts entgelten. Gegeben zu Heldrungen in meinem Gefängnis, Thomas Muntzer.«
Es ist ein seelsorgerlicher, ein guter Brief. Und zieht man die Umstände in Betracht, unter denen er entstand, wird deutlich, daß keine Rede davon sein kann, Thomas sei »sehr kleinmütig gewesen in derselben letzten Not«, wie es später heißt; sein Abschiedsbrief ist das ungebrochene Selbstzeugnis eines Menschen, der bewußt mit dem Leben schließt, sein Werk vollendet.
Mehr als eine Woche, genau zwölf Tage, muß Thomas im Heldrunger Kerker zubringen. Inzwischen kapituliert Mühlhausen, Pfeiffer wird auf der Flucht ergriffen und ins Feldlager der Fürsten bei Schlotheim vor Mühlhausen gebracht. Auch Herzog Johann, der Nachfolger von Friedrich dem Weisen, ist inzwischen zu den Verbündeten gestoßen. Am 27. Mai enthauptet der Scharfrichter im Angesicht der Fürsten die beiden Anführer der Thüringer Bauernerhebung. Ihre Köpfe werden vor Mühlhausen aufgespießt: »Münzer setzten sie an den Reißenden Berg, Pfeiffer an die Wegscheide, wo man nach Bollstedt geht.«
Noch nach Jahren lief durchs Mühlhäuser Feld ein Pfad, fast ausgetreten wie eine »öffentliche Straße«, zu der Stelle, wo die Fürsten Müntzers Kopf als Siegestrophäe aufgepflanzt hatten. Thomas hatte immer noch Freunde, die ihren Prediger nicht vergaßen. Und Philipp, der Landgraf von Hessen, vor dessen Augen Thomas hingerichtet wurde, erinnerte sich stets respektvoll an den ehemaligen Gegner und meinte, »er wünsche sich auch ein solches Ende«; Thomas habe nichts widerrufen, sondern nur Irrtümer eingesehen und Gott um Mitleid gebeten.
Luther hat über Augenzeugen bald nach der Schlacht von Frankenhausen von dem Gemetzel unter den Bauern erfahren. Er hatte zwar die Fürsten gegen die stürmenden Bauern aufgerufen, rea-

gierte auf die barbarischen Strafmaßnahmen der Sieger jedoch mit Entsetzen. Gott, so tat Luther nun öffentlich kund, werde sich dafür an den Fürsten rächen. In diesem Zusammenhang berichtet er auch über die schimpfliche Behandlung, die Ottilie, Müntzers Frau, nach der Kapitulation von Mühlhausen erfuhr:
»Ich habe gehört, daß zu Mühlhausen unter den großen Herren einer habe das arme Weib Thomas Müntzers, die nun eine Witwe und schwangeren Leibes ist, zu sich gefordert, sei vor ihr auf die Knie gefallen und habe gesagt: Liebe Frau, laß mich dich ... [Luther schreibt das Wort nicht aus]. Eine ritterliche, adelige Tat! An einem elenden, verlassenen, schwangeren Weiblein begangen. Das ist ja ein kühner Held! Was soll ich solchen Rangen und Säuen schreiben? Die Bibel nennt solche Leute Bestien ... Ich will sie auch nicht zu Menschen machen. Ohne daß es ein Schade wäre, sollten sie von den Bauern ermordet werden.«
So weit Luther, dessen Geschichte wohl glaubwürdig ist, weil sie nicht wie die meisten anderen Müntzer-Legenden der Diffamierung des Predigers diente.
Von Ottilie von Gersen erfahren wir fast nichts mehr. Sie soll noch wochenlang nach dem Tod von Thomas durch Thüringen umhergeirrt sein. Eine ihr angebotene Rückkehr ins Kloster lehnte sie ab. Das ist die letzte Nachricht über die Predigerfrau. Von da an verlieren sich ihre Spuren sowie die von Müntzers Kindern im ungewissen.
Luther hat nach Müntzers Hinrichtung den »Allstedter« immer wieder dafür verantwortlich gemacht, daß sein Aufstand die Reformation in ihrem Siegeslauf aufgehalten hätte. Die altgläubigen Fürsten Deutschlands waren wieder obenauf, und die Bauern, die für den neuen Glauben einen hohen Blutzoll entrichtet und doch nichts dafür gewonnen hatten, wandten sich enttäuscht von Luther und seiner Bewegung ab. 1545, kurz vor seinem Tod, klagte Luther: »Was soll ich noch predigen, es ist besser, daß ich's lasse. Es scheint, als sei alles verloren.« Alles, wie der tief deprimierte Doktor meinte, war zwar nicht verloren, wohl aber die andere Hälfte der Reformation, die Thomas Müntzer verkörpert hatte. Seine Vision einer Kirche von unten, der Volkssouveränität, Müntzers Idee der Aufklärung als Selbstbestimmung und Anspruch der ewig

Bevormundeten, »selbst gelehrt« zu werden – diese Hälfte der Reformation ging nach Müntzers Tod der deutschen Geschichte für Jahrhunderte verloren: Der Schlachtberg von Frankenhausen wurde zum Gräberfeld der sozialen Demokratie, die in Müntzers Theologie angelegt gewesen war. Bis heute ist Müntzers basisdemokratischer Ansatz nicht eingelöst worden und hat ebensowenig an Aktualität eingebüßt wie seine Forderung: »Du mußt, gemeiner Mann, selbst gelehrt werden, auf daß du nicht länger verführt werdest.«

Mitteldeutschland

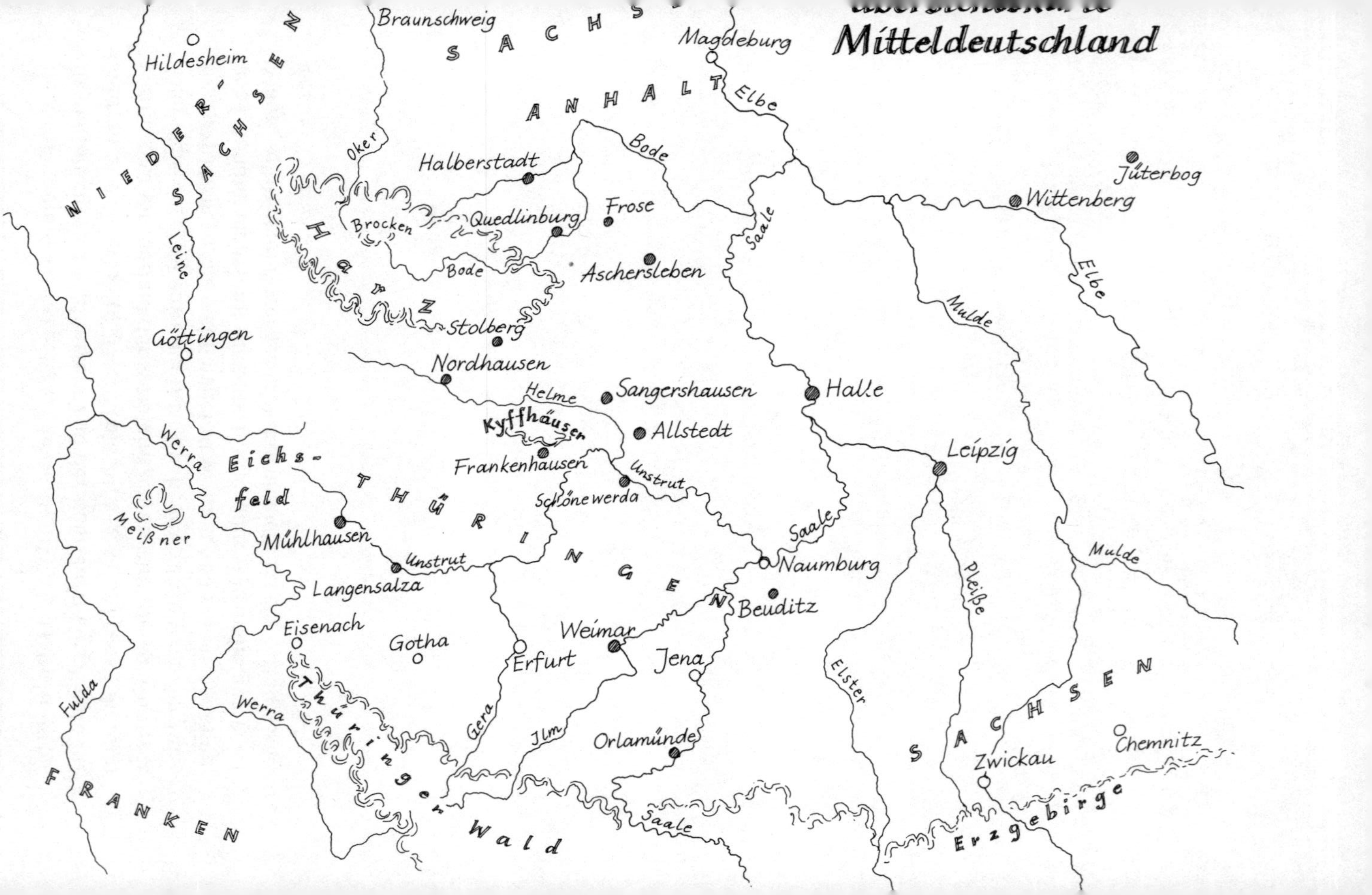

Zeittafel

1489	mutmaßliches Geburtsjahr Thomas Müntzers; Kindheit und erste Schulzeit in Stolberg/Harz
1492	Kolumbus landet in der Karibik
1493	Paracelsus wird geboren
1501	Müntzers Familie in Quedlinburg
1505	Luther tritt ins Kloster ein
1506	Thomas Müntzer beginnt sein Studium in Leipzig
1507	Ulrich von Hutten studiert und lehrt in Leipzig; »Bamberger Halsgerichtsordnung« setzt Folter als Mittel der Beweiserhebung fest; Hexenverfolgungen nehmen zu
1508	Luther wird Professor in Wittenberg
1508/9	Thomas Müntzer verläßt die Universität Leipzig
1509	Hilfslehrer in Aschersleben/Halle; »Verbündnis« gegen Erzbischof Ernst von Sachsen
1510	Weihe zum Diakon
1512	Fortsetzung des Studiums in Frankfurt/Oder
1513	Bauernerhebung im Breisgau
1513/14	Thomas Müntzer wird zum Priester geweiht
1514	Bauernerhebung in Ungarn und Siebenbürgen; Ablaßhandel in den Händen der Fugger
1515/16	Thomas Müntzer verläßt Frankfurt/Oder als Magister
1516	Propst im Kanonissenstift Frose; die *Utopia* des Thomas Morus erscheint
1517	Papst Leo X. ruft zum Türkenkreuzzug auf; Tetzel verkauft Ablaß in Thüringen; 31. Oktober: Luther veröffentlicht seine 95 Thesen gegen den Ablaß
1518	Thomas Müntzer in Braunschweig; wird nach einigen Monaten ausgewiesen; Begegnung mit Luther in Wittenberg; das Rechenbuch des Adam Riese erscheint
1519	11. Januar: Kaiser Maximilian I. stirbt; Cortez dringt in Mexiko ein; in Spanien wird Schokolade eingeführt; Ostern: Thomas Müntzer in Jüterbog, Kanzelstreit mit dem Franziskaner Dappen; Sommer: Müntzer vertritt Karlstadt in Orlamünde; 28. Juni: Die deutschen Kur-

fürsten wählen Karl V. zum deutschen Kaiser; Vertreibung der Juden aus Augsburg; 4. – 15. Juli: Thomas Müntzer als Beobachter der Disputation von Karlstadt und Luther mit Eck in Leipzig; Beichtvater im Frauenkloster Beuditz

1520 28. April: Zwickauer Rat beruft Thomas Müntzer; Mai: erste Predigt in St. Marien; Auseinandersetzungen mit den Franziskanern; 1. Oktober: Predigtauftrag in St. Katharinen; 1. Oktober: Süleyman, der größte der Osmanenherrscher, wird inthronisiert; November/Dezember: Streit zwischen Müntzer und Egran; Müntzer lernt den jungen Tuchmacher Storch kennen; 10. Dezember: Luther verbrennt in Wittenberg die päpstliche Banndrohungsbulle

1521 Januar: Tuchmachergesellen Zwickaus fordern vom Rat Verbesserungen; Streit zwischen Müntzer und Egran spitzt sich zu; 14. April: Müntzer wird entlassen; 16. April: Meuterei der Tuchmachergesellen; Thomas Müntzer verläßt Zwickau; 16. April: Luther zieht in Worms ein; redet vor Kaiser und Reichsständen; April/ Mai: Thomas Müntzer in Saaz/ Böhmen; Juni: mit Markus Stübner nach Prag; 8. August: Belgrad fällt an die Türken; November: Thomas Müntzer veröffentlicht das *Prager Manifest*; Anfang Dezember: Müntzer und Stübner werden aus Prag vertrieben

1522 ab Mitte Januar: Luther übersetzt auf der Wartburg das Neue Testament; Januar/Februar: Bildersturm in Wittenberg; 27. März: Thomas Müntzer schreibt Melanchthon; Juni: Predigerstelle in Nordhausen bis Oktober; Dezember bei Karlstadt; vor Weihnachten Hilfspfarrer in einem Frauenkloster bei Halle

1523 Mitte März: Entlassung aus Halle; durch Vermittlung der Felicitas von Selmnitz Übernahme der Pfarrstelle an der St. Johanniskirche in Allstedt; Arbeit am *Deutschen Kirchenamt*; offener *Brief an die Brüder in Stolberg*; Sommer: Heirat mit Ottilie von Gersen; August: Konflikt mit Graf Ernst von Mansfeld; das *Deutsche Kir-*

chenamt erscheint; 29. August: Ulrich von Hutten stirbt im Schweizer Asyl; Dezember: Müntzers *Protestation* und *Vom gedichteten Glauben* gehen in Druck

1524 24. März: Brand der Kapelle Mallerbach; Ostern: Ottilie bringt einen Sohn zur Welt; April: »Bund von Allstedt«; Juni: Erweiterung des Bundes; 13. Juli: »Fürstenpredigt« vor Johann, Herzog von Sachsen; Juni: Beginn der süddeutschen Bauernerhebung; Juli: katholische Amtmänner gehen gegen Müntzer-Anhänger im Umland Allstedts vor, Flüchtlinge suchen Schutz bei Müntzer; 24. Juli: Müntzer predigt gegen die Fürsten; Erweiterung des Allstedter Bundes; 1. August: Thomas Müntzer muß sich in Weimar verantworten; 3. August: erhält berufseinschränkende Auflagen; 7./8. August: Flucht aus Allstedt; Mitte August: Müntzer in Mühlhausen, Begegnung mit Heinrich Pfeiffer; Thomas Müntzer erhält in Mühlhausen Anstellung als Prediger; 21. August: Luther warnt den Stadtrat vor Müntzer; 20. September: »Ewiger Bund Gottes« in Mühlhausen, *Elf Artikel*; Mühlhäuser Bauern wehren sich gegen die Einführung einer neuen Ratsverfassung; 27. September: Ausweisung Müntzers und Pfeiffers; Oktober: Müntzer und Pfeiffer in Nürnberg; Druck und Beschlagnahme der *Ausgedrückten Entblößung*; Pfeiffer wird der Stadt verwiesen; Dezember: Druck und Beschlagnahme der antilutherischen *Schutzrede* Müntzers; Dezember: Pfeiffer zurück in Mühlhausen; Müntzer bereist die oberrheinischen Bauernerhebungsgebiete; Predigten und Artikel, »wie man regieren soll«

1525 Mitte Februar: Thomas Müntzer in Mühlhausen; 28. Februar: Wahl zum Pfarrer von St. Marien; 9. März: Mobilmachung in Mühlhausen; 17. März: Wahl des neuen »Ewigen Rates«; 17. April: »Regenbogenfahne« in St. Marien; 26. April: Müntzer und Pfeiffer mit den Mühlhäusern vor Salza; Zug ins Eichsfeld; April/Mai: Luther predigt in den Aufstandsgebieten, wird von den Bauern angefeindet; 5. Mai: Kurfürst Friedrich der Weise stirbt;

9. Mai: Luthers Schrift *Gegen die stürmenden Bauern*; 10./11. Mai: Thomas Müntzer zieht mit dreihundert Mann nach Frankenhausen; 12. Mai: Süddeutsche Bauern erleiden in Böblingen eine vernichtende Niederlage; 15. Mai: Aufmarsch der mitteldeutschen Fürsten vor Frankenhausen; Verhandlungen und Angriff des Fürstenheeres; Thomas Müntzer wird in Frankenhausen gefangen und Ernst von Mansfeld als »Beutepfennig« übergeben; 16. Mai: Verhör und Folter in Schloß Heldrungen; 17. Mai: Müntzers Brief an die Mühlhäuser; 24./25. Mai: Fürstenheer vor Mühlhausen; Pfeiffer wird auf der Flucht ergriffen; 27. Mai: Thomas Müntzer und Heinrich Pfeiffer werden im Fürstenlager vor Mühlhausen enthauptet; Juni: Ottilie irrt durch Thüringen und ist danach mit ihren Kindern verschollen

Literaturauswahl

Zeitgenössische Schriften

Thomas Müntzer: Die Fürstenpredigt. Reclam 8772.
Thomas Müntzer: Schriften und Briefe. Kritische Gesamtausgabe. Gütersloh 1968.
Deutsche Flugschriften zur Reformation. Reclam 9995.
Die Reformation in Augenzeugenberichten. München 1980.

Biographien

Bensing, Manfred: Thomas Müntzer. Leipzig 1975.
Bloch, Ernst: Thomas Müntzer als Theologe der Reformation. Frankfurt/M. 1963.
Ebert, Klaus: Thomas Müntzer. Von Eigensinn und Widerspruch. Frankfurt/M. 1987.
Elliger, Walter: Thomas Müntzer. Berlin-Friedenau 1960.
Ders.: Thomas Müntzer. Leben und Werk. Göttingen 1975.
Wehr, Gerhard: Thomas Müntzer. Reinbek 1972.
Wolgast, Eike: Thomas Müntzer. Ein Verstörer der Ungläubigen. Göttingen 1981.

Bildnachweis

S. 24, 51, 95: Richard Friedenthal: Luther. Sein Leben und seine Zeit. Piper Verlag, München 1982

S. 69, 128/129: Adolf Laube, Max Steinmetz, Günter Vogler (Autorenkollektiv): Illustrierte Geschichte der deutschen frühbürgerlichen Revolution. Dietz Verlag, Berlin 1974

S. 80: Biblia Germanica. Die gantze Heilige Schrifft. D. Martin Luther. Wittenberg 1545. Faksimilierte Ausgabe. Deutsche Bibelgesellschaft, Stuttgart

S. 118: Emile Demenghem: Mohammed in Selbstzeugnissen und Bilddokumenten. Rowohlts Monographien, Reinbek b. Hamburg 1969

Die Landkarte auf S. 170 zeichnete Arno Görlach.

Biographien

Heiner Feldhoff
Vom Glück des Ungehorsams
Die Lebensgeschichte des Henry David Thoreau
(80683)

Charlotte Kerner
Seidenraupe, Dschungelblüte
Die Lebensgeschichte der Maria Sibylla Merian
(80675)

Charlotte Kerner
Lise, Atomphysikerin
Die Lebensgeschichte der Lise Meitner
Ausgezeichnet mit dem Deutschen Jugendliteraturpreis
(80664)

Monika Pelz
»Nicht mich will ich retten!«
Die Lebensgeschichte des Janusz Korczak
Auswahlliste zum Deutschen Jugendliteraturpreis
(80666)

Arnulf Zitelmann
»Widerrufen kann ich nicht«
Die Lebensgeschichte des Martin Luther
(80643)

Arnulf Zitelmann
»Keiner dreht micht um«
Die Lebensgeschichte des Martin Luther King
Auswahlliste zum Deutschen Jugendliteraturpreis
(80657)

BELTZ
& Gelberg

88023-5.12.-34